왜란

왜란

이광재 장편소설

차례

앞 이야기.
낙향落鄕　　　　　　　　　7

간자間者　　　　　　　　　21
몽진蒙塵의 땅　　　　　　　55
약무호남若無湖南　　　　　107
별시別試　　　　　　　　　159
재침再侵　　　　　　　　　205
호치胡峙　　　　　　　　　243

뒷이야기.
사르후薩爾滸　　　　　　　281

작가의 말　　　　　　　　292

앞 이야기.

—

낙향
落鄕

의금부에서 나온 함거에는 성삼문(成三問)이 타고 있었다. 옷은 피범벅이고 머리는 산발이었다. 풍채 좋기로 이름 높았지만 금부에 끌려간 지 닷새 만에 그는 몸을 가누지 못했다. 고변이 난 후 자결한 유성원(柳誠源)과 고신을 못 견뎌 옥사한 박팽년(朴彭年)에 비하면 목숨이 붙어 있으니 그나마 행운이라 할까. 성삼문에 이어 그의 아버지 성승(成勝)과 유응부(兪應孚), 이개(李塏), 하위지(河緯地) 등이 함거에 실려 나왔다. 부중의 대로는 몰려든 인파로 발도 딛기 어려운데 함거 지나갈 자리를 만드느라고 나장들이 창대를 들고 버텼다.

 이안(李岸)은 군중에 섞여 성삼문과 눈 마주치길 기다렸다. 동문수학인 박팽년과 호형호제했던 관계로 성삼문과도 지음이었다. 그뿐 아니라 박팽년이나 성삼문이 집현전 학사로 일할 적에는 신숙주(申叔舟)하고도 둘러앉아 잔을 나누던 사이였다. 하지만 이제 하나는 옥사하고 한 사람은 형장으로 끌려가는데 다른 하나는 훼절해서 길을 갈라선 것이 아닌가. 박팽년이 자신을 사헌부 장령으로 추천했지만 그 우정을 사양한 일이 행인지 불행인지 헤아릴 수 없었다. 박팽년의 우의를 받아들였으면 함께 함거에 실려 있을 것이요, 경서에 묻혀 살았기로 친우의 마지막을 노상에서 배웅하고 있었다. 군기감 앞 빈터에는 거열형(車裂刑)을 행하기 위해 우마차가 준비돼 있고, 찢기지 않는 사지에 칼집을 내려고 회자수들이 대기했다. 형의 집행을 감독하기 위해 차일 아래엔 고관들이 모여 있는데 살인귀로 통하는 홍윤성(洪允成)의 얼굴도 보였다.

"몸 상합니다. 어쩌자고 예까지 나옵니까?"

이안의 손을 잡는 누군가의 손바닥이 축축했다. 신숙주의 동생 신말주(申末舟)였다. 형인 신숙주가 수양(首陽)의 측근이었지만 왕위 찬탈 사태가 벌어지자 대사간 자리에서 사임하고 야인으로 지내는 인물이었다.

"돌아갈 작정입니다. 어찌 저 무도한 짓거리를 눈 뜨고 보겠습니까?"

이안이 신말주의 소매를 끌었다. 군중을 헤치고 그들은 광통교를 건넜다.

"사는 일이 욕스럽구려."

종각 앞에서 신말주는 누구를 보러 간다며 그런 말을 남겼다. 그를 보낸 이안이 사동으로 접어드는데 철물교(鐵物橋) 인근에도 사람들이 모여 있었다. 김질(金礩)과 정창손(鄭昌孫)이 선왕을 복위하려는 성삼문 등의 일을 고해바치자 이를 알고 유성원과 허조(許慥)는 목숨을 끊고 박팽년은 고신을 당해 옥에서 절명했는데 이틀 전에 그들을 참수해 효시한 곳이 철물교였다. 세 사람의 머리는 삼각대 모양의 간짓대에 머리카락이 묶인 채 매달려 있었다. 목에 피가 말라붙은 유성원과 허조의 눈은 감겨 있었지만 박팽년은 부릅뜨고 있었다.

"매동 나으리께서 오셨습니다."

집에 돌아와 일찌감치 자리에 들었는데 행랑어멈의 목소리가 들렸다. 낮에 헤어진 신말주가 찾아왔다는 소리였다. 의관을 다시 했는지 그는 방갓 대신 흑립을 쓰고 있었다.

"누굴 만나겠다더니……."

"설잠(雪岑)을 만났습니다."

"설잠이라면…… 김시습(金時習) 말입니까?"

"집현전 부제학께서 일을 당하시니 허위허위 달려온 게지요."

집현전 부제학이란 형장에 끌려간 이개의 직책이었다. 이개의 아버지 이계주(李季疇)는 학문으로 이름 높았는데 김시습은 그 밑에서 글을 배워 이개와 동문수학이었다. 어린 나이에 시를 지어 허조를 놀라게 한 김시습은 수양이 선왕 자리를 차지하자 밤낮으로 울더니 책을 싸지른 후 중을 자처했다.

"그의 말이 조만간 나리를 뵙겠다 하더이다."

"무슨……?"

"그저 찾아뵙겠다 할 뿐. 그나저나 언제 내려가실지요?"

신말주는 언제 함평으로 내려갈지 물었다. 사실 이안으로 하여금 시골에 내려가도록 부추긴 사람이 신말주였다. 수양이 조카를 내몰고 왕위를 찬탈하자 대사간 자리를 내던진 신말주는 이안을 찾아와 수양과 사돈이라 어쩔 수 없는 신숙주의 처지를 비관하더니 한적한 고장으로 내려가 귀를 막고 눈을 씻겠다는 뜻을 비쳤다. 그러며 이안에게도 낙향을 권했는데 박팽년 등과 호형호제하는 사이라 화가 닥칠까 염려했다. 나주가 고향이지만 신말주는 인척들 볼 면목이 없으니 처가가 있는 순창으로 내려간다고 했다.

신말주가 순창에 내려가겠다 한 뒤 이안 역시 낙향을 생각했다. 그의 집안은 대대로 천안에 세거했지만 한양 소식이 한달음에 닿는 곳이라 꺼림칙했다. 어디로 갈지 골몰하던 그는 한 군데 맞춤한 곳을 떠올렸다. 그는 함평이씨(咸平李氏)였고, 생각해 보니 그보다 확실한 연고는 없는 듯했다. 오죽하면 신말주는 처가를 생각했을까. 이안은 사람을 보내 함평에 자리를 알아보게 한 뒤 행랑채 부부만 남기고 먼저 식솔들을 내려보냈다. 청성동 집만 매매되면 그 역시 내려갈 작정이었다.

며칠 후에 김시습이 평복에 방갓 차림으로 청성동을 찾아왔다. 이안보다 스무 살 남짓 아래인 그는 사랑에 들어 큰절부터 올렸다.

이안이 맞절하고서 자리를 권하자 행랑어멈이 술을 내왔다.

"저자에 걸린 어른들 수급을 수습할 참입니다."

김시습이 대뜸 하는 말에 이안은 주위를 둘러보았다.

"그를 이리 발설하고 다니는가? 성내가 온통 저들 눈인 것을."

"의를 위해 죽기도 할란지나 말을 못하겠습니까? 오늘 밤 결행할 생각입니다."

형을 당한 사람들 시신은 분리해서 팔도를 순회한 다음 따로 매장하게 돼 있었다. 수급을 제외한 성삼문 박팽년 등의 팔다리는 소금섬에 묻어두었을 터인즉 쉽사리 수습하기 어려웠다. 관의 눈을 피해 시신을 어떻게 수습할지 궁금했으나 김시습이 그런 방법이나 논하자 찾아온 것은 아닐 터였다.

"벌써 동접들을 모아둔 모양일세?"

"산중의 도반들과 합심하였지요."

이안은 윗목의 반닫이에서 비단에 싸놓은 물건을 꺼냈다. 청성동 집이 팔리기까지 한양에서 쓸 용전이며 함평에 내려갈 때 쓸 노자였다. 주머니를 챙기는 김시습에게 이안이 청하였다.

"이보게, 설잠. 나도 가겠네."

김시습이 돌아보며 웃었다.

"이는 궂고 험한 일입니다. 저 같은 산사람이 할 일이지요."

"망이라도 보겠네."

이안의 눈을 들여다보던 김시습이 고개를 끄덕였다.

"어둠이 내리거든 찾아오겠습니다. 채비하고 기다리시지요."

김시습이 자리를 뜬 후 이안은 우두커니 앉아 해지기를 기다렸다. 행랑아범을 불러 평민들이 입는 옷을 준비하라고 이르자 깨끔한 잠방이를 가져왔다. 대문을 열어두게 한 후 방문은 닫아걸고 잠방이를 걸쳤다. 밤이 깊어 응산의 소쩍새가 토하듯 우는데도 온다던 김시습은 소식이 없었다. 밤을 꼬박 밝힌 이안은 이튿날 조반을 마치자 의관을 차리고 나섰다. 육조거리를 지나는데 시절이 시절인지라 광화문을 지키는 병졸의 기세가 삼엄했다. 경복궁을 끼고 올라가 매동 신말주의 집에 도착해 이리 오너라를 외쳤다.

"얼굴이 초췌하십니다."

사랑마루에 오르며 신말주에게 인사를 건넸다.

"한숨도 못 잤습니다."

이안이 사랑에 들자 잠시 후 다과상이 들어왔다. 이안은 오이채가 들어간 냉채 한 대접을 들이켰다. 그 모습을 본 신말주가 물었다.

"간밤엔 속깨나 끓이셨나 봅니다."

"아는 게 있으면 말씀 좀 해주십시오. 돈냥이나 우려내자는 수작은 아니겠지요?"

"세상이 미쳐 돌아가면 불신이 춤을 추지요. 저 또한 손을 보탤까 밤새 기다렸답니다."

신말주는 이안이 김시습에게 건넸던 주머니를 꺼내왔다.

"일을 도모한 사람들 수고비 떼고 남았다며 돌려주라더군요. 새벽에 나타나 한술 뜬 후 떠났습니다. 금강산으로 간다 하더이다."

이안의 얼굴이 붉어진 건 술 때문만이 아니었다. 무언가 원망하는 마음이 지나쳐 믿고 의지한다고 찾아준 김시습을 의심한 것이 아닌가. 아무리 세상이 각박하기로 경서를 읽는 즐거움으로 출사마저 거절한 일이 다 거짓이었을까. 그는 번다한 눈길을 피해 한적한 곳에 은거할 이유가 너무도 많은 것을 떠올렸다. 함평으로 내려가는 건 세상이 더러워서라고 생각했지만 정작 더러운 것은 허울과 교만이었다.

"아직도 내가 사람이 되려면 멀었구려. 헌데 시신은 수습했답니까?"

"경계가 삼엄해 엄두를 낼 수 없었답니다. 대신 철물교와 군기감 앞의 피 묻은 흙을 떠서 노량진에 묻었다는군요."

"하면 함께 하자면서 어찌 찾지 않았답니까?"

"설잠은 스님을 자처하지만 저나 나리는 속세의 사람 아니냐고…… 한사(寒士)로 살더라도 후학을 기르고 후대에선 출사도 해야 하니까……. 우리가 부끄럽지요."

두 사람은 말 보탤 염치가 없어 잔만 주고받았다. 안주도 탐하지 않고 강술을 마시다가 호리병이 비자 이안은 일어섰다.

처서 지나 더위가 꺾인 뒤에 이안과 신말주는 다방골에서 만났다. 이안은 행랑채 부부와 동행했고 신말주 역시 찬모와 함께였다.

동작진에서 나룻배를 탈 때 보니 물빛은 푸르고 밤섬 위의 구름도 목화솜 같았다. 남태령 지나 벼가 익는 들판으로 나서자 우면산 줄기와 관악산 희끗한 바위가 보였다. 양재전 징검돌을 건너 주막을 찾은 이안과 신말주는 평상 위에서 상을 받고 행랑채 부부와 찬모는 마당의 멍석을 차지했다. 과천만 해도 한양이 코앞이라 올라가고 내려오는 행객으로 사방이 왁자했다. 우면산을 돌아보는 이안에게 신말주가 말했다.

"잊읍시다. 돌아보지 맙시다."

"그래야지요. 산자락의 돌멩이처럼 살면 되지요."

뚝배기가 비어갈 무렵 땅이 울더니 여러 마리가 달려오는 말발굽 소리가 가까워졌다. 이래저래 격변의 시절이라 사람들은 순가락을 놓고 귀를 기울였다. 커지던 소리가 울밖에 멎더니 구군복에 전모 쓴 군관이 더그레 차림을 끌고 들어섰다. 행객들을 둘러보던 군관이 이안과 신말주의 평상으로 다가왔다.

"혹시 청성동에서 오셨습니까?"

이안은 신말주와 눈을 맞추면서 고개를 끄덕였다.

"그렇소만……."

"홍윤성 대감의 명을 받잡고 왔습니다. 역적들의 수급을 수습하려는 모의에 관해 여쭐 것이 있다 하셨습니다. 같이 가시지요."

홍윤성이 누구인가. 김종서(金宗瑞)와 황보인(皇甫仁) 등을 척살하고 수양이 조카의 왕위를 빼앗을 적에 판판이 끼어들어 피를 본 살인귀였다. 그 홍윤성의 명을 받들어 붙잡으러 온 모양인데 머리에서 김시습의 얼굴이 후딱 지나갔다. 금강산으로 떠난다고 했다지만 무슨 변고를 당한 것은 아닌지. 김시습과 시신을 수습하겠다 나선 일행 중에서 누군가 발설했을 수도 있었다.

"실례지만 명을 받자온 분은 뉘신지요."

"의금부 전림(田霖)이올시다."

전림이라면 홍윤성의 측근이었다. 홍윤성 주변의 사람들은 하나같이 개차반이었으나 전림만은 강직하다고 알려져 있었다.

"허허, 꿈을 잘못 꾸었구료. 홍윤성의 명이라면 가야지. 암 가고말고."

홍윤성의 측근이면 거슬릴 소리건만 이안이 신을 신는 동안 전림은 묵묵히 기다렸다. 그 모습을 본 신말주도 신을 꿰었다.

"나도 갑시다."

전림이 앞장서고 이안과 신말주가 따르자 나머지 병졸들이 말을 끌고 붙어왔다. 남태령을 건너 한강에 이르자 꼭지에 있던 해가 기우는데 건너편 동작진에서 거룻배가 강심으로 다가왔다. 이안과 신말주가 어두운 얼굴로 기다리는 사이 거룻배가 나루에 닿았다. 사람들이 우르르 내리고 마지막에 도포를 걸친 사람이 호종하는 사람 부축을 받아 뭍에 발을 딛었다. 일행을 발견한 그가 전림에게 다가갔다.

"뒤에 계신 분들을 돌려보내시게."

전립이 허리를 숙여 예를 갖추며 대답했다.

"혐의가 없으면 보내드릴 것입니다. 이는 예조참의께서 내리신 하명입니다."

"그대는 내가 누구인지 아는가?"

"예문관 대제학이 아니십니까?"

그랬다. 수양이 실권을 잡자 동부승지가 되고 수양이 즉위한 후로는 예문관 대제학이 되어 가장 영광된 학자의 지위를 누리는 사람. 그는 도성을 떠난 동생 신말주의 행적을 수소문하다 소식을 듣고 달려온 참이었다.

"예조참의께는 양해를 구할 터이니 가서 일 보시게."

신숙주가 전립에게 일렀고 전립은 고민하더니 뒤를 보았다.

"그만 돌아가자!"

그가 거룻배에 오르자 병졸들이 말을 끌고 따랐다. 사공이 상앗대로 바닥을 밀었고, 다가온 신숙주가 이안에게 목례를 했다.

"이렇게 떠나시니 면목 없습니다. 가깝던 사람들과 이별주 한잔 못 했는데 나리와도 이렇게 헤어집니다."

"후의 잊지 않겠습니다. 뒤에 일행을 떨구고 와서 가봐야겠습니다."

이안은 어서 작별하자는 듯 허리를 구부렸고 신숙주도 허리를 숙여 예를 갖추더니 외면하며 서있는 신말주를 보았다.

"순창으로 가신단 말을 들었네. 다시 볼 날이 언제일지 모르겠구먼."

그러자 신말주가 휑하니 돌아서며 이안에게 일렀다.

"어서 가십시다. 해가 집니다."

신말주는 말을 남기고 남태령 방면으로 수걱수걱 걸었다. 이안은 신숙주에게 다시 허리를 굽혀 보이고 돌아섰다. 들을 질러 남태령 굽잇길을 돌아가며 몸을 돌려 살펴보니 신숙주는 멀어지는 그들을 우두커니 보고 있었다. 이안과 신말주는 한양과 영이별하는 심정으로 다시는 돌아보지 않았다.

간자
間者

이유(李瑜)는 영광 남산리(南山里)에서 태어났다. 그를 낳은 생부 장영(長榮)은 함평 장흥 등지에서 현감과 부사를 역임하고 승정원 우부승지를 지낸 후 낙향했다. 반면에 양자로 들어가 양부가 된 숙부 억영(億榮)은 사마시에 등제하고도 사화(士禍)가 일어나자 부안 도화동(桃花洞)에 은거해 나오지 않았다. 낳아준 장영이나 키워준 억영이 모두 아버지였으나 참봉에 제수되고도 나아가지 않은 이유의 삶은 생부 장영보다 양부 억영에 가까웠다. 수양의 횡포를 피해 함평에 은거한 고조 이안하고도 유사한 행적인데 가풍이 됐다고도 할 일이었다. 정여립(鄭汝立)의 풍파가 일어나 호남 선비들이 굴비 엮이듯 끌려갈 때도 함평이씨 문중은 화를 피해갔으니 이를 행운이랄 수만은 없었다.

  이유는 아침에 일어나 깔고 잔 이부자리를 손으로 더듬었다. 젖은 데가 없어 한시름 놓을 즈음 기침한 것을 알고 거북손이가 소세

할 물을 가져올지 물었다. 말이 소세할 물이지 실은 뒷물을 할지 묻는 말이었다. 집안에서 그의 야뇨증을 아는 사람은 아내 부안김씨(扶安金氏)와 거북손이뿐이었다. 김씨야 몸을 섞는 처지로 숨길 수 없다 치지만 안채에 가서 속옷을 가져오라고 시켰을 뿐인데 거북손이는 오줌 눈 날이면 어김없이 마루에 대야를 두었다. 이상도 하지. 이유는 사랑에 두고 부리는 노비 녀석에게 그 남사스러운 일을 들키고도 부끄러움을 느끼지 않았다. 야뇨증 따위 허물도 아니라는 듯한 아이의 무심이 놀라웠고, 둘 사이의 내밀한 의존과 신뢰가 그만큼 굳건했다.

"조말자(曺沫者)는 노인야(魯人也)요, 이용력사노장공(以勇力事魯裝公)이라(조말은 노나라 사람이며 힘을 다해 노장을 섬겼다)."

조반 후에 이유는 책장을 넘기며 입안 소리로 웅얼거렸다. 서안에는 사마천의 『자객열전(刺客列傳)』이 놓였는데 협객 이야기에 눈이 간 것은 세상이 흉흉한 탓일까. 비질하던 소리가 멎고 거북손이의 부르는 소리가 들렸다.

"나리."

"무슨 일이냐?"

"줄포(茁浦) 진사 어른댁에서 기별이 왔습니다."

이유는 빙그레 웃었다. 향시에 응시한 일도 없는 사람이 스스로를 진사라 칭하는 것도 우습거니와 그의 밉지 않은 행적에 절로 흥겨워졌다. 진사라 불린 줄포 김진도(金賑道)는 부인 김씨의 먼 친척인데 유학에 뜻을 두기보다 이재에 밝았다. 부안과 흥덕에 대규모 농토를 두고 여러 척 어선으로 철마다 해물을 거둬들여 자고 나면 재산이 불어난다는 사람이었다. 인근에서는 남 부러울 게 없는 사람으로 수령들도 고물이나 얻어먹는 처지였다. 그러나 경서와 담을 쌓아 뒤가 허해져서 그런지 먼 인척인 김씨를 끔찍이도 받들고 남편 이유를 매부처럼 흠모했다. 이유가 인근 양반가의 자제를 도화장(桃花庄)에 모아 가르칠 때 아들 수범(秀範)이를 보내 경서를 읽게 하는가 하면 그가 과거에 들기를 누구보다도 열망했다. 그는 철철이 과일이며 생선을 집에 보냈다.

"누가 왔다는 것이냐?"

문을 열고 내다보니 심부름하는 아이가 서 있었다.

"이것을 전해드리라고 해서……."

녀석이 피봉에 담긴 서간을 내밀자 거북손이가 받아왔다. 서간에 적힌 글씨로 보아 아들 수범이가 쓴 게 분명한데 내용이 수상쩍었다. 이곳저곳 탐색하고 다니는 두 사람이 사포(沙浦)로 들어와 부안 읍치의 일을 묻기에 잡아서 광에 가두었다는 게 아닌가.

"어쩌자는 것인지 달리 말이 있었더냐?"

"진사 어른께서는 나리께서 오셔서 하문할 일로 보셨습니다."

말을 듣고 이유는 고개를 끄덕였다.

"알았다고 전해라."

소년이 마당을 지나 사라지는 것을 보고 거북손이에게 일렀다.

"점심 먹거든 간수하기 편한 병장기를 들고 기다리거라. 같이 가자꾸나."

"알겠습니다."

이유는 『자객열전』을 마저 읽다가 점심 후 횃대에 걸린 도포를 꺼내 입었다. 생부 장영의 집에서 억영의 집으로 올 때 침잠과 음울이 시작된 셈이었다. 형제 가운데 그가 하필 양자로 낙점된 까닭은 알 수 없었지만 그날로 야뇨증까지 생겨 가슴에 빗장을 걸었다. 양모의 극진한 보살핌보다 언제나 생모의 무심한 방치가 그리웠다. 얼굴에 희비를 드러내는 일이 서툴고 사람과 관계 맺는 일이 어색했다. 방구석에 박혀 경서를 외우고 뜻을 궁구하는 일 말고 달리 할 일이 없었다. 그런데 김씨와 혼인한 후 진사를 자처하는 김진도가 눈치 없이 골마리까지 밀고 들어왔다. 김진도는 어쩐 일인지 입안의 혀처럼 살갑게 굴었는데 그에게는 없는 장사치다운 넉살이 별반 싫지 않았다. 그래선지 김진도를 만나러 갈 때면 발걸음이 먼저 가벼워지곤 했다.

"나리, 안녕하십니까?"

골목을 나서자 고샅의 농부가 허리를 숙였다. 양반 행세라도 이유는 마을 사람들과 벽을 치지 않았다. 집안 행사로 음식을 장만하면 담장 너머로 함께 나누고 이웃에서도 더덕을 캐면 먼저 맛보기를 권했다.

"잘 지낸다네. 올해 작황은 어떤가?"

"올해도 냉해를 입어 곤란합니다."

"허허 참. 헌데 그 집 아들은 아직도 미장가인가?"

"혼담이 오가는데 내년엔 보내야지요."

이유는 고개를 끄덕였다.

"성례가 되거든 일러주게."

"그리합지요."

그들은 농부와 헤어져 도화동 고샅을 빠져나와 큰길로 들어섰다. 김진사가 사는 줄포까지는 이십 리 길이지만 거북손이와 함께라 호젓하지 않았다. 거북손이는 한달음에 달려가고 싶지만 이유의 발이 느려 중간중간 걸음을 늦췄다.

"먼 옛날 진나라에 예양(豫讓)이라는 사람이 살았구나. 예양은 지백(智伯)이라는 사람이 예를 갖추고 존중하므로 마음으로 섬기게 됐다는 게야. 그런데 어느 날 조양자(趙襄子)란 자가 그런 지백을 죽여버렸지 뭐냐."

이유는 거북손이의 무료함을 덜어주려고 『자객열전』 한 토막을 꺼냈다.

"예양은 '선비는 자기를 알아주는 사람을 위해 죽는다'면서 비수를 품고 조양자네 측간에서 그를 죽이려고 했단다."

"그래서요?"

흥미가 생기는지 거북손이가 반응했다.

"발각됐지."

"그럼 이제 큰일 났네요."

"그렇지. 하지만 조양자도 보통은 넘는 자란 말이야. 그래 예양을 의인(義人)이라고 하면서 살려줬구나. 그런데 예양은 예를 아는 사람이라 끝까지 가기로 했다지 뭐냐. 이번에는 문둥이로 변장해 죽이려고 했다는구나. 그런데 조양자가 탄 말이 먼저 놀라는 바람에 다시 실패했다는 게야."

"이번에는 용서하지 않겠네요?"

녀석은 질문으로 다음 말을 재촉했다.

"일이 틀어진 것을 알고 예양은 조양자의 옷 한 벌을 달라고 간청했단다. 조양자가 어쩌는지 보려고 옷을 건네자 칼로 세 번 베더니 '내가 지백에게 보답할 수 있게 되었구나' 하면서 칼에 엎어져 자결했더란다."

"아아!"

거북손이가 탄식했다. 녀석의 탄식에 이유는 방금의 말들을 주워 담고 싶어졌다. 무료를 달랠 셈으로 들려준 이야기가 주인에게 모든 걸 바쳐야 한다는 말로 들리기 십상이었다. 얼른 말머리를 바꿨다.

"지금 걷는 이 고개가 왜 호치(胡峙)인지 아느냐?"

"고개 이름에도 사연이 있답니까요?"

"있다마다. 이곳은 원래 백제 땅이었다. 그런데 이웃 나라 신라가 중국을 끌어들여 침략했구나. 그때 백제를 치려고 당나라에서 온 장수 이름이 소정방(蘇定方)이란다. 그자가 넘던 고개라 해서 호치라고 한단다."

호치를 내려서서 평지로 나서자 갯내가 풍겼다. 그들은 벼가 익는 들판을 건너 줄포 아랫선돌에 도착했다. 대문을 두드려 안에 들자 심부름 왔던 소년이 사랑에 안내했다. 김진사는 기척을 듣고 마루까지 나와 있었다.

"먼 길을 행차하게 하였습니다."

"별말씀을. 무슨 일인가 흥미로웠습니다."

두 사람이 오미자차에 유과를 먹으며 안부를 주고받을 참에 소식을 듣고 수범이가 달려와 문안했다. 경서의 내용을 더디 깨치는 편이라도 행동거지가 발라 귀애하는 아이였다. 그런 제자와 안팎으로 대면할 일이 아닌듯해 들라 이르자 수범이는 성큼 올라와 큰절로 인사를 올렸다. 이유는 요즘 무엇을 읽는지 안부를 묻고 너그럽게 웃어준 뒤 김진사에게 물었다.

"수상한 자들을 광에 가두었다는데 무슨 연유입니까?"

"그들을 잡아 온 건 바로 이 아이올시다."

이유는 윗목의 수범이를 보았고 그가 아뢰었다.

"어제 느닷없이 사포에 나타나 부안 읍치로 가려면 어디로 가느냐, 그곳을 통하면 전주까지 얼마나 걸리느냐, 그런 수상한 것을 묻는 자가 있다고 들었습니다. 동리의 젊은이를 모아 뒤를 밟는데 수상쩍은 일이 한두 가지가 아니었습니다. 말은 한 놈이 하고 다른 놈은 날카롭게 살피기만 하는데 또한 심상치 않았습니다. 그래 포박하여 광에 가두고 정체를 물었지만 장돌뱅이라고 딱 잡아뗍니다. 밀을 아끼면 사는 벙어리라는데 억시나 믿음이 가시 않았습니다."

"하지만 그것만으로 혐의를 두긴 어렵잖은가?"

"그자의 부담롱에서 이런 게 나왔습니다."

수범이가 품에서 내놓은 것은 길이며 산세와 하천을 표기한 종이인데 얼핏 보기에도 지도가 분명했다.

"이 정도야 우리네도 쉽게 그릴 수 있는 조악한 물건이 아니냐?"

"그리 생각하실 수도 있으나 이곳은 서해의 요충지 아닙니까? 격포(格浦)를 포함해 장신포(長信浦) 사포 유포(柳浦) 덕달포(德達浦) 굴포(堀浦)가 이곳 변산에 있으며 그 아래 흥덕으로는 선운포(禪雲浦)와 사진포(沙津浦)가 있고 고창 영광으로 가면 더할 나위가 없지요. 이곳은 호남의 수부에 이르는 요충지로 지난날 백제를 도모하기 위해 당나라가 들어온 곳입니다."

수범이의 이야기를 듣는 이유는 적잖이 놀랐다. 후학들을 가르칠 제는 부족한 점이 먼저 눈에 띄더니 이제 보니 격포진 별장에 댈 재목이 아닌가.

"듣고 보니 그럴듯하구나. 그렇잖아도 왜국의 동태가 심상치 않다는데 궁벽한 곳이라고 어찌 수상한 일을 눈감겠는가."

이유는 지금까지 드나든 사람을 배제하고 거북손이만 대동해 광에 갇힌 자들을 살피기로 했다. 앞 사람과 같이 나타나면 했던 말만 반복할 뿐이니 다른 분위기를 조성해 선후를 따지려는 것이었다. 김진사네 창고는 안채와 사랑채에서 떨어진 호지집 옆에 붙어 있었다. 이유와 거북손이를 안내한 하인이 창고 출입문에 걸린 잉어자물통을 열고 철쇄를 풀었다. 안으로 들기 전에 이유가 거북손이에게 일렀다.

"병기를 빼기 좋게 간수하거라. 한시도 긴장을 놓아서는 아니 된다."

거북손이는 장도칼을 손에 쥐고 끝을 소매 속에 감추었다. 문이 열리자 창고 안으로 빛이 드는데 항아리와 농사철에 쓰는 무자위며 쟁기 따위가 잘 정돈돼 있었다. 사내들은 오라에 감긴 채 무자위와 쟁기에 각각 묶여 있었다. 서른 중반쯤과 이십 대쯤의 사내로 풀어진 상투에서 머리카락이 흘러내려 절반 남짓 얼굴이 가려 보였다. 그중 무자위에 묶인 중년 사내는 행색이 깨끗하고 긴장한 빛을 빼면 얼굴도 멀끔했지만 쟁기에 묶인 사내는 눈두덩이 푸르죽죽하고 입가에 피딱지가 앉아 있었다. 문이 닫히자 칸살에서 뿌려진 빛이 선명해졌다.

"물 좀 주시오. 행인을 이렇게 다루는 법이 어딨소?"

무자위에 묶인 사내가 입을 떼자 흘러내린 머리카락이 나풀거렸다. 갈증 때문인지 입술에는 거스러미가 일어나 있었다.

"묻는 말에 제대로 답하면 원하는 것을 줄 것이다."

"이틀이나 굶었소. 아무리 타지에서 왔기로 이런 인심이 어디 있단 말이오? 먹을 것과 물을 주시오."

사내는 몸서리를 쳤다. 빠져나갈 틈을 슬쩍 보여주면 변화를 끌어낼 여지가 있어 보였다. 그러나 생기에 붉인 자는 눈이 형형하고 입을 앙다물어 도무지 숙어들 기미가 아니었다.

"넌 어디 사는 누구이며 무슨 일로 여기 왔느냐?"

"동래 사는 박서방이오. 하고 저이는 방물을 팔아 연명하는 동무올시다. 말을 못 하는 벙어리라 그보다 가긍할 데가 없지요. 헌데 이 꼴로 묶여 있으니 각박한 고장입니다그려. 부담롱을 열었다면 참빗이며 명경을 보았을 터인즉 무슨 혐의로 이러는지 모르겠습니다."

"허면 너희가 그렸다는 지도는 무엇이냐?"

"이곳은 낯선 고장이라 길을 놓치지 않으려고 끄적거린 것이올시다. 장돌뱅이는 길이 곧 목숨이니 어딜 가나 놓치지 않게 표식을 해둡니다. 양반네야 호종하는 사람이 있고 견마까지 잡히지만 우리네는 하나부터 열까지 기억하고 익혀야 합니다. 공연한 혐의를 두어 핍박하시니 고단한 살림살이에 이런 억울할 데가 없습니다."

사내의 말에는 별반 틈이 없고 자식을 걱정하는 아비의 근심 같은 게 가득하므로 당장 음식을 내주고 싶을 정도였다. 그러나 길바닥에서 먹고 사는 사람치고는 앞뒤가 너무 정연해 외려 혐의가 있어 보였다. 더욱이 꼬박꼬박 응대하는 말에는 이쪽 세상을 향한 불신까지 독 오른 뱀처럼 똬리를 틀고 있었다. 오래 다져져 정돈된 갈피일망정 오며 가며 해본 망상의 말들이 아니었다.

"전주로 통하는 길목을 물었다는데 무슨 까닭이냐?"

"전주 같은 대처로 나가야 물건을 떨고 돌아가지요. 시골구석에서야 품이나 나오겠습니까?"

그 말을 듣고 이유는 쟁기에 묶인 사내를 가리켰다.

"저자는 눈빛이 날카롭고 낯빛에도 굽힘이 없으니 예사 장돌뱅이로 보이지 않는다. 그런데도 장사치라 우길 작정인가?"

"저자는 듣지 못하여 말도 할 수 없으니 눈치로만 살아갑니다. 언제나 살피는 버릇이 있어 사팔뜨기처럼 날카롭지요. 가여운 자가 아닙니까? 저를 기다리는 처자가 움막에 굶고 있는데 나리께선 그들까지 죽이고자 하십니다."

"진실된 말은 없고 둘러대기 급급하니 처자에 관한 이야기도 허황되기 짝이 없구나. 만일 저자의 처자가 정말 그렇게 죽는다면 너희의 거짓이 자초한 일이다. 어찌 우리 탓이란 말이냐?"

"이 동리 인심은 고약하구려. 정히나 생각이 그러하면 예, 죽이십시오. 저자의 처자와 나를 기다리는 식솔들 역시 굶어 죽을 것이니 무엇이 두려워 거짓을 내생기겠소. 이제는 입을 다물 터이니 죽이든 살리든 마음대로 하십시오."

사내는 이를 꽉 깨물면서 고개를 돌려버렸고 그때부터는 무엇을 물어도 소용없었다. 날이 어두워졌으니 그만 나오란다는 말을 듣고 자리에서 일어설 무렵 거북손이가 소매 속의 누룽지를 두 사람 입에 쑤셔 넣었다. 이 모습을 곁눈질했으나 칭찬도 타박도 하지 않았다. 다시 사랑에 안내된 이유는 갯것이 가득한 찬에 반주를 곁들여 김진사와 겸상했다. 하룻밤 묵으면서 좀 더 살피기를 권하는 김진사를 향해 이유는 그러겠다며 고개를 끄덕여주었다.

"살피신 바로 저들은 어떻습니까?"

안주가 놓인 소반으로 상이 바뀌자 김진사가 물었다.

"긴가민가합니다. 장돌뱅이라기엔 너무 당돌하고 간자라기엔 너무 당당했습니다. 장돌뱅이가 아닌 건 확실한데 간자(間者)인지는 모르겠습니다."

"먹구름이 몰려온다는 소문으로 세상이 흉흉합니다. 왜국은 오랜 전란을 끝내고 하나가 돼간다지요?"

"그렇다 들었습니다. 전란에 시달리다 화평을 찾는다는데 제가 무리의 수장이라면 호시절을 누리며 살겠습니다. 허나 세상 이치를 도외시한 채 섬에 갇힌 자들의 속내를 어찌 알겠습니까?"

"가늠하기 어렵지요. 재작년에 왜국으로 떠난 통신사의 정부사는 같은 것을 보고도 말이 다르니 다른 사람은 더 말할 나위 없지요. 하나는 금방 침범한다 하고 또 하나는 아니라고 하니 어느 장단이 맞는지 난감합니다."

"그들의 말은 잘못 알려진 것도 있습니다."

잔을 내미는 김진사가 호기심을 참지 못하는 얼굴로 변했다.

"혹자들은 통신사의 김성일(金誠一) 부사가 전쟁은 나지 않을 것이라 말했다지만 사실과 다릅니다."

"하면 그 또한 전쟁은 난다고 보는 것입니까?"

시골 한사라도 이유는 관가의 동향을 웬만큼 알고 있었다. 친부인 장영만 해도 사간원 대사간을 지낸 까닭에 인맥이 두터울 뿐 아니라 기고봉(奇高峯) 조남명(曺南溟)과도 친분이 뚜렷했다. 또한 양부인 억영은 후학 양성에 뜻을 두어 김굉필(金宏弼) 조광조(趙光祖)를 스승으로 섬기고 이준경(李俊慶) 등과도 도의로 교류한 인물이었다. 이유는 양부 억영을 좇아 은둔거사로 살아가지만 어릴 적에는 생부 장영에게 사사했고 관가의 사람들과도 맥이 닿았다.

"왜국에 있을 때부터 황윤길(黃允吉)은 경박하고 채신머리없이 굴었다고 합니다. 귀국해서는 당장 난리가 날 듯이 말하므로 김성일은 정국을 안정시키려고 했던 것입니다. 백사(白沙)와 서애(西厓)가 따로 찾아 묻자 황윤길 등이 인심을 요동시키므로 금년에는 왜적이 오지 않는다고 말했노라 했답니다."

"그렇다면 김성일 부사 또한 난리가 날 것으로 보았구료."

가진 게 많고 지킬 것도 많으니 풍파만 없다면야 김진사에게는 지금이 더없는 태평성대였다. 이유는 손을 들어 바깥을 가리켰다.

"어쨌거나 저들을 제대로 분간해야지요."

"밝거든 다시 알아보십시다."

김진사는 객방에 불을 넣고 거북손이가 머물 자리를 마련하게 했다. 가을이라 빨리 밤이 깊었고 자리에 누운 다음부터는 풀벌레 소리가 요란했다.

어디선가 쉭쉭거리는 소리가 들려 귀를 기울이다 말고 이유는 다시 잠을 청했다. 그런데 이건 정말 잠결의 소리일까. 무언가 공기를 치는 듯한 소리와 입 밖에 내지 않으려고 애를 쓰지만 힘을 줄 때 절로 터지는 저 앙다문 소리들. 누르스름한 달빛이 창호지를 통과해 사위가 몽환에 싸인 듯한데 소리만큼은 분명 환청이 아니었다. 이유는 자리에서 일어나 의관을 챙기며 밖으로 나섰다. 사랑 마당을 질러 행랑 마당으로 나서자 어떻게 밧줄을 풀었는지 쟁기에 매였던 벙어리가 몽둥이를 들었고 뒤에는 무자위에 묶였던 사내가 서 있었다. 그로부터 댓 걸음 떨어져 그들이 나가지 못하게 대문을 막고 선 사람은 다름 아닌 거북손이였다. 몽둥이 든 사내를 대적할 셈인지 그는 곡괭이 자루쯤 되는 방망이를 들고서 상대를 노려보고 있었다. 이유만 소리를 들은 건 아닌지 잠시 후에는 행랑채의 노복과 안행랑채에서도 하인들이 몰려나왔다. 그 뒤를 수범이가 따르고 김진사도 안사랑에서 행장을 차리고 나왔다. 사태를 알아차린 하인들이 제각기 몽둥이며 농구를 찾아 손에 쥐는데 담장 귀퉁이마다 횃불을 밝혀 마당은 대낮처럼 밝았다. 몽둥이를 든 하인들이 반원을 그리며 두 사내에게 접근하자 이유가 소리를 질렀다.

"물러들 서시게!"

사내들에게 다가서던 하인들이 그 자리에 멈춰 섰다. 이유가 다시 일렀다.

"도망치지 못하게 원진을 만들어라. 하고 거북손이가 대적하거라."

 거북손이가 몽둥이 든 사내를 제압하리란 믿음 때문이 아니었다. 도리어 벙어리 사내는 쌍수로 몽둥이를 쥐고 끝을 거북손이의 가슴 높이로 들었는데 산시우(山時雨)의 세와 흡사하니 단단하기가 태산 같았다. 어쩐지 앞을 막는 거대한 절벽과 맞닥뜨린 셈이라 뚫을 수 있을지 의구심이 날 정도였다. 이유는 어릴 때부터 거북손이를 사랑채 가까이 두고 잔심부름을 하며 군불도 때게 했다. 녀석은 명민할 뿐 아니라 몸이 빨라 무엇이든 예상보다 빨리 해치웠다. 미리감치 일을 끝내고 부지깽이나 댓가지를 휘두르며 노는 걸 문틈으로 엿보던 이유는 어떤 날은 빙긋 웃고 어떤 날은 한숨을 쉬었다. 그렇더라도 직접 불러 이를 수 없어 사서를 읽기 시작한 장남 홍순(弘詢)이를 불러 하늘천따지를 시험 삼아 일러주도록 했다. 그런지 한 달 뒤에 물었더니 한 번 일러주면 잊는 법이 없으며 남들 닷새 걸릴 배움을 한나절에 끝낸다는 게 아닌가. 이번에는 『금해병법(金海兵法)』을 던져주며 내용을 익히려거든 수단 방법 가리지 말고 문자를 깨치라고 명했다. 들리기를 녀석은 글 아는 사람 아무나 붙잡고 땅에 한 자씩 써보며 제 것을 만든다고 했다. 문틈으로 보면 책에 그려진 검법 역시 흉내 내고 되풀이하기를 일삼아 반복하는 눈치였다. 생각다 못해 당대의 검객이라는 개암사(開巖寺) 땡중 월곡(月谷)에게 일 년 남짓 녀석을 떠나보낸 적도 있었다. 녀석의 솜씨를 얼핏 본 사람들은 아무리 변산에서 적당(賊黨)이 내려와도 도화동은 걱정 없다는 말을 퍼뜨렸다. 그러나 이유는 여태껏 그의 솜씨를 본 적이 없었다.

거북손이는 대문을 등지고 병렬보(竝列步)로 서서 정면을 응시했다. 몽둥이는 역시 쌍수로 들었고 위치는 중단세(中段勢)인데 끝이 단전에서 신체 바깥쪽을 겨누고 있으니 물러나면서 방어하는 초퇴방적(初退防敵)의 세였다. 몽둥이를 겨눈 두 사람은 대여섯 걸음 거리를 두었으며 아무리 봐도 시간과 사세는 창고에서 나온 사내 쪽이 불리해 보였다. 그런데도 벙어리 사내는 초조한 기색 없이 마당에 운집한 사람을 전부 가시권에 넣은 채 작은 움직임에도 미세하게 반응했다. 이윽고 조금 우스꽝스러운 동작으로 발을 내딛었지만 조심스러움 때문이 아니라 오래 묶였던 탓에 부자연스러운 운신 같기도 했다. 한 번 뛰면 닿을 만큼 거리가 좁혀지자 다리를 벌리고 자세를 낮추며 벙어리가 위에서부터 거칠게 몽둥이를 내리쳤다. 박랑사(博浪沙) 언덕을 뛰어내려 시황(始皇)이 탄 온량거(輼輬車)를 철퇴 한 방에 박살하는 창해역사(蒼海力士)의 모습이 그러했을까. 그러나 거북손이는 그 거친 공격을 곡괭이 자루로 막아냈고 사내는 계속해서 오른발을 무릎 높이로 들면서 몽둥이 끝을 단전으로 밀었다. 그것을 우내략(右內掠)으로 걷어내니 상대는 오른발을 한 번 더 치면서 장작 패듯 손에 쥔 것을 후려쳤다. 이번에는 막지 않고 성큼 물러나 피했는데 그제야 발을 모으며 벙어리 사내는 오른쪽 어깨에 몽둥이를 의지하는 방어 자세로 돌아갔다. 처음의 산시우로부터 연이어 세 번의 공격을 취한 것인데 거북손이는 춤추듯 응대하면서 두 번 퉁겨내고 한 번은 물러나 상대가 빈 걸음이 되게 하였으니 벼 한 줄 베고 자리를 옮기는 필부의 낫질을 흉내 낸 것 같았다.

연결 동작을 끝낸 사내는 가쁜 숨을 몰아쉬며 첫 번째 공격 자세였던 과호(跨虎)의 동작을 되풀이했다. 거북손이가 몽둥이로 막은 다음 한 걸음 물러서게 되니 벙어리 사내는 물러선 만큼 왼발로 나아가며 오른손으로 치는 자세를 선보였다. 그런 뒤 연이어 오른발을 뻗고 무릎을 굽히면서 그로부터 몽둥이를 단전에서 위로 향하게 했다. 그 끈질긴 공격을 식검사적(拭劍伺賊)으로 막아내므로 거북손이는 검을 씻으며 적의 동태를 엿보는 자세였다. 또 한 번의 공격이 가로막혔으나 사내는 멈추지 않고 다시 솟구쳐 앞을 치는 자세로 나왔다. 그 또한 상대의 가슴에서 복부를 가르는 검법인데 그악스러우면서도 절박하고 물러서면 죽음이라는 절체절명의 분발이 느껴졌다. 거북손이가 몽둥이를 내략세(內掠勢)로 퉁기면서 옆으로 돌아 비어 있는 사내의 옆구리를 권으로 질렀다. 검을 들어 싸우되 주먹을 썼으니 임기응변이지만 암수(暗數)로 낮추어 볼 동작이었다. 그러나 싸움에 암수가 어디 있으며 정법이란 무엇인가.

두 사람의 몽둥이가 부딪치고 몸이 엉켰다가 비켜 갈 때마다 사람들 입에서 탄성이 터졌다. 모두가 손에 땀을 쥐었고 토방에서 내려다보던 김진사도 긴 숨을 토했다. 이 싸움에서 승리해도 소굴에서 벗어나지 못할 것을 아는데도 광에서 탈출한 사내는 싸움 자체에 몰입해 있었다. 승리냐 아니냐가 아니라 어딘가에 이를지 말지를 걸고 용맹정진하는 수도승처럼 곡진하고 경건한 태도였다. 비록 정체가 의심스럽긴 해도 이제 이유는 그자에게 어느 정도 감동하고 있었다. 거북손이에 비해 호흡은 눈에 띄게 거칠었는데 공격에 열중한 탓도 있지만 이틀 동안 먹지 못해 몸이 약해진 때문이 아닌가 싶었다. 얼굴에 흘러내려 시야를 가린 머리카락이 땀에 엉겨 날리지 않으므로 그런 면에서도 그는 불리해 보였다. 그런데도 손에 든 몽둥이와 상대에 골몰하는 집중력이 처절하면서도 무서웠다.

상대와 맞서 대응하는 거북손이를 이유는 처음 보는 셈이었다. 말수는 적더라도 자주 빙긋거리고 사람들에게 싫은 소리를 할 줄 모르는 녀석이었다. 어디서 났는지 주전부리로 챙긴 누룽지를 갇힌 자의 입에 넣어줄 만큼 여리지만 속이 넓은 아이였다. 그런데 적을 상대할 때 보니 개암사 뒤편 울금바위처럼 단단하고 우람해져서 도리어 낯설게 느껴졌다. 양반댁 가노의 신분을 벗고 무아에 이른 모습 하며 무너지는 기둥을 홀로 막고 선 듯한 그가 이렇게 늠름하고 순정했던 적은 없었다. 예로부터 수성을 중시해온 조선에서는 궁시(弓矢)나 화포를 소중히 다룰 뿐 야전은 즐기지 않았다. 단병접전에 필요한 창과 검은 당연히 뒷전에 밀려 검법에 능한 사람을 찾기도 어려웠다. 개암사 월곡에게 보내는 은전을 베풀었다 하나 녀석의 이런 모습까지를 기대했던 것은 아니지 않은가. 아이에게 베푼 선심이 불러온 이 뜻밖의 회오리를 이유는 어쩐지 감당할 자신이 없었다.

두 차례 공격을 감당한 거북손이는 방어세였던 내략으로부터 오른발을 내딛으며 적을 치는 동작으로 나아갔다. 상대가 방어하자 꿩이 공격하기 위해 외다리로 서는 금계(金鷄)를 연이어 선보였다. 몽둥이를 들어 상대가 방어하자 이번에는 몸을 한 바퀴 돌리며 뒤에 있는 적을 후려치는 후일격세(後一擊勢)까지 펼쳐 보였다. 그러다 금계로 돌아와 왼발을 내밀고 오른발로 밀어주며 수풀에서 호랑이가 기회를 엿보는 맹호은림(猛虎隱林)으로 이어갔다. 그런 다음 잡초를 헤쳐 뱀을 찾듯이 하반신을 공격해 상대를 교란하고 아래를 신경 쓰는 사이 표범의 정수리를 누르는 표두(豹頭)로 돌변해 상체를 어지럽혔다. 녀석의 현란한 공격에 그렇지 않아도 호흡이 부족해진 사내는 살전(殺戰)을 치르며 익힌 본능으로 막고 피하는 가운데 빈자리를 노렸다. 벙어리 사내의 몽둥이가 밑에서 위로 움직이는 틈을 타 거북손이는 겨드랑이 밑으로 통과하며 우요격(右邀擊)했다. 몽둥이 끝에서 느껴지는 묵직한 감촉으로 상대의 복부가 가격당한 것을 알았지만 곧 저쪽 몽둥이가 어깨를 두들겨 패고 지나갔다. 진검이었다면 틀림없이 사내는 내장을 쏟았을 것이고 거북손이는 팔 하나를 떨어트렸을 요격이었다. 거북손이는 저도 모르게 몽둥이를 내던지며 무너지는 어깨를 손으로 감쌌다. 그때 저편 사내가 무릎을 꿇더니 몽둥이를 땅에 꽂아 고꾸라지려 몸을 지탱했다. 김진사네 하인들이 우르르 몰려들어 사내를 포박하고 뒤에 선 또 다른 사내까지 오라를 지워 창고에 끌고 갔다.

"허허! 돈 주고도 못 볼 검을 보았습니다."

그제야 김진사가 큰 숨을 쉬며 이유를 보고 웃었다. 이유가 끄덕이자 그가 다시 일렀다.

"저 아이에게 탁주를 내줘라. 목이 마를 것이다."

그러자 거북손이가 가쁜 숨을 쉬며 조아렸다.

"창고에 갇힌 자들에게도 한 사발씩 내리시지요."

거북손이는 상대에게 예를 갖출 만큼 의젓했다. 돌아보는 김진사에게 이유는 끄덕여 보였다.

"창고에 있는 자들도 해갈하게 해주어라."

밝혀진 횃불이 꺼지고 사람들이 흩어졌다. 뜨거움으로 가득하던 마당은 사위는 숯불처럼 열기를 잃고 한기 속에 잦아들었다. 달도 기울고 허공을 쏘던 소쩍새 소리까지 사라지자 동녘 하늘이 부유스름해졌다. 김진사와 겸상을 하고 나자 수범이가 들어와 지난밤 일을 고했다.

"아무래도 쟁기에 묶였던 자가 쟁기날에 밧줄을 끊은 듯합니다."

"하면 밖으로는 어떻게 나온 것이냐?"

"경첩을 부순 듯합니다. 그 소리를 거북손이가 들었던 것입니다."

"그리 되었구나."

수범이가 밖으로 나선 뒤에 김진사가 의견을 밝혔다.

"벙어리라는 그자 말입니다. 장돌뱅이 주제에 검을 그렇게 다룰 리 없지 않습니까?"

"그렇지요. 오늘은 정체를 알게 될 겝니다."

창고에 가려고 밖으로 나서자 거북손이는 벌써 마루 아래 서서 기다리고 있었다. 녀석과 마당을 가로지르며 물었다.

"어깨는 괜찮더냐?"

"뻐근하지만 견딜 만합니다. 벙어리가 묶인 몸이 아니었다면 당치 못했을 것입니다. 무서운 솜씨였어요."

지난밤의 일과 방금의 말까지 접하고 나자 거북손이가 더욱 청지기 노릇이나 할 아이로는 보이지 않았다. 아내 김씨가 시집올 때 데려온 몸종의 몸을 빌려 태어난 아이였다. 어려서 역병이 돌 때 부모가 먼저 명을 놓았지만 김씨가 빈자리를 메워주려고 무던히도 애쓰던 일을 이유는 알고 있었다. 그렇더라도 노비의 씨앗인 이 아이를 어찌해야 할까. 밑에 두고 낮이나 들리기에는 이유 자신의 궁량이 너무도 좁게 생각되었다.

"헌데 나리."

"말하거라."

"그자는 조선검이 아니었습니다."

한 번 대련해서 거북손이는 사내의 정체를 파악해버린 듯했다.

그새 경첩을 수리해 창고의 문에는 다시 잉어자물통이 채워져 있었다. 벙어리 사내는 어제와 달리 뒤에 묶여 있는데 탁주 한 사발을 얻어 마신 까닭인지 전날보다 혈색이 좋았다.

"오늘 새벽에 있었던 일로 확신하게 되었다. 너희들은 장돌뱅이가 아니다. 본색을 밝히겠느냐 아니면 고신을 당하겠느냐?"

이유가 무자위 앞의 사내를 다그쳤다.

"그럴 생각이면 빨리 처결하지 어찌 긴 말을 하십니까?"

"너는 조선인의 말본새인데 어찌하여 적국을 편드는 것이냐?"

"어서 끝을 보시지요. 흥이 없습니다."

"죽으면 무슨 소용인가? 사실을 말하면 정상을 참작하게 되니 목숨을 보전할 것이다."

"조선 양반네의 말을 믿으란 게요? 콩으로 메주를 쑨대도 안 믿습니다. 일찍이 마누라는 주인댁 아들놈이 노리개로 내돌리다 살해했소. 일이 들통날까 면천하겠다 해놓고 나까지 수장시키려 하더이다. 수령이라는 자들은 온갖 핑계로 백성의 고혈을 쥐어짜고 갓 쓴 자들은 백성의 자잘한 땅뙈기까지 남김없이 쓸어가니 왜구보다 무엇이 낫단 말입니까. 왜구는 가끔 식량이나 앗아가지만 양반네는 근거를 빼앗습니다. 조선은 적국이 아니라 백성들 손에 망할 것이오. 어찌 댁네를 믿겠소."

방자하긴 하나 숫제 그른 말은 아니었다. 조카를 내몰고 왕위를 찬탈한 세조 이래로 기개 있는 선비는 죽임을 당하거나 정가를 떠나 조선은 선초(鮮初)의 본의를 잃은 채 좌초하고 있었다. 충신이 떠난 자리는 왕위 찬탈에 앞장선 자들로 채워지니 공신들은 훈구(勳舊)란 이름으로 대를 이어 분탕질에 몰두했다. 이유의 고조인 이안이 한양을 떠난 일도 그와 무관치 않은데 산림에 은거한 선비들이야 눈을 씻으면 그만이지만 속세의 촌민들은 행악질을 몸으로 당할 수밖에 없었다.

"사대부라고 토색질만을 일삼겠느냐? 어차피 죽을 각오라면 날 믿어보는 것도 나쁜 패는 아닐 것이다."

"믿지 못하겠소. 정상을 참작한다지만 예서 죽이기보다 관에 넘겨 처결한다는 말 아니오? 관에 넘겨진다고 어찌 모가지가 붙어 있겠소."

듣고 보니 맞는 말이었다. 관에 넘겨 정상참작을 부탁한들 수령이 들어줄 리 만무했다. 내직으로 향하기 바쁜 터에 시골 유생의 체면을 고려하면서까지 굴러온 공적을 걷어찰 수령은 없었다.

"네 말은 알겠다. 그렇다면 저 아이를 믿어보는 건 어떠냐?"

이유는 문 앞에 선 거북손이를 가리켰다. 녀석을 보는 사내의 눈이 부드러워지는 것 같았다. 이유가 놓치지 않고 재촉했다.

"어찌해주길 바라느냐?"

"제가 묻고 싶습니다. 어찌할 셈입니까? 배부터 채우게 해주겠소?"

관아에 수령의 먹잇감으로 내줄 것인가, 조선 바깥의 일을 당자

간자

로부터 들을 것인가. 적국의 상황을 통신사가 아니라 당사자의 입으로 확인한대도 국정에 입김 넣을 처지는 아니었다. 그러니 헛심 쓸 게 아니라 넘기고 손 털면 개운해질 일이었다. 김진사의 입장에서도 공을 과시할 수 있으니 이재의 발판 하나를 더 놓을 기회였다.

"묻는 말에 숨김없이 답하면 조건 없이 너희를 방면하겠다."

이유가 그런 말을 뱉어버린 것은 결국 앎에 대한 욕망 때문이었다. 경서 밖의 세계를 파악하는 일은 당장 취할 이득보다 훨씬 자극이 컸다. 그 허영이야말로 관에 나가지 않고 향리에 박혀 살게 하는 내밀한 자존심이 아닌가. 이유의 말에 사내는 무자위 뒤편 사내에게 무언가 왜말을 건넸다. 그 자신 왜국 간자임을 토설하는 행위인데 이유와 거북손이는 알아들을 수 없는 그들의 대화를 참고 들었다. 절충이 되었는지 조선인 사내가 이편을 보았다.

"오라를 풀고 요기부터 하겠답니다. 그런 다음 제안대로 하겠답니다."

"요기만 하고 약조를 저버리면?"

사내가 다시 뒤편에 말을 건넨 다음 왜인의 뜻을 통역했다.

"사무라이의 약속은 목숨과도 같답니다."

광을 나온 이유는 김진사에게 상황을 설명하고 사내들과 약조한 일에 양해를 구했다. 학문보다는 이재에 밝은 사람이지만 김진사는 이유의 결정에 토를 달지 않았다. 곧 행랑채에 밥상이 차려지고 광에 갇힌 사람들 몸에서 오라가 풀렸다. 행랑방 윗목에서는 거북손이가 두 사람을 지켜보았으며 밖에서는 집안 식솔들이 몽둥이와 농구를 들고 안을 감시했다. 이틀씩 배를 곯았는데도 두 사람은 서두르지 않고 음식을 꼭꼭 씹었다. 요기를 마친 뒤 그들은 바깥사랑으로 옮겨 이유 등과 마주 앉았고 거북손이와 수범이가 윗목에 시립했다. 차가 데워진 후 곧장 문답이 시작되었다.

"왜국의 관백(關白)은 어떤 자인가?"

먼저 김진사가 물었고 핫토리 마사나리(服部正成)라는 자의 말을 조선 사내가 통역했다.

"그는 한미한 가문 출신으로 오다 노부나가(織田信長)의 측근이 되었습니다. 오다 노부나가가 왜국 통일을 목전에 두고 살해되자 범인을 토벌하고 통일 위업을 이루어가는 중이지요. 미천하나 명민하며 배포가 있는 잡니다."

이번에는 이유가 물었다.

"그토록 못 잡아먹어 으릉대던 자들을 노부나가라는 자는 어찌 꿇리고 통합했단 말인가?"

"조총이라는 신무기를 중심으로 새로운 전법을 고안했기 때문입니다. 또한 도요토미 히데요시(豐臣秀吉)와 같은 한미한 가문 사람들까지 측근에 둘 만큼 실사를 중시했으며 전장에서도 앞장서서 싸웠습니다."

"그렇다면 모처럼 화평해질 터인데 조선과 전쟁을 하겠는가?"

"저 같은 말단 사무라이가 그를 어찌 알겠습니까? 허나 관백께서는 평화시의 사람이 아니라 전란 중의 사람입니다. 노름판의 그 뜨거운 흥분을 다른 데서 찾겠습니까?"

"전쟁을 통해서만 삶을 확인하는 자란 말이로구나. 나라를 안정시키고 태평성대를 누리는 일에 힘쓰지 않고 어찌 백성을 다시 사지로 몬단 말이냐? 그는 정치를 모르는 자가 아닌가."

"전쟁은 정치가 아니옵니까? 전쟁이 정치가 아니면 무엇을 정치라 하겠습니까? 아직 일본은 완전히 통일됐다고 볼 수 없으며 도상에 있는 나라입니다. 만일 조선과 전쟁을 하게 된다면 그 또한 나라가 만들어지는 한 과정이겠지요."

"왜국이 통일을 이룬 게 아니라 도상에 있다는 말은 이해가 된다. 허나 제 나라를 통일하는 과정이 남의 나라를 침범하는 일이라면 누가 그 말을 믿겠는가?"

"때로 전쟁은 얻기 위해서가 아니라 버리기 위해서도 하는 법입니다. 남과 벌이는 전쟁이야말로 단합을 만드는 절호의 방편일 것입니다. 몸을 줄이더라도 정신이 고양된다면 전쟁도 밑지는 일만은 아니겠지요. 그 열기를 모아 국가를 만든다면 미적지근한 통일보다 힘이 될지 어찌 알겠습니까."

왜국 간자의 말을 듣는 이유의 몸에 소름이 돋았다. 마사나리란 자의 학식을 예단할 수 없으나 전장을 누비고 다닌 일개 하급 무사의 식견이 놀라웠다. 한 가지에 골몰하면 일체를 깨친다더니 그를 두고 하는 말인 듯했다. 지금껏 맛보지 못한 음식이 이토록 즐비한 즉 세상은 얼마나 넓고 도저한가. 어쩐지 이유는 왜국을 하찮게 보는 내심의 허세가 무너지는 소리를 듣고 있는 것 같았다. 보려는 방식만으로 상대를 대하는 태도야말로 편협하지 않은가.

"현재 왜국에서는 전장에 동원할 군사가 얼마나 되는가?"

"정확히는 알 수 없으나 이십만은 될 것입니다."

그 또한 놀라운 말이었다. 그 오랜 전란을 겪고도 그만한 군사가 유지된다면 그를 지탱하는 항산(恒産)이 그만큼 뚜렷하다는 증거였다.

"왜국에서는 어떤 장수가 지략과 용맹을 떨치는가?"

"일본은 조선과 달리 갈라졌다가 합수하는 강줄기 같지요. 한(藩)마다 수백 수십의 다이묘(大名)와 구니바토(國人)가 있으니 커다란 강이 수백 수천의 개울을 거느린 것과 같습니다. 어찌 일일이 거론하겠습니까?"

"그렇다면 번마다 반목하는 바도 크겠구나?"

왜군이 대규모 병력을 보내더라도 일사불란한 지휘체계를 마련하지 못한다면 그건 다행이 아닐 수 없었다. 과연 마사나리는 그 말을 부정하지 않았다.

"그렇다고 볼 수 있지요."

"헌데 아까 말한 그 조총은 무엇인가?"

찻잔을 기울이던 김진사가 말에 끼어들었다. 보이지 않는 두루

뭉술한 일보다 그는 새로운 문물에 관심이 많았다.

"파도에 떠밀려온 서역 상인들이 가져온 물건입니다. 화포와 같은 원리인데 손으로 들고 다니며 쏘는 물건이지요."

"손으로 들고서 화포를 쏜단 말인가?"

"콩알만 한 총탄을 발사하지요. 백 보 이상 날아가며 인마를 살상하는 능력이 뛰어납니다."

김진사와 이유는 내처 왜군의 진법이며 백성의 생활을 물었고 약속대로 마사나리는 깜냥껏 토설했다. 왜국 임금과 관백의 관계, 왜국 장수들의 능력, 곡식의 소출 정도, 자연재해에 이르기까지 그들의 대화는 오후 늦게까지 멈추지 않았다. 묻는 사람이나 답하는 사람 모두가 신경을 곤두세웠던 터라 시간이 흐르자 서로 낯빛들이 특특해지기 시작했다. 한낮 기운으로 팽팽하던 창호지가 후줄근해지자 윗목의 거북손이가 뜻밖의 제안을 했다. 몽둥이를 들어 대련한 간자에게 저의 약점을 들어보고 몇 수 묻고자 한다는 것이었다. 이유와 김진사의 허락을 받은 거북손이는 행랑으로 자리를 옮겨 조선인 사내를 통역 삼아 마사나리와 마주 앉았다. 둘은 죽이 맞아 시간 가는 줄을 모르더니 나중에 마사나리는 종이에 그림까지 그려주며 왜검의 토유류(土由流)며 천유류(千柳流)를 설명했다. 그 일까지 마치자 약속대로 김진사는 곧장 동래로 돌아간다는 확약을 받고 두 사람을 풀어주었다. 사내들이 떠나기에 앞서 장돌뱅이 흉내를 내려거든 제대로 하라면서 노자 삼아 건어물까지 부담롱에 채워주었다. 그들이 떠난 후 김진사가 이유에게 제안했다.
"내 어디 유능한 대장장이를 찾아 환도 하나를 제작해 보낼 생각입니다. 저 아이에게 주는 선물로 말입니다."
김진사는 이유가 대동한 거북손이를 턱짓으로 가리켰다.
"혹 저 아이에게 줄 말이 있거든 일러주세요. 칼등에 새기도록 하지요."
이유는 알았다며 고마운 청을 받아들였다. 날이 늦어 하룻밤을 더 묵고 길을 나설 때에 김진사는 각종 과일과 해물을 지게에 얹어 사람을 붙여 따르게 했다. 이유는 기왕 마실을 나왔으니 흥덕에 사는 채홍국(蔡弘國)을 찾아보련다며 지게 진 김진사네 일꾼을 먼저 도화동에 떠나보냈다. 그날 동구까지 따라 나온 수범이에게 이유가 일렀다.
"경서를 소홀히 하지 말되 말타기와 활쏘기에도 정성을 기울이도록 해라."
수범이는 뜻밖이라는 듯 끄덕이면서도 물었다.
"이미 그러고 있습니다. 헌데 무슨 연유로 기마와 무예를 언급하시는지요?"
"이번 일을 겪으며 무반이 너의 자리가 아닌가 그런 생각을 했다. 어찌 문과만을 대수라 하겠느냐. 연전에 정읍현감으로 있던 전라좌수사는 무반이지만 한 치의 흐트러짐도 없다는 말이 들려온다. 너도 그쪽이 합당할지 모르겠구나."

정읍현감을 지내다가 전라좌수사로 옮겨간 사람은 이순신(李舜臣)이라는 무인이었다. 수범이가 허리를 굽히며 예를 올렸다.
　"말씀 유념하겠습니다. 먼 길 안녕히 가십시오."
　그곳을 나와 이유는 거북손이를 대동하고 흥덕으로 채홍국을 찾아갔다. 채홍국은 이유보다 아홉 살 많은 선비로 부안에서 태어나 흥덕 남당촌(南塘村)에 세거했다. 이유와는 일 년에 서너 차례 내왕하는데 성품이 곧고 학식이 뛰어나 흠모하는 선비였다. 이유는 간자를 통해 알게 된 일들을 채홍국에게 일러주며 의견을 경청하고 싶었다.

몽진蒙塵의 땅

조반을 마친 이유는 영광 남산리에 있는 이곤(李琨)의 집을 나섰다. 이곤은 생부 장영의 장남으로 이유에게는 형님이었다. 이유는 손이 없는 숙부 억영에게 양자로 입적되어 영광 남산리에서 부안 도화동으로 옮겨 살게 되었었다. 따라서 생부와 양부가 모두 아버지인데 양부가 명을 달리한 뒤 그쪽 가산을 물려받고, 생부 장영의 가산도 일부를 물려받아 학문에만 전념할 수 있었다. 한 번 찾았으면 한다는 이곤의 전갈을 받고 이유는 길동무 삼아 장남 홍순과 둘째 홍의(弘誼)에게 동행을 청했다. 아이들에게는 백부와 사촌들을 만날 기회였는데 아닌 게 아니라 이곤은 조카들을 흐뭇하게 여겼고, 형제는 또 사촌들과 날 새는 줄 몰랐다.

 아들 둘과 남산리에서 나와 이웃 마을에 들어서며 보니 남산 줄기가 산벚꽃으로 푸짐했다. 마을 중간의 초가집 탱자울 밖에는 살구 가지가 늘어지고 점점이 퍼진 꽃 무더기 사이로 붉은 치마가 보였다. 이유가 마당으로 들어섰을 때 가희(佳姬)는 살구나무 가지 꽃떨기에 눈을 대고 있었다. 댕기머리는 햇빛을 받아 반짝이고 꽃 속을 들락거리는 벌들의 웅웅 소리가 혼곤함을 부추겼다.

"무얼 그리 몰두해서 보느냐?"

"오라버니!"

가희가 돌아보며 화들짝 놀랐다.

"예까지 어인 일이셔요?"

"남산리에 왔다가 보려고 들렀다."

아들 홍순과 홍의가 마당에 들어와 허리를 굽혔고 가희 역시 머리를 숙였다. 후실의 여식이지만 이유의 동생이라 홍순 홍의에게 그녀는 고모였다. 상견례가 끝나자 그녀가 안에 대고 일렀다.

"어머님, 도화동 오라버니께서 오셨습니다."

안방에서 나와 바삐 마루를 내려서는 중년 여인에게 이유는 허리를 숙였다.

"그간 무고하셨는지요. 사는 곳이 달라 자주 뵙지를 못합니다."

그가 대문간의 아들들을 돌아보자 형제가 다가와 허리를 굽혔다.

"먼 길을 오셨습니다. 안으로 드시지요."

아들 둘을 밖에 세워두고 이유는 가희의 방으로 올라섰다. 윗목에 반닫이와 장롱이 놓이고 방 가운데 수틀에는 목단이 피는 중이었다. 이유가 자리에 앉고 난 뒤 여인이 꿀물을 내왔다. 생부 장영이 아끼던 여인이요, 행동거지가 조신해 장형 이곤은 가까운 곳에 거처를 마련해 모녀의 생계를 살폈다. 가희의 어머니는 이유가 가희의 방으로 들어서자 딸에게 용무가 있는 것을 알고 자리를 비켜주었다. 손닿기 편한 자리에 꿀물을 놓아주는 가희의 손톱 끝에 까맣게 때가 끼어 있었다. 사군자를 위해 제법 파지를 낸다던 사정을 이곤으로부터 들어 알고 있었으나 아직 그림을 본 적은 없었다.

"남산리 형님이 날 부른 연유를 아느냐?"

가희는 고개를 끄덕였다.

"불갑면의 강항(姜沆)은 선초의 공신 강희맹(姜希孟) 대감의 손이다. 그는 약관으로 초시에 들었으며 대대로 우리와 교류해온 명문가의 자제다. 인물은 또 어떠하냐? 강건하지만 온유한 사람이다."

이곤이 이유를 부른 까닭은 의붓동생 가희의 혼사 때문이었다. 나이가 나이인지라 형제로서도 혼처를 마련하지 않을 수 없었다. 이곤은 강항을 입에 담았었다.

"오라버님 말씀 잘 알고 있습니다."

"헌데 기쁜 얼굴이 아니로구나."

"불갑면의 선비가 아무리 뛰어나도 저는 후실이 될 테지요. 어여삐 여기시더라도 그늘 속의 꽃이 아닙니까. 제가 낳은 아들은 과거를 볼 수 없고 딸은 또 누군가의 후실이 되겠지요."

재주가 남다르고 인물이 출중해도 결국 가희는 후실의 여식이었다. 제 어머니의 한숨과 그늘을 어려서부터 엿보며 자란 아이였다. 이유는 드러나지 않는 한숨을 쉬었다. 어린 동생의 푸념이 통증을 불러일으켰으나 할 수 있는 일이 없었다. 이것은 제도의 문제일 뿐 아니라 나라가 지탱되는 근본 원리라 부정하면 탈이 나게 돼 있었다.

"네 말이 맞다. 너를 향한 우리 형제의 안타까움이 그것이다. 그렇다고 마냥 나 몰라라 할 수는 없으니 강항이라면 믿음직한 사내 아니냐? 그는 나라의 동량이 될 사람이다. 나라를 경장할 인재로 성장하는 데 네 명민함이 쓰였으면 좋겠구나."

가희의 치마폭에 후두둑 눈물이 떨어졌다. 이유가 그 모습을 외면했다.

"미안허다. 오라비가 힘이 없고 용렬하다!"

고름을 들어 눈자위를 찍던 가희가 고개를 들었다.

"절 대하는 오라버님들의 뜻을 잘 압니다. 어찌 이리 제 처지는 가여울까요."

가희는 다시 눈물을 떨구었다. 그런 동생을 바로 보지 못해 이유는 허공에 대고 눈을 끔벅거렸다. 하지만 여항의 농사꾼을 만나 아침부터 밤중까지 호미를 쥐고 사느니 양반가의 후실이나마 화선지를 벗하는 쪽이 더욱 간절한 일임을 왜 모르랴. 이끼처럼 음습함에 갇히더라도 수묵에 뜻을 두었다면 그늘마저도 숭엄한 것을. 불편한 자리를 조금 더 지키다가 밖에 나서자 훈풍은 다사롭고 풀들 자라는 소리가 들리는 것만 같았다. 지체하지 않고 고샅을 나와 아들들에게 불갑면으로 가자 일렀다. 재를 넘고 장천사(長川祠)를 비키자 땀이 솟았다. 혹독한 겨울을 난 후의 봄은 처음도 아니면서 모두 새것처럼 사람을 현혹했다. 솜털에 싸인 쑥이 길가에 홀로 짙어지고 누구네 싸리울 안에는 어미 닭이 새끼를 끌고 늠름하게 마당을 가로질렀다. 두 마리 솔개가 높직한 데서 선회하는 가운데 물항아리를 이고 가는 처자가 보든지 말든지 흘레붙는 개들은 똥구멍을 맞대고 가쁜 숨을 쉬었다.

 부지런히 길을 줄여 불갑면을 찾아갔을 때 의관을 갖춘 강항은 경서를 들여다보고 있었다. 어려서 양부 억영을 찾아 경서를 읽은 까닭에 이유와는 동문이나 다름없었다. 이유는 두 아들을 마루에 앉혀놓고 홀로 방에 들었다. 성가를 해서 그런지 두세 살 층하밖에 나지 않는 홍순이보다 한층 의젓해 보였다. 이유가 형제처럼 지내므로 아들 홍순과 홍의는 친구랄 수도 없어 자연 소원했는데 이제는 고모뻘인 가희하고 짝이 될 판이라 가뜩이나 어정쩡해진 듯했다.

 "요즘엔 무엇으로 소일하는가?"

 "대과(大科)를 준비하느라고 마음이 급합니다. 별고 없으셨지요?"

 "내야 나이만 든 산림처사가 아닌가? 한가롭네."

 "남산리에 다녀오시는 게지요?"

 강항은 이유가 무엇 때문에 행보했는지 짐작하고서 물었다. 야트막한 광대뼈가 볼에 묻히고 눈썹도 각진 데가 없어 보고 있으면 편해지는 얼굴이었다. 사람들은 너그러운 편이라고 입을 모으는데

몽진의 땅

여동생을 맡기기로는 호걸풍보다 무난함에 마음이 가니 인지상정이었다.

"자네가 거부하고서야 남악(南岳) 형님이 내게 상의하신 않았을 테지."

남악이란 이곤의 호였다. 강항은 손이 귀한 집 자손이라 집안 어른들의 강권이 있었음을 이유도 아는 처지였다.

"면목 없게 되었습니다."

"면목 없을 게 무언가? 우린 가희를 자네에게 맡기게 되어 마음이 가볍다네. 남악 형님이나 내가 그 아이 아끼는 마음은 잘 알 테지?"

"예에 어긋남 없도록 하렵니다."

"우린 믿네. 어서 대과에 급제했으면 좋겠구먼."

달리 무엇을 부탁하러 온 길은 아니었다. 강항이야 조신하고 앞길이 창창한 사람이라 다른 일은 당부할 필요도 없었고, 행로에 얼굴이나 보려던 것이었다. 담소를 나누던 중에 강항이 물었다.

"혹시 소식 들으셨습니까?"

"무슨……?"

"왜구가 부산포에 상륙했다는군요."

"바다를 건너왔단 말인가?"

"엊그제 해남에 사는 동접에게서 들었습니다. 그도 들은 이야기라는데 왜구가 온 건 확실한 모양입니다."

줄포에서 지난가을에 만난 간자 핫토리 마사나리의 얼굴이 떠올랐다. 동래에 상륙했다는 왜적이 주린 배나 채우러 나선 해적이면 몰라도 침략군이면 가벼이 볼 문제가 아니었다. 그러나 아직은 풍문에 불과하니 서둘러 호들갑 떨 일은 아니었다. 전쟁이 일어나지 않기를 바라는 마음이 왜구의 상륙을 통상의 노략질로 치부하라고 저 깊은 어디에서 말을 건네는 것 같았다.

"하여튼 사태를 더 파악해봐야겠네."

이유는 작별 삼아 말하며 자리에서 일어났다. 부랴부랴 길을 나섰지만 선운산이 나타날 무렵 노을이 들기 시작해 해 안에 도화동까지 대기는 틀린 일 같았다. 흥덕에 도착하자 날이 어두워져 하는 수 없이 줄포 김진사네로 노정을 잡았다. 한밤중이 되어 줄포에 닿자 김진사는 늦은 시각인데도 저녁상을 내게 했다. 식사를 끝낸 홍순과 홍의가 수범이와 정담을 나눈다고 자리를 뜬 후 이유를 위해 김진사는 따로 술상을 내게 했다.

"혹 소식 들으셨습니까?"

"소식이라뇨?"

이유는 강항에게서 들은 이야기를 떠올렸다.

"왜구가 나타났답니다. 노략질이나 일삼는 해구(海寇)가 아니라 정규군이올시다. 부산진이 떨어지고 첨사 정발(鄭撥)이 죽었다고 합니다. 동래성도 무너졌다 하니 지금쯤 밀양으로 향할 겝니다."

강항만 해도 정확한 내막은 모르고 소문을 전할 뿐이지만 김진사는 상고(商賈)를 부리는 사람이었다. 인근에서 나는 해산물을 독

점하는 거상이요 부리는 장사치가 전국에 거미줄처럼 뻗어 있었다. 그런 김진도의 말을 뜬소문으로 치부할 수는 없었다. 부산진이나 동래는 왜구의 침습이 잦아 방비가 튼튼한 고을이지만 하루 만에 떨어졌다는 말을 듣자 쓴 침이 고였다.

"왜군이 그리 강성합니까?"

같은 조건이라면 마사나리를 당치 못했을 거라던 거북손이의 말이 되새겨졌다.

"그런 모양입니다. 저들이 이 고을까지 침범하면 어찌합니까? 생각만 해도 뼈마디가 쑤십니다."

이유 못지않게 김진사도 생각이 많아진 눈치였다. 경상도와 전라도의 수군을 격파하면 왜군은 서해에 나타나는데 남해의 수군이 제대로 당해낼지 걱정스러웠다. 바닷길이 아니라도 경상도가 무너지면 섬진강을 건너오거나 운봉 남원으로 해서 전라도로 통하는 길이 있었다. 또한 금산과 진산을 거치면 곧장 전주성에 도달하니 지금은 조용해도 서해안이 범접 못 할 요새는 아니었다. 답답해진 김진사가 다시 의견을 물었다.

"변산 깊은 골에 산채라도 마련할까요?"

"아니올시다."

"허면……?"

"지금 여기서 뭐든 해야지요. 왜적이 틀고 앉아 물러가지 않으면 변산은 독 안에 든 쥐입니다. 피신책을 세우되 다른 계책도 마련해야 합니다. 우선 할 수 있는 일부터 모색합시다."

그 말을 하는 동안 이상하게도 핏줄이 꿈틀거렸다. 후학을 양성한다고 하지만 너무 고요해서 무료했는데 호수에 메기가 나타난 것처럼 펄떡 긴장이 되면서 결기가 곤두섰다. 골방에 박혀 있대야 별반 정진이 있을 것 같지도 않고 무언가 틀어지고 있다는 생각을 은연중 해오던 차였다. 경서를 읽는 것은 삶의 바탕을 세우기 위함이요, 궁극으로는 세상에 맞서보자는 뜻이 아닌가. 흙탕물로 뒤집히고 나면 호수는 더욱 싱싱한 생령을 살찌우게 될 것 같았다.

밤 깊도록 김진사와 잔을 나누다가 이튿날 이유는 아들들을 앞세우고 일찌감치 귀로에 올랐다. 줄포에서 도화동은 먼 길이 아니건만 마을을 지날 때마다 흉흉한 말이 들려왔다. 전날 왜구가 상륙했다는 소식을 듣고 저녁에는 동래가 떨어졌다는 말을 들었지만 하루 상간에 풍문은 더욱 생생해져 허공을 떠다녔다. 왜군이 부산진에 상륙하자 첨사 정발은 백성을 대피시키고 배 세 척을 자침(自沈)한 다음 항전하다가 전사했고, 다대포진(多大浦鎭)의 군사들도 첨사 윤흥신(尹興信)과 임전했다가 몰사했다고 했다. 경상좌수사 박홍(朴泓)은 동래성 구원에 실패하자 경주로 퇴각했으며, 경상좌병사 이각(李珏)은 울산 좌병영을 버리고 북으로 줄행랑을 놓았다는 게 아닌가. 이쯤 되면 나라의 명운을 건 전면전은 시작된 것이나 다름없었다.

도화동에 돌아온 그는 사랑에 박혀 몇 날을 보낸 뒤 장남 홍순에게 무슨 일이 생기거든 즉각 대피하도록 짐을 꾸리라고 일렀다. 홍의에게는 바깥소식을 수집하게 하고 집에 있는 병장기를 꺼내 식솔들에게 나눠주도록 조치했다. 그러는 사이 동생 이진(李瑨)의 집에 양자를 보낸 막내 홍원(弘諼)이 서간을 보내 안부를 물었다. 홍원의 서간에는 동래성을 떨어트린 왜군이 울산을 넘어 북상하는 가운데 또 다른 왜군이 사백여 척에 분승해 김해에 상륙했다고 적혀 있었다. 이유는 홍원의 필적을 접하자 가희의 눈물을 마주하던 날처럼 무언가 사무치는 마음이 되어 가슴이 무지근해졌다. 그 자신 숙부에게 양자를 와서 야뇨증까지 앓았는데 제 속으로 낳은 자식을 동생에게 보내야 하는 얄궂은 운세와 맞닥뜨리지 않았던가. 세 아들 가운데 하필 홍원을 양자로 보낸 것은 기질이 가장 강건하고 야무지기 때문이었다. 그립거든 참지 말고 다녀가거라. 이유는 홍원에게 일렀고, 아비가 될 아우 이진에게도 그렇게 양해를 구했었다.

홍의가 가져오는 소식만으로는 전황을 파악할 수 없어 두 아들을 전주와 김제까지 보내 소식을 듣게 했다. 그런 한편 인근 선비들을 만나고자 서둘러 향교가 있는 동도면(東道面)으로 걸음했다. 벌써 상당수가 산중으로 피신해 고을에는 남은 선비가 얼마 되지 않았다. 논의 끝에 관아로 달려가 부안현감에게 앞일을 묻기로 하고 다 같이 면담을 신청했다. 부안현감 김여회(金如晦)는 무과에 입격한 무장으로 얼굴이 검고 입술이 두툼해 일당백의 풍신이지만 졸장부였다. 화환이 박두했음에도 군사를 점고하며 병기창의 무기를 꺼내 녹을 닦기보다는 어떻게 화를 면할지 전전긍긍했다. 전라감사 이광(李洸)이 근왕병(勤王兵)을 모집해 한양으로 올라간다고 분주하고, 전주부윤과 광주목사 나주목사 남원부사 동복현감 구례현감 등이 그에 호응하여 군사를 몰아가는데도 관아에 박혀 안위만을 도모했다. 부안현감을 통해 알게 된 사실은 삼도순변사 신립(申砬)이 탄금대에서 왜군을 맞아 싸우다 전사했다는 소식뿐이었다. 선비들을 모아 김여회를 만난 일이 모두 실없는 짓이 돼버려 이 궁리 저 궁리 집을 지었다 허물기를 반복할 무렵 김제와 전주에 나간 두 아들이 돌아왔다.

"임금께서 파천(播遷)하고 몽진(蒙塵)을 했다 합니다."

제가 큰 잘못이라도 저지른 사람처럼 홍의는 주저하며 들은 이야기를 고했다. 왜구가 상륙한 이래로 수상쩍은 소식만 횡행하는 가운데 어쩐지 시각의 흐름이 빨라진 듯했다.

"몽진이라면…… 어디로 간다더냐?"

"평양으로 가시겠지요. 왜적의 기세가 강성하니 평양이라고 버텨낼지 의문입니다."

이유는 눈살을 찌푸렸다. 작금의 임금은 정여립이 역모를 꾀한다는 중상만 믿고 전주와 나주의 선비 천여 명을 도륙한 장본인이었다.

"그뿐이 아닙니다. 임금께서 파천했단 말을 듣고 근왕병을 모아 올라가던 전라감사께서 군사를 파하고 회군했다는군요."

전주에 다녀온 장남 홍순이도 수집해온 소식을 알렸다. 차남 홍의가 외탁이라 키가 훤칠하고 뼈대가 굵은 반면 홍순은 관후하고 단아한 편이라 학풍이 뚜렷했다.

"반가운 소식은 하나도 없구나."

"그래도 국난에 대처하려는 움직임이 곳곳에 나타나는 중입니다."

이유가 홍순을 보았다.

"무슨 소식이 있느냐?"

"나주 김천일(金千鎰) 선생께서 의병을 모아 태인으로 가고, 담양 고경명(高敬命) 선생께서도 거의했다 합니다. 흥덕 채홍국 어른께서는 담양 의군에 결합했다 들었습니다."

김천일은 영광 남산리의 이곤과 왕래하던 처지라 이유와도 면을 트고 지냈다. 그는 장수현감을 역임한 이유의 장인 김수복(金壽福)과도 막역했으며 성품이 곧고 학행이 바르기로 알려져 있었다. 또한 고경명은 예기(藝妓) 매창(梅窓)을 포함해 부안의 시인 묵객과 시서를 즐기므로 먼발치로 몇 차례 대면한 관계였다. 김천일과 고경명은 천행으로 기축년 옥사(獄事)를 피해간 이들이었다.

"역시 거유들이라 본받을 만하구나."

그렇게 말해놓고 이유는 두 아들을 불렀다.

"홍순아, 홍의야. 허면 이제 우리는 어찌하느냐?"

홍의가 망설이지 않고 생각해둔 바를 밝혔다.

"시초(矢硝)를 모아 의병 진영에 보내면 어떨지요."

이유가 머리를 주억거리자 홍순이도 의견을 냈다.

"몽진을 하셨다면 임금께서 겪을 고초가 만만치 않을 것입니다. 궁인과 대소신료와 식솔들도 따랐을 것인즉 섭생이 요족할 리 없지요. 싸움도 중하나 의곡(義穀)을 모아 운송하면 어떨지요."

홍순의 의견은 그럴듯하고 아귀도 잘 맞았다. 하지만 그 일을 감당하자면 환멸의 감정을 눌러야 했다. 고조께서 계유정란을 겪고 낙향한 이래로 권력에 대한 환멸은 낙인처럼 가문 인사들에게 각인돼 있었다. 조부 석(碩)이 무오사화가 일어나자 은거한 일이며 양부 억영이 사마시에 합격하고도 잠적한 일이 모두 그 때문이었다. 이유의 형제들이 출사의 뜻을 접고 향촌에 박힌 연유도 그런 가풍과 무관하지 않았다. 정여립과 동모했다는 혐의로 강직한 친우들이 곶감처럼 꿰어진 일을 이유는 어제 일처럼 기억했다. 그 모든 환멸의 중심에는 언제나 임금과 권력이 있었다.

"도적이 집에 들어온 이상 아들이냐 아비냐 그게 중하진 않겠지요."

그날 밤에 심중의 심란함을 풀어놓자 아내 부안김씨는 그렇게 조언했다.

"그 졸렬한 임금을 위해 곡식을 모으는 일이 선뜻 내키지 않습니다. 이참에 그쪽 눈에라도 들려는 사람처럼 비루하게 느껴집니다."

"임금이 아니라 국체를 지키자는 일입니다. 오나라와 월나라 사람이라도 함께 탄 배에 구멍이 나면 힘을 합쳐 활로를 찾겠지요. 다툼은 그 뒤의 일입니다."

조용하지만 뜻을 세우면 고집을 꺾지 않는 김씨의 말이 강고하긴 하더라도 그때까지도 이유는 쉽사리 결단하지 못했다. 양부 억영이 장수현감을 지낸 김수복의 여식을 며느리로 삼은 것은 친분 외에도 집안 내력을 높이 산 까닭이었다. 현감으로 재직할 때 김수복은 극단에 치우치지 않았고 판단 근거로 지위를 이용한 적도 없었다. 김씨가 여식으로 태어난 일을 두고두고 탄식하더라는 말을 이유는 양부 억영으로부터 들은 바 있었다. 아들이 없어 딸에게 대신 『논어』를 읽히던 김수복이 딸의 식견을 확인한 다음부터 사내였으면 퇴계 부럽지 않은 선비가 되었을 거라고 거듭 뇌었다는 것이었다.

이유가 결단하지 못하고 망설이자 김씨는 오륙십 섬의 곡식을 선뜻 내놓겠다고 쐐기 박듯이 일렀다. 결국 그 의견을 따르기로 한 그는 그때부터 일을 성사시키기 위해 백방으로 움직였다. 한달음에 줄포로 달려온 이유로부터 사연을 듣자마자 김진도는 본인도 창고를 열 뿐 아니라 인근 상인들의 협조를 구하겠다며 적극 찬동했다. 김진도가 그 일에 관심을 보인 것은 나라 일에 진심이어서가 아니라 새로운 기반을 닦을 기회가 눈앞에서 열리고 있다는 믿음 때문이었다. 중앙 정가에 인맥을 걸쳐두지 못해 평소 허전하기만

하던 뒷배를 이 기회에 그는 확실하게 챙길 심사였다. 얼마 전에 조선 수군이 옥포와 격진포에서 승전보를 보내온 일도 그를 고무했다.

"상인들과 부호가들은 제가 접촉할 테니 향촌 선비들을 맡아주십시오. 최소한 삼백 섬은 모아야지요."

김진도는 당장이라도 자리를 털고 나설 기세였다.

"한양까지 왜군 손에 떨어졌으니 수로를 이용해야겠지요?"

"행재소(行在所)가 어디에 차려질지 모르나 의주쯤으로 봐야겠지요. 평시라도 조운(漕運)은 해로를 이용합니다."

김진도의 말대로 의곡은 해로로 운반할 수밖에 없는데 조운선이 필요했다. 물론 법성창(法聖倉)과 성당창(聖堂倉)의 조운선을 이용하면 삼백 섬쯤이야 너끈히 실어 나를 수 있었다. 그러나 함열현감이나 영광군수를 접촉하기란 쉬운 일이 아니었다.

"함열이든 영광이든 수령들과 연통할 수 있는 사람은 어차피 고을 수령입니다. 부안현감과 통해보시지요."

"그는 협량한 자라 과연 나서주기나 할지……."

향교 선비들과 동헌에 갔다가 소득 없이 물러난 일이 떠올라 이유는 말을 흐렸다. 그러나 김진도는 의견을 낸 이유보다 더 열성을 보였다.

"할 일이 그것뿐이니 해보긴 해야지요. 서두르십시다."

평소라면 하루라도 더 놀다 가기를 청할 김진도가 이때만큼은 먼저 나서서 이유의 등을 밀었다. 기왕 벌이기로 한 일이라 이유도 못이기는 척 부안 읍치로 나와 말 꺼내기 편한 선비 몇을 동원해 다시 부안 관아를 찾아갔다. 그러나 면담 요청을 받아늘이기는 해도 현감 김여회는 귀찮은 일을 함부로 떠맡으려 하지 않았다. 함열이든 영광이든 조운선이 언제 수군에 차출될지 모르니 배를 이용하기 어렵다는 말만 반복할 뿐이었다. 그렇지만 논공행상에 숟가락은 없을 양인지 그는 조운에 필요한 일꾼을 공무로 알고 차출하겠다는 단서를 남겼다.

김여회의 불응으로 일이 무산된 사실을 알게 된 김진도는 차라리 잘 되었다면서 어선을 이용하자고 입장을 선회했다. 천 석 이상을 실을 때는 평저선인 조운선이 유리하지만 삼백 석은 첨저형인 어선으로도 충분히 당한다는 것이었다. 어선이 빠르기 때문에 바람만 잘 타면 시간도 단축될 거라고 그는 주먹에 힘을 주었다. 바다를 손금 보듯 하는 어부를 붙이면 능히 해낼 거라며 상단 소속 어부와 운량 책임자를 물색해놓겠다는 약조까지도 미리 들이밀었다. 그나마 조선 수군에게 제해권을 빼앗긴 왜군이 서해엔 얼씬 못하므로 순풍만 얻으면 누워 떡 먹기라는 말이 숫제 허풍만은 아닌 듯싶어 내심 안심이 되었다.

양곡을 모으기 위해 이유가 한창 동분서주할 무렵 영광 사는 이곤이 참봉 이굉중(李宏中)과 격문을 돌려 의곡을 모았다는 소식이 전해졌다. 그 소식을 듣는 즉시 이유는 자신도 같은 일을 하고 있으며 뜻이 동부하니 한꺼번에 모아서 운반하자는 서간을 장형에게 보냈다. 며칠 후에 이곤은 이쪽의 제안에 찬동하는 한편 본인이 직접 배에 올라 항해하겠다는 다짐을 답신에 알려왔다. 가희의 일로 영광에 다녀온 지 한 달 남짓에 불과하건만 이유는 장남 홍순을 앞세워 다시 남산리로 달려갔다.

"연치가 있는데 어찌 어려운 행로를 하시렵니까?"

이유가 급히 달려온 것은 조운선에 승선하겠다는 이곤을 말리려는 뜻이었다. 의곡을 보내는 일은 김씨의 간청도 있고 또 전란 중이라 의무로 알고 행하더라도 직접 배에 오르는 일만은 피하고 싶은 그였다. 의곡을 보내는 일마저 익명으로 처리할 수 있다면 그러고 싶은 심정이었다. 임금이며 권력 실세들을 외면하는 방식으로 현실을 용인은 할망정 그들 앞에 낯을 내밀거나 자존심을 굽힐 마음은 추호도 없었다.

"허면 누가 그 일을 감당하는가?"

학창의를 입은 이곤의 낯빛은 여전히 온화했다.

"친우들이 줄줄이 엮여간 일을 잊으셨습니까?"

역시 기축년 정여립에 관한 이야기로 핏줄 앞이 아니면 쉬 거론하지 못할 내용이었다. 이곤 역시 그해에 가장 가까운 친우를 형장에서 잃었는데 식음을 폐하고 통곡하던 일이 엊그제 일만 같았다. 멀리서 명하는 자들은 먼 산 불구경이라도 가까이 있는 사람들은 그 살풍경과 피비린내를 잊을 수 없었다.

"옛일에 혐의를 둘 일이 아니라네. 이것은 국난에 관한 일일세."

"하지만 어찌 그 환멸을 감당하시렵니까?"

"이보게 아우님, 할아버님들께선 유유자적한 삶을 칭송하셨지만 아버님은 무엇이든 보탤 생각을 하셨네. 출사했지만 말밥에 오른 일이 없으셨지. 내가 가야 하네."

말의 부드러움에 비해 이곤은 바위처럼 단단했다. 윗대의 어른들이 세상을 하직한 뒤엔 어디까지나 이곤이 집안의 어른이었다. 나이 층하와 상관없이 친부와 양부를 모두 여의고부터 이유는 그를 어버이로 여겨 순종했다. 그런 이곤이 배에 올라 처할 곤경을 불구경처럼 두고 볼 수만은 없었다.

"허면 제가 가지요. 예에, 찰코 제가 하겠습니다."

뭔가 버리는 심정이 되어 이유는 그 같이 내뱉었다. 혹 떼려다 붙인다더니 꼭 그 꼴이었다. 반대의견을 피력하던 아우의 뜻밖의 말에도 이곤은 전혀 놀라지 않았다. 그럴 줄 알았다는 듯 먼 데서 우는 뻐꾸기 장단에 고개까지 끄덕였다.

"아우님이 그래주신다면야……."

협상을 흡족하게 마친 사람처럼 이곤은 미소를 띠었지만 이유는 소중한 것을 내준 듯 속이 허전했다. 홍순이를 데리고 남산리를 나선 뒤에도 그런 심사는 수그러들지 않았는데 바깥세상은 아랑곳없이 생명의 기운이 약동하는 중이었다. 숲에서는 딱따구리가 분주하고 수를 놓은 듯한 찔레꽃으로 노상은 지루할 틈이 없었다. 천지가 밤꽃 냄새로 진동하는 가운데 논에서는 보리베기가 한창이요, 아이들까지 몰려나와 들일을 거들고 있었다. 법성포 지경을 벗어나자 산이 야트막해지며 들이 넓어졌다. 마을 뒷산에서 내려온 물이 넉넉하게 오지랖을 펼치는 들녘에 이르자 우르르 몰려다니는 아이들이 보였다. 가까이 가서 보니 까투리 새끼를 몰고 다니면서 시끄러운 소리를 내는 중이었다. 평야에서는 보리밭에 알을 낳아 새끼를 치는 까투리가 많은데 어미가 새끼들과 나섰다가 봉변을 당하는 눈치였다. 들꿩 무리를 일러 말짓만 한다고 타박하는 말에 아이들은 떼로 나서서 신명을 내는 모습이었다. 새끼들은 깃이 다 자라지 않아 어른 댓 걸음 만에 나래짓을 접고 땅에 처박혔다가 다시 날기를 되풀이했다. 장끼는 보이지 않고 어미인 까투리도 저만큼이나 도망쳐버려 어린것들만 사방으로 혼비백산 쫓겨 다니는 중이었다. 그중 한 마리는 꾀를 홀딱 벗은 아이 녀석의 손아귀에서 살겠다고 삐약거리는데 누구의 발에 밟혀 풀더미 속에 잉끄려진 목숨도 있었다.

"나라 꼴하고 다를 바가 없군요."

그 신나고 잔인한 모습에 홍순이가 중얼거렸다. 이곤을 대신해 조운선에 타기로 약조했으나 여전히 뒷맛이 개운치 않던 이유는 홍순의 탄식을 듣고 울며 겨자 먹기로 내린 결정에 머리를 주억거렸다. 무서운 침잠을 통해 궁극에 이르는 자가 있으면 온갖 생령에 촉수를 두고 맞서는 자도 있는 법. 난세가 돌아오면 내키지 않는 일이라고 마냥 피할 노릇도 아니었다. 이곤이 이유에게 끝내 배를 타겠다는 다짐을 얻어낸 일도 실은 그런 뜻이 아니었을까.

이튿날 새벽에 이유는 습관저럼 깔고 잔 요글 더듬있다. 짖은 데가 없음을 확인하고 머리맡의 방짜유기를 들어 자리끼를 들이켰다. 산골 바위틈에서 흘러내린 약수처럼 새벽에 마시는 자리끼는 언제나 시원하고 달았다. 김씨가 혼인할 때 지참한 유기그릇에 물을 담아두면 절로 기포가 일어나고 새벽에 들이켜면 숨죽었던 몸이 화들짝 깨어나는 듯했다. 머리맡을 지키는 유기만큼은 아랫것들 손을 빌리지 않고 언제나 김씨가 아궁이의 재를 발라 손수 씻었다. 이유는 한 번도 행한 일 없는 뱃길인데 다시 돌아와 새벽마다 자리끼를 들이켜게 해달라고 천지신명께 빌었다.

애초의 목표인 삼백 석을 초과해 사백여 석의 식량을 실은 배가 줄포를 떠난 것은 오월 하순 무렵이었다. 배를 띄우기 전에 드리는 순풍제(順風祭) 제문은 영광에서 의곡을 모은 이곤이 썼다. 그는 의곡뿐 아니라 화살과 화약을 구하는 데 쓰라며 따로 은자를 보내오고 쾌히 제문까지 작성해 보냈던 것이다. 배를 띄우는 날 포구에는 김진도가 수범이를 데리고 나왔으며 제문을 작성한 이곤이 영광에서 건너와 안녕을 기원했다. 이유는 기나긴 뱃길에 거북손이를 대동하고 싶었으나 그에게는 따로 할 일이 있었다. 시초를 의병에게 전해야 하는데 전장 가까이 다가가야 하므로 수범이와 더불어 수행하게 할 작정이었다. 대신 활을 조금 다룰 줄 아는 둘째 홍의가 그를 수행해 배에 올랐다. 장남 홍순이는 집을 비울 동안 집안일을 맡아 혹시라도 왜적이 나타나거든 변산 산중으로 식솔들을 인솔할 예정이었다. 개암사 주지에게 사람들이 대피하거든 도와달라고 벌써부터 일러두고 있었다. 날은 맑았으나 황사가 날리는 계절이었다. 그렇더라도 남풍이 시작되는 계절이라 시름이 줄었다.

  호남에는 적병이 들어오지 않아 옥구 오죽포(烏竹浦)에 이르기까지 해안을 따라 올라갔다. 아직 침탈당하지 않아 그런지 배에서 바라보는 어촌마을은 일상을 유지하고 있었으며 황혼이 되면 굴뚝에서 연기가 올라와 더욱 고즈넉했다. 그러나 물이 잔잔해도 바닷길이 처음인 이유는 위아래가 바뀐 것처럼 속이 뒤집혀 정신이 하나도 없었다. 먹었던 것을 마지막 한 방울까지 게워버려 얼굴이 해쓱하고 황달 걸린 사람처럼 눈빛도 누리끼리했다. 김진도 쪽에서 보낸 어부들은 배가 흔들려도 평지 걷듯이 자유스러웠지만 부안현감이 차출해준 사령 중에도 멀미를 앓는 자가 적지 않았다.

  "이것 한 모금 해보십시오."

  갑판 중간의 초둔(草芚)에 누운 이유에게 홍의가 꿀물을 가져왔다. 한 모금 넘기는데 배가 파도를 타면서 대접에 남은 꿀물이 바닥의 남초(南草)를 적셨다. 이유는 방금 마신 꿀물을 토해버리고 입술을 닦으며 드러누웠다.

  "괜찮으십니까?"

이유는 손을 저었다.

"네가 고생이구나. 견딜 만하니 괘념치 말거라."

초둔은 냉기와 습기를 막기 위해 아래에 남초를 깔고 위에는 쑥요를 두르고 있었다. 높이는 뱃전과 비슷해 바다가 보이지 않았으나 옥상에 푸른 장막을 매어놓아 나가 앉으면 바다는 물론 해안까지 완상할 수 있었다. 그런데도 바다만 보면 속이 뒤집어져 이유는 종일 선실에 누워 지냈다. 전라도에서 나와 호서에 들어서면서 어부들은 왜적을 피해 외양으로 뱃머리를 돌렸다. 배가 외양으로 나서자 파도가 거칠어졌으나 적응한 탓인지 차츰 멀미가 잦아들었다. 배에는 격군이 타고 있었지만 동력 대부분은 바람과 돛을 통해서 얻었다.

"배가 보입니다."

태안 안흥진(安洪鎭)을 돌아 북상할 때 이물에서 앞을 살피던 어부가 외쳤다. 그의 외침을 따라 이물간에 나서고 보니 수평선 근처에 뜬 배가 보였다.

"무언가? 왜선인가?"

영선(領船) 노릇을 하는 나이 든 어부가 물었다.

"잘 모르겠습니다."

격군의 대답에 영선이 앞사람을 밀어내고 이마에 손을 얹었다. 한참 그러고 섰더니 돌아섰다.

"왜선은 아니다. 판옥선이니 조선 수군이거나 세곡선일 것이다.

돛을 세우고 격군들은 노를 저어 따라붙도록 해라."

지시를 따라 어부들이 흩어진 뒤 이유는 홍의를 데리고 영선과 나란히 섰다. 돛이 찢어질 듯 남풍을 받고 어부와 나장들까지 동원돼 노를 저으니 한 식경 만에 앞서가는 판옥선을 따라잡았다. 영선의 말대로 조운선인데 이유가 그랬던 것처럼 호서의 유림들이 곡식을 차출해 실어 보낸 것이었다. 홍주 원산진(元山鎭)에서 출발한 배로 부안 쪽과 달리 관에서 선뜻 조운선을 내주었다고 했다.

"조선이 아주 망하지는 않을 모양이구나."

새로 동무를 얻은 셈이라 어부나 나장이나 낯꽃이 밝아졌다. 줄포를 출발한 배가 앞장서고 홍주를 출발한 조운선이 뒤를 따르니 한층 의지가 되었다. 곡식을 싣고 바다 가운데에서 두 척이 동행한 지 닷새 만에 뒷바람을 타고 그들은 강화도 바깥 해역에 이르렀다. 조운선은 통상 염하(鹽河)를 따라 연미정(燕尾亭) 앞으로 해서 한강에 접어들지만 강화도 사정을 알 길이 없어 바깥쪽을 돌아 나온 것이었다. 그곳에서 그들은 때마침 조업 중인 조기잡이 배를 만나 섬 소식을 들었다. 나주에서 거병하여 삼백 의병과 북상한 김천일이 수원에서 왜군과 싸웠으나 수적 열세를 당하지 못해 강화도에 피신해 있다는 것이었다. 그곳 강화도는 왜군도 발을 붙이지 못하므로 부사 윤담(尹湛)과 전라병사 최원(崔遠)이 김천일과 함께 연안에 방책을 쌓고 전함을 수리하여 전세를 떨치는 중이라고 했다. 본래는 강화도 바깥을 돌아 백령진으로 갈 생각이었으나 소식을 듣고 이유는 호서의 조운선에 통기하여 석문도가 내다보이는 정포(井浦)에 닻을 내리게 했다.

뭍에서 밤을 나고 이튿날 작성한 서간을 홍의에게 들려 부성에 들여보내자 오후가 되어 김천일에게서 보잔다는 연락이 왔다. 자주 왕래하던 사이는 아니나마 고향 까마귀도 반갑다는 인사에 붙여 나라 걱정하는 뜻이 같음을 답신에 언급한 점이 고마웠다. 답신을 받고 이십 리를 걸어 관아에 당도하니 김천일은 공청으로 안내하며 막역한 지우를 만난 듯 반가워했다. 그 자리에서 강화부사와 전라병사하고도 수인사를 나누었으며 특별히 강화부사는 서도의 뱃길에 훤하다는 어부를 승선하도록 주선까지 했다. 김진사가 삯을 주고 승선시킨 어부 중에도 바닷길에 능한 자가 있었으나 경강 이북은 어두워서 걱정이 많았는데 단번에 해결된 셈이었다.

강화도에서 김천일을 만나는 바람에 이틀을 허비했지만 제갈량의 도움인지 조운선 두 척은 남풍을 타고 백령도까지 수월하게 나아갔다. 백령도는 육지에서 비교적 멀리 있어 왜적은 기미도 보이지 않았다. 그러나 섬사람들은 육지 소식을 꾸준히 듣고 있었고 임금이 평양과 안주를 거쳐 의주로 행차한 사실까지 꿰고 있었다. 본래 백령도는 왜구의 출몰이 잦은 데다 인근 바다에 해랑적(海浪賊)까지 끓는다 해서 공도(空島)로 비워두었으나 세종 연간에는 진을 두고 국영 목장까지 설치해 말을 기를 뿐 아니라 대장간까지 갖춰놓고 있었다. 식량을 실은 두 배에서는 해랑적이 자주 출몰한다는 소리에 풀무간을 찾아 가져온 병기를 수선하고 무장을 강화했다. 그곳 민가에서 하루를 묵고 다시 바다에 나설 즈음 영선이 이유를 찾았다.

"얼핏 산유(山遊)를 본 듯하니 하루를 더 묵어가면 어떨지요."

피곤해 보이지는 않았으나 영선은 근심에 젖은 얼굴이었다.

"산유란 무엇인가?"

"하늘에 채색으로 꾸민 무지개다리 같은 것이 나타나는데 산유입니다. 바람이 불고 비가 내릴 징조입니다."

평생을 바다에서 산 사람 말이니 허투루 넘길 수 없었다. 풍랑이 거칠어 문제가 생기면 과업을 수행하지 못할 뿐만 아니라 십 수 명의 목숨이 위태로워지는 일이었다. 사안이 사안인지라 충청도에서 온 조운선에 의향을 묻자 상대편은 한시가 급하니 결행하기를 촉구했다. 이유가 이번에는 강화부사의 주선으로 승선한 강화 어부에게 물으니 그 또한 급한 줄을 알고 나서보자는 뜻을 밝혔다. 의견이 조정되자 양측 선원들은 지체하지 않고 배를 몰아 바다에 나섰다. 서해에는 왜적이 없다는 사실을 알게 된 사공들은 초반과 달리 연안항로로 배를 몰았다. 그러나 강화도에서 승선한 어부가 장산곶은 인당수가 있는 험탄(險灘)으로 피해 가자 권하므로 원양까지 나와 길을 열었다. 속도를 내기에는 연안항로보다 외양항로가 용이한 면도 있어 호남과 호서에서 올라온 사람들도 그쪽을 편히 여겼다. 남쪽 바다에 비해 섬이 적고 암초도 드물어 해서와 관서

앞바다는 배가 좌초할 위험 역시 적은 편이었다.

 밥을 지어 소금에 절인 무짠지와 곁들이고 나자 하늘이 어두워지더니 후둑후둑 비가 들었다. 남풍 덕분에 장산곶을 무사히 벗어날 때만 해도 어둡기 전에 대동강 하구에 닿을 것으로 기대했으나 바람이 서풍으로 바뀌므로 파고도 높아가는 기색이 역력했다. 갑판에 매어두지 않은 물건이 와당탕 굴러가고 배가 기우뚱 기울어 사람들은 무엇이든 잡은 다음에야 걸음을 뗄 수 있었다. 다행히 안개는 끼지 않아 따라오는 조운선을 놓칠 염려는 없어 보였으나 호서의 배가 치솟다가 떨어지는 모양은 나뭇잎에 매달려 흔들리는 곤충 한가지로 몹시 아슬아슬했다. 바람이 서북풍으로 바뀌자 영선은 돛 가장자리 쪽 밧줄을 잡은 어부에게 풀고 감기를 큰소리로 명하곤 했다. 자칫 동풍이라도 불면 외양으로 떠밀릴 판국이라 돛을 감고 푸는 임무가 무엇보다 중요했다.

 "바람 방향을 놓치면 아니 되오."

 영선은 키를 잡은 강화 어부에게 소리쳤다.

 "이쪽 걱정은 말고 격군들이나 잘 타이르소. 예서 당황하면 용왕님 뵙는 게요."

 "어디 정박할 곳을 찾아야겠소."

 "이십 리쯤 가면 초도(椒島)가 있으니 피선합시다."

 장산곶 험로를 피하느라고 외양으로 나와 상앗대가 바닥에 닿지 않았다. 오로지 돛과 노에 의지하는데 돛이야 풍향 따라 걷고 펴주면 되지만 격군은 그야말로 죽어나는 판이었다. 처음 줄포를 출항할 때 스무 명이 탔다가 강화도에서 한 명이 더해져 승선 인원은 총 스물한 명이었다. 그러나 이유와 아들 홍의는 곁다리나 다름없어 배의 운행은 오롯이 남은 사람들 몫이었다. 하지만 기둥이나 붙들고 한 몸 건사하는 짓은 남 부끄러운 일이라 이유는 함지박을 들고 이물간과 고물간에 빗물이 치지 못하게 층계 입구를 단속했다. 홍의는 또 뒤따르는 조운선에 신호를 보내느라고 사령 한 사람과 고물에 서서 부지런히 징과 북을 두들겼다. 그러는 사이에도 빗발은 더욱 굵어져 채찍으로 후려치듯 뺨을 할퀴고 달려들었다. 바람이 질정 없이 불어 옷이 들러붙으면 뼛속 깊이 한기가 스미지만 피할 자리가 없었다. 이물과 고물에서 노를 잡은 격군 역시 내려오는 지시에 응하노라고 근육을 바들바들 떨었다. 그곳에서는 누구라도 요령을 부릴 수 없었고 하소연할 데도 없었다. 이 사태를 돌파하고 강화도 어부가 말한 초도에 당도하느냐 아니면 풍랑에 쓸려 좌초하느냐, 그것도 아니면 먼바다로 표류하느냐 그 선택만 남아 있었다.

"조운선이 보이지 않는다!"

고물 쪽에서 급박한 외침이 들렸다. 이유와 영선이 난간을 잡으며 뒤편으로 가보니 아닌 게 아니라 따르던 호서의 조운선이 보이지 않았다. 대신 무슨 거대한 산더미 같은 것이 불쑥 일어났다가 쑤욱 밀려오는데 어마어마한 짐승이 떼를 이룬 것 같고 눈 쌓인 산이 일렁일렁 다가오는 것 같았다. 이윽고 앞으로 밀려오던 거대한 덩어리가 눈앞에 달려들자 배가 쑤욱 치솟으며 단전에 불끈 힘이 들어가고는 금세 나락으로 떨어지듯 아득해졌다. 그 순간 단전에 들어간 힘이 빠지면서 뜨거운 액체가 허벅지를 타고 주욱 흘러내렸다.

"노를 멈춰라!"

영선이 이물과 고물간의 격군에게 외쳤다. 다시금 엄청난 고래가 울컥 밀려왔다. 뒤이어 배가 솟구치는데 정점에 올랐을 때 난간을 틀어쥔 채 둘러봤지만 성난 파도 더미만 죽 끓듯이 일렁일 뿐 조운선은 보이지 않았다. 날이 흐리고 비까지 퍼부어 시계는 팔매두어 바탕에 한정되었다.

"지금 부는 바람은 어디에서 오는가?"

영선이 소리치자 강화도 어부가 폭우 속에서 외쳤다.

"자주 바뀌니 정확치 않으나 지금은 북풍입니다."

"하면 돛을 한 폭만 올리시게!"

앞뒤에서 용총줄을 잡은 어부가 힘을 쓰자 조금 올라간 돛이 치마폭처럼 부풀었다. 영선이 돛의 방향을 조정해준 후 격군을 향해 한쪽만 노를 젓게 하자 의도를 알아챈 강화 어부가 키를 틀어 배를 회전시켰다. 배의 방향이 바뀌자 영선과 이유와 홍의 등은 자빠지고 일어서기를 반복하며 이물 쪽으로 자리를 옮겼다. 산맥이 빚어지는 태초의 모습과 한가지로 바다는 엄청난 근골을 울뚝불뚝 자아내고 있었다. 또다시 눈 덮인 산더미 같은 게 앞에서 불거지자 배를 따라서 몸도 퉁겨져 올라갔다. 동이 째 끼얹듯 덮쳐온 물벼락에 이유가 손을 놓치며 밀리는 것을 홍의가 버티고 서서 잡았다.

"초둔으로 피하시지요."

"아니다. 게라고 어찌 살길이겠느냐? 같이 살고 같이 죽는다."

다시금 집채만 한 파도가 난간을 넘어왔다. 물이 머리카락을 타고 흘러내리는데,

"판옥선이다!"

하면서 영선이 한 곳을 가리켰다. 그의 손가락을 따라가자 파도 더미 몇 개가 순서대로 밀려오고 뒤이어 엄청난 고래가 입을 떡 벌리면서 떠오르는데 등덜미 정상에 과연 사마귀 같은 검은 점이 보였다. 그편에서야 듣는지 어쩌는지 홍의와 어부 한 사람은 있는 힘껏 징과 북을 두드렸다. 돛을 내리고 노 젓기를 멈춘 다음에 한참을 흔들리며 기다리자 파도에 밀려 조운선이 뒤뚱대며 다가왔다. 영선은 돛을 조금 올리고 방향을 이리저리 조정하면서 왔던 쪽으로 배를 돌렸다. 그러나 호서의 조운선을 찾았다고 해서 폭우와 파도까지 진정되는 건 아니었다. 이유는 다시 함지박을 들어 물을 퍼내고 영선은 이물 높은 곳에서 선원들을 지휘했다. 그 와중에도 파도는 그침 없이 밀려왔다. 커다란 파도가 다가올 때마다 영선은 소리 높여 용왕님을 불렀고, 갑판 위의 사람들은 밧줄과 난간에 의지해 물살에 쓸리지 않도록 안간힘을 썼다. 강화 어부가 말한 초도라는 섬은 대체 얼마나 남았다는 것인지 코빼기도 보이지 않는데 해

가 나지 않아 어슴푸레하던 하늘에 장막을 펼친 듯 어둠까지 드리워지기 시작했다. 바람은 다시 서풍으로 변해 연안 쪽으로 배를 밀었다.

"용왕님이다!"

다시 영선의 외침이 들려오자 이유는 함지박을 내던진 채 아딧줄에 매달렸다. 집채만 한 파도가 사선으로 덮치면서 초둔의 지붕이 훌러덩 날아갔다. 순식간에 초둔은 골조만 남아 짐승 뼈다귀처럼 앙상해졌다.

"용왕님이다!"

영선이 쉰 목소리로 다시 외쳤다. 이유는 아딧줄에 매달려 들이붓는 물줄기를 간신히 버텨냈다. 파도를 뒤집어써 물을 뚝뚝 흘리면서 그는 이물간에 내려가 강화도에서 싣고 온 돼지고기 한 덩이를 꺼내들었다. 뱃전에 나가 고기를 높이 들고 보란 듯이 서 있다가 손에 쥔 것을 바다에 던지며 손을 비비기 시작했다.

  파도를 순탄하게 넘고 큰 바다를 가만히 건너가게 하소서
  해와 별이 영롱하게 비치고 상어와 악어가 물러나게 하며
  저녁에는 초도에 도달하게 하소서
  나루터의 대바구니를 우임금께 바치고 변선(汴船)으로 우임금께 운송했듯이
  직책을 공손히 수행하오니 신령님께 끝없는 은혜를 비나이다

김진사네 배가 출어할 때 지내던 용당제(龍堂祭)를 본떠 나오는 대로 읊조린 것이었다. 이유가 고개를 들자 선원에게 이것저것 지시하던 영선도 손을 비비면서 연신 고개를 주억거렸다. 그때 커다란 파도가 밀려와 네 귀퉁이를 잡고 이불을 쳐올리듯 배가 둥실 솟아올랐다. 파도의 정점에 오르자 멀미가 나면서 머리에서 위잉 빨랫줄 우는 소리가 들렸다. 감았던 눈을 떠보니 꿈결인 듯 솟아 있는 섬 하나가 배의 요동을 따라 멀리서 오르내렸다. 강화 어부가 말한 초도인 모양인데 영선은 짐승의 꼬리처럼 길게 늘어진 절벽과 바지섬 사이 만(灣) 안으로 배를 끌어갔다. 고리처럼 구부러진 그곳 만에는 폭풍을 피해 어선 몇 척이 정박 중이고 그 옆에 닻을 내리자 충청도의 조운선이 따라왔다. 그 배에서는 닻이 유실돼 배에 실어둔 돌덩이 네 개를 밧줄에 매어 늘어뜨렸다.

돼지고기를 바치고 약식으로 용왕님께 간구한 탓인지 이튿날 바다는 편편해졌고 뒤에서는 순풍이 불었다. 초도에서 나온 배는 점심나절을 지나면서 대동강 하구를 통과해 직선으로 북상했다. 위로는 항아리 같은 발해(渤海)를 떠받치고 아래에는 요동(遼東)반도가 둥글게 감싸므로 그곳은 예로부터 물살이 잘기로 유명했다. 남풍을 받아 돛을 한껏 올리며 비단 위를 미끄럼 타듯이 배는 순조롭게 나아갔다. 영선은 사흘 안에 압록강 하구에 들겠다는 각오였다. 배가 뭍에서 멀어져 연안이 보이지 않게 되었을 때 너무 속도를 냈는지 조운선이 따라오지 못했다. 영선은 돛을 반쯤 내려 속도를 조절하면서 조운선이 따라올 여지를 남겼다. 그러나 고대하던 조운선 대신 서쪽 바다로부터 점 하나가 빠르게 다가왔다. 어선인가 하고 사람들이 쳐나보는네 사납게 달려오는 품이 영락없이 돌진해오는 멧돼지 형상이었다. 이마에 손을 얹은 영선이 불안감이 밴 소리로 중얼거렸다.

"낯선 밴데? 황당선(荒唐船)인가?"

그의 미심쩍은 독백이 끝나기도 전에 바람을 가르며 화살이 날아와 초둔 기둥에 박혔다.

"해랑적이다! 돛을 올리고 방패가 될 것과 작살을 들어라!"

다가오는 배에서 개 짖는 소리가 들렸다. 해랑적이란 요동반도 남단의 해랑도(海浪島)에 살면서 물소 가죽을 거래하는 족속이었다. 해랑도는 장연에서 여드레 거리인데 제주도와 평안도와 요동에서 범월(犯越)한 자들이 섞여 살았다. 해랑적은 바다에 나오면 어부인 동시에 해적이요, 뭍에 내리면 양민을 약탈하고 사슴과 노루를 사냥하는 자들이었다. 사냥을 하기 때문에 개를 싣고 다니며 호서 연안까지 범접해 침략을 예사로 일삼는 무리였다. 당선 갑판에는 각종 무기를 든 자들이 도열해 있었고 이편에 대고 목청껏 짖는 개들은 뒷발에 힘을 모은 채 턱 아래로 낙숫물 쏟듯이 침을 흘렸다. 영선의 말대로 이편 배에서는 어부들이 작살이며 노를 뽑아 드는 한편 부안 관아에서 차출된 사령들도 당파며 환도를 챙겨 나왔다. 홍의 역시 활을 손에 들고 전통을 멨으며 대피하라는 청을 마다한 이유도 챙겨온 검을 빼 들었다. 싸움이야 젊은 사람들이 앞설 일이나 배의 최종책임자로서 이유는 허둥거리는 꼴을 보이지 않을 작정이었다. 상대방이 활을 쏘면 사람들은 갑판 난간에 몸을 숨겨 살을 피했다. 돛을 펼쳤지만 쌀을 실어 배가 무거운 데다 당선은 돛이 두 폭이라 속도를 당할 수 없었다. 그 와중에도 홍의는 살을 겨누어 상대편 개 한 마리의 이마에 맞창을 뚫었다. 하지만 아랑곳 없이 꽁무니를 따라잡은 당선이 조운선 옆 붙어섰고 밧줄에 묶인 갈고리를 빙빙 돌리던 자들이 이편 갑판에 대고 연달아 투척했다. 대부분 빗나갔지만 몇 개가 이쪽 갑판에 걸리자 해랑적들이 줄을 당겼다. 배의 거리가 좁혀지는 사이에 홍의가 다시 한 발을 쏘아 다른 개의 옆구리를 뚫었다. 이윽고 두 배가 닿을 듯 가까워지자 난간에 걸칠 모양으로 상대편 사내들이 널판자를 치켜들었다. 홍의가 연달아 화살을 날려 널판자 든 해적의 허벅지를 꿰었고 저편에서 날아온 화살에 이쪽 어부 한 사람도 팔뚝이 뚫렸다.

"침착해야 한다. 판자를 걸치지 못하게 해라!"

부안 관아의 사령들이 당파를 들고 일선에 나서자 작살 든 어부들이 뒤에서 보좌했다. 그러나 해적들은 고물 쪽에 놓인 판자를 타고 한 놈씩 차례대로 건너왔다. 그를 저지하려고 이쪽에서 사령 하나가 당파를 들이대자 상대는 슬쩍 쳐내면서 날렵한 곡선으로 검을 그었다. 어깨에 칼을 맞은 사령이 비명과 함께 바다에 떨어지는 것을 본 홍의가 급히 살을 먹여 상대의 가슴에 박았다. 그러나 당파와 작살을 뚫고 해적들은 뭍을 걷듯 속속 판자를 밟아 이편에 건너왔다. 고기잡이에는 귀신이지만 이런 일에는 숙맥인 어부들이 갈수록 엉덩이를 빼며 무게중심을 물렸나. 서편은 해적이라 배가 점령되면 식량을 취하고 배를 탈취할지언정 사람 목숨을 붙여둘 리 없었다. 막지 못하면 용왕님을 알현하게 되는데 해랑적은 선상 싸움에 이골 난 자들이라 사세가 매우 급했다.

와지끈, 뚝딱!

언제 나타났는지 호서의 조운선이 당선의 고물을 들이받았다. 당선이 크게 흔들리더니 배 사이에 걸었던 판자가 어긋나면서 건너오던 해적들이 바다에 떨어졌다. 조운선에 들이받힌 당선은 상장(上粧)과 가목(駕木)이 안으로 밀려 반쯤 부러진 상태였다. 처음에는 한 척인 줄 알고 기세를 올리던 자들이 더 큰 배가 있음을 깨닫고부터 알 수 없는 소리를 지껄이며 길길이 날뛰었다. 이윽고 커다란 북소리가 울린다 했더니 퇴각 신호인지 해적들은 노를 저어 허둥지둥 배를 물리기 시작했다. 그들은 키를 틀어 반원을 그리면서 바다에 빠진 자들은 돌보지도 않고서 부리나케 꽁무니를 뺐다. 그를 쫓는 대신 이편에서는 바다에 떨어진 사령을 건져 상처를 살폈다. 칼이 떨어질 때 몸을 빼친 탓인지 피는 흐르건만 뼈는 상하지 않은 모양이라 오징어 뼈를 갈아 지혈하고 상처를 동여맸다. 그대로 두면 실혈(失血)이 되거나 덧날 우려가 있었지만 그밖에는 달리 방법이 없으니 어서 길을 줄여야만 했다.

이튿날 순풍을 받아 압록강 하구에 도착한 두 척의 운량선은 가는섬에 등을 대고 물때를 기다렸다가 하구로 들어섰다. 비단섬을 낀 채 강으로 접어들 때엔 수심이 낮아 모래톱에 빠지거나 암초에 걸릴까봐 영선의 목소리가 절로 높아졌다. 강물은 깊은 곳도 있고 모래가 쌓여서 이 장을 넘지 않는 곳도 있었다. 그곳 모래톱의 흘수를 알지 못하는 영선이 노련한 어부로 하여금 추를 매단 노끈을 늘어뜨려 얕고 깊은 곳을 헤아리게 했다. 이물에서는 뒤따르는 호서의 조운선을 향해 북을 쳐 알렸고 따라오는 배에서도 북을 쳐 호응했다. 배가 서쪽이나 북쪽으로 밀려나 요동 땅에 좌초하지 않도록 조운선 두 척은 조선 연안에 바짝 붙어 항해했다. 요동 땅에 늘어선 대모산(大母山) 자락이 황사에 싸여 아스라이 보였다. 용천(龍川) 강변을 지나 의주 경계에 접어들자 군선 한 척이 쏜살처럼 다가왔다.

"어디서 오는 배냐?"

군선 뱃머리에서 갑옷 입은 자가 외쳤다. 소식을 듣고 이유가 나와 답했다.

"호남에서 양곡을 싣고 옵니다."

상대가 이유의 복장과 연배를 의식하는지 말투를 바꿨다.

"뒤의 배도 마찬가지입니까?"

"호서에서 오는데 마찬가지입니다."

"지존이 계시므로 읍치에는 정박할 수 없습니다. 따라오면 하역을 돕고 쉴 곳을 정해드리겠소."

　군선은 앞장서서 압록강 지류인 동을랑강(冬乙郎江) 안으로 뱃머리를 틀았다. 깅을 오른 지 얼마 되지 않아 만년창(萬年倉)이 니디나자 전에도 식량을 실어 나른 예가 있었던지 고지기와 짐꾼이 능숙하게 쌀섬을 부리고 고자(庫子)가 나와서 그들을 지휘했다. 이어 색리(色吏)가 장부를 들고 와 곡식의 종류며 수량을 적고 운송을 담당한 사람들과 곡식을 마련하는 데 도움 준 향촌 인사들까지 꼼꼼하게 기록했다. 그 일이 끝나자 만호는 군관에게 명해 운송을 담당한 배를 운량포(運糧浦)에 정박하게 돕는 한편 아전에게 선원과 이유 등이 묵을 집을 수소문해 들게 하라고 지시했다. 과연 임금이 피난 나와 있는 까닭인지 상하의 기강은 반듯했으며 그들이 묵을 집 또한 금세 결정이 되는 모양이었다. 관아에서 십 리 남짓한 주내방(州內坊) 민가에 그들은 각기 배속되었다.

　그날 밤에 민가의 아낙이 차려준 밥을 먹고 홍의와 나란히 누웠으나 잠이 오지 않았다. 긴장이 풀린 탓인지 몸이 피곤한데도 의식은 명료하고 눈도 또렷해졌다. 야뇨증도 걱정이라 곁에 없는 거북손이가 아쉬웠다. 아들 홍의에게 못 볼 꼴을 들킬까 전전긍긍하는데 어디선가 술에 취해 떠드는 소리와 고성방가가 들려와 잠을 방해했다. 나라의 존망이 장대 끝에 걸리고 도성을 버린 임금까지 도망해온 마당에 누가 술판을 벌이는가. 의주는 변방이라 야인과 맞닿아 살면서 예가 허물어진 탓인가 여겨보려고 노력했으나 또한 납득하기 어려웠다. 그 낭자한 소리는 깊은 밤까지 계속되었다.

"편히 쉬셨는지요?"

이튿날 조반을 먹고 나자 안부차 만년창의 색리가 찾아왔다.

"편안했습니다."

"답답하더라도 조금만 기다리시면 위에서 연락이 올 겝니다. 성상께서는 잊지 않고 찾아계실 것입니다."

"황송한 일입니다. 헌데 엊저녁엔 좀 황망한 일을 겪었습니다. 밤새 술자리가 열리는 모양입니다."

색리가 고개를 외로 꼬았다.

"어가가 옮겨왔으니 고관대작과 자제들도 따라왔지요. 그 젊은 자제들이 그러는 모양입니다."

색리는 제가 저지른 일도 아니면서 곤혹스런 낯이었다. 색리가 돌아간 후 아들 홍의를 데리고 동을랑강을 거슬러 압록강으로 나왔다. 강 이름 그대로 압록강은 미역 다발 빛깔로 출렁거렸고 상류 쪽으로는 위화도(威化島)며 검동도(黔同島)가 무성한 갈대에 싸여 일렁였다. 그런가 하면 강 건너 요동 저쪽은 권토산(棬土山)과 그 너머 구련성(九連城)이 아득해 객창의 정취를 자아냈다. 부성 안에는 들지 않고 외성(外城)을 따라 걸어간 뒤 숙소로 돌아왔는데 저녁을 마치고 나자 술판의 왁자한 소리가 또다시 들려왔다. 불을 밝힐 관솔을 대기도 어려워 일찍감치 자리에 들었지만 홍의는 피가 끓는 나이인지라 뒤척이며 잠을 이루지 못하는 눈치였다.

어느 순간 야뇨의 기미가 보여 눈을 떴을 때 옆의 홍의 자리가 썰렁하게 비어 있었다. 전란 중인데다 변방이라 걱정이 되었지만 혈기방장한 나이를 생각해 말없이 넘어갔는데 녀석의 야행은 이튿날에도 이어졌다. 홍의가 귀가할 때까지 기다렸다가 잠든 시늉을 하면서 살펴본 바로 술을 마신 것은 아닌 듯하여 이유는 트집 잡지 않고 두기로 했다.

며칠이 지나도록 만리창의 색리만 찾아와 안부를 물을 뿐 부성에서는 아무런 소식도 오지 않았다. 그러다 의주에 도착한 지 닷새째 되는 날 관리가 찾아왔다. 그는 행재소인 용만관(龍灣館)과 취승당(聚勝堂)에서 매일같이 국사가 논의되므로 알현을 허락하고도 성상께서 짬을 내지 못하노라 양해를 구했다. 당시 행재소에서는 왜군이 목전에 이르렀으니 요동으로 피난할 것인가를 군신간에 따지는 중이었다. 서른한 살 나이에 대사헌으로 임명된 이덕형(李德馨)이 이미 강을 건너가 명군의 참전을 독려하고 있었다. 그런데 협상 결과가 나오기도 전에 국경 저편에 조정을 옮기는 문제로 연일 시끄럽다는 게 아닌가. 고관의 자식들이 밤마다 벌인다는 술판과 군신들이 나라를 버리고 도망갈지 논하는 것이 과연 국가 대사인지 이유는 치를 떨었다.

"소자 이곳저곳 구경하다 알게 된 사람이 있습니다. 아버님께서 그를 보았으면 하는데 어떨지요."

하루는 저녁을 마친 뒤 어둠을 직시하는 중에 홍의가 말을 건넸다.

"이곳까지 와서 사람을 새로 안다는 것도 신기하려니와 어둠이 내리는데 만나보자는 것도 예사롭지 않구나."

"소자 밤마다 술판이 벌어진다 해서 근황을 살피다가 여차저차 알게 된 사람입니다. 그는 조선에 귀화한 야인인데 허무맹랑하지만 들을 만한 말이 있는 듯합니다. 아버님께선 왜인도 만나지 않으셨습니까?"

 젊음이란…… 이런 것인가. 이 낯선 곳에서 새로 사람을 사귄다는 것도 새롭거니와 더구나 야인이란 말에 호기심이 들었다. 관서와 관북은 본래 야인과 조선인이 한 데 어울려 살던 곳이니 전혀 불가능한 일은 아니었다. 장남 홍순은 차분하고 조신한 반면 홍의는 호방하고 활달한 면이 많았다. 맏이가 병약한 점을 빼면 형제의 그런 다름이 요철처럼 합이 맞아서 이유는 불만이 없었다. 아마도 홍의는 긴 고민 끝에 말을 꺼냈으리라.

"헌데 어쩌다 야인과 말을 섞었더냐?"

 마음을 정하고 홍의를 따라나서며 물었다.

"술 취한 명문가의 자제들과 언쟁이 붙었는데 그가 구해주었습니다."

 주내방을 빠져나와 그들이 찾아간 곳은 부성의 외성문 밖이었다. 외성과 남쪽 산자락에 싸인 마을에는 민가가 많았고, 내를 따라 압록강에 이르자 청마청(淸馬廳)과 사직(社稷)이 있어 제법 번다했다. 홍의가 그중 판자울을 두른 한 곳으로 이유를 안내하는데 대륙의 바람을 견딜 수 있게 지은 ㅁ자(字)집 토방에는 짐바리가 높직이 쌓여 있었다. 그 밖에도 번듯한 창고가 따로 딸린 점으로 보아 주인은 아마도 야인 땅을 오가며 상거래를 하는 사람인 듯했다. 홍의가 기침을 하자 온통 수염으로 덮인 사내가 나와서 그들을 맞았다. 북국이라 정주간과 방은 구분 없이 트인 구조였으며 방에는 삿자리가 깔려 있었다. 사내가 이유를 향해 반절을 했다.

"나으리를 뵙습니다. 소인은 본래 야인으로 이름은 알탄(斡坦)이며 조선 이름은 박영국(朴瑛菊)입니다."

"부안에서 온 이유라고 합니다."

알탄이라는 사내는 짐승 가죽으로 만든 옷을 입고 산발인데 칡물 들인 천으로 이마를 동인 모습이었다. 턱은 수염으로 덥수룩해 짐승 같았으나 눈이 형형하고 먹물처럼 검어서 명민해 보였다.

"멀리 호남에서 식량을 싣고 왔단 말을 듣고 흠모하는 마음이 생겨 뵙자 청했습니다. 세상 이야기나 들려주십사 했지요."

"저야 낯선 고장에 와서 어리둥절하니 먼저 듣고자 합니다."

"지금 조선 강토가 초토되고 임금께서 파천하여 와 계신 것은 아시겠지요? 또한 이덕형 대감이 명에 구원병을 청하러 간 사실도 아시리라 믿습니다. 그렇지요?"

"계속하시오."

사내가 야인이라 그런지 몸이 뻣뻣해지고 말도 퉁명스럽게 나갔다.

"헌데 명도 사정이 여의치 않아 마땅한 답변을 못 하는 실정입니다. 사막의 무리들이 반란을 일으켜 이여송(李如松) 장군을 파병한 상황이지요. 이에 조정에서는 요동으로 피난할지를 두고 소란스럽다 들었습니다. 이는 분명한 사실로 나리께서도 아시리라 믿습니다."

무슨 말을 하려는 것인지 은근히 떠보는 질문에 이유는 대답하지 않았다. 사내가 말을 이어갔다.

"하지만 여진의 누르하치(努爾哈赤) 추장께서 여러 차례 사람을 보내 원병을 보내겠다 제안한 일은 모르시지요?"

"그대는 나를 모욕할 셈이오? 어찌 그런 망발을 입에 담는 게요?"

가만히 듣던 이유가 역정을 냈다. 그러나 사내는 눈 하나 깜짝 않고 이유의 씩씩대는 콧김 소리를 들었다.

"역시 역정을 내시는군요. 그럼 질문을 바꿔보겠습니다. 만일 누르하치 추장이 왜적을 격퇴하기 위해 원군을 보내겠다 제안하면 받아야 할까요, 물리쳐야 할까요?"

"그는 가정일 뿐이니 있지도 않은 일에는 답변할 수 없소."

"지금 같은 국면에서 어찌 내일 일을 가정하지 않는단 말입니까? 나리께서는 나라가 소멸될 위기에 처하자 목숨 걸고 양곡을 가져오셨습니다. 헌데 어찌 이리 편벽된 말씀만 하시는지요."

"고이얀……. 내가 잘 못 온 것 같소. 돌아가서 귀를 씻어야겠소."

이유가 역정을 내며 차고 일어나자 홍의가 따라나섰다. 그들을 말리지도 않고 알탄이란 사내는 대문까지 열어주면서 배웅했나.

"나리를 위해 대문을 열어놓겠습니다."

사내의 집을 나와 한 치 앞도 보이지 않는 어둠을 부자는 급히 밟아 돌아왔다. 관솔불을 끄고 자리에 누워 방금의 일을 돌이켜보는데 들은 말들이 모두 황당하기도 하려니와 정말 야인의 집에 다녀오긴 한 건지 그마저도 의심스러웠다. 숨을 고르며 눈을 감고 누워 있자니 그제야 야인의 몇 마디에 역정을 낸 일이 떠오르고 그자의 이상한 당당함에 모욕을 당한 것 같아 머리가 어지러웠다. 무사의 몸에 남은 상처는 영광에 값하지만 선비의 자존심에 난 흠집은 무엇이 될까. 끙, 앓는 소리를 내고 돌아누우며 그는 여진 사내의 말이 사실인지부터 수소문해보자 생각했다.

날이 밝아 홍의가 소식을 알아보겠다고 나간 지 얼마 안 돼 만리창의 색리가 동정을 살피러 왔다. 이유는 그에게 강 건너 야인들이 원병을 보낸다고 사람을 보냈는지 물었다. 색리는 선뜻 대답하지 못했으나 무언가 어물어물하다가 급히 화제를 바꿨다. 점차 야인 사내의 말이 현실로 인정되는 분위기라 내심 찜찜해지는데 때마침 홍의가 돌아와 한양에서 온 신료의 자제에게 들었다는 말을 전했다. 건주여진의 사신이 누르하치의 밀서를 가지고 벌써 여러 차례 강을 건너 다녀갔다는 것이었다. 그 말을 듣고 저녁이 되기를 기다려서 다시 아들을 앞세워 야인의 집을 찾았다. 양반 체면을 떠나 사과가 필요하면 할 일이요, 담론이 필요하면 할 요량이었다. 여름이지만 북국의 밤은 쌀쌀했고 강바람까지 불어 대기가 축축했다. 그들 부자의 입술이 푸르둥둥한 것을 보고 야인 사내는 말젖을 데워 꿀을 타 내밀었다.

"어제는 초면에 실례가 많았소. 하던 이야기 마저 합시다. 대체 야인 추장이 조선을 돕겠다는 연유는 무엇이오?"

이유는 바로 본론으로 들어갔다.

"조선을 돕겠다는 것이 아니라 왜적에 맞서 싸우자는 것입니다."

"같은 말이 아니오?"

"왜적은 명나라를 칠 테니 길을 내달라 했습니다. 전쟁을 위한 핑계에 불과해도 그것이 왜적의 요청인 이상 명도 그렇고 여진 쪽에서도 불구경만 할 수는 없습니다. 만일 저들이 명을 치러 간다면 요동을 지날 터인데 바로 여진의 터전입니다. 이미 두만강을 건너 온 왜군을 야인여진 쪽에서 물리쳤다 합니다. 그러니 나리라면 여진의 이 제안을 어찌하시겠습니까?"

"일고의 여지도 없는 일이오. 거절할 것이오."

대답을 듣고서 사내는 천천히 고개를 끄덕였다. 희비 따위야 드러낼 줄을 모르는지 털에 싸인 얼굴은 변화 없이 시종 딱딱했다.

"조선 조정의 답변도 그러했지요. 대체 왜 그렇단 말입니까?"

"야인과 조선은 언제나 적이었소. 걸핏하면 강을 건너 조선을 침범하니 변방은 하루도 조용한 날이 없었소. 식량을 약탈할 뿐 아니라 인명을 살상하고 아녀를 납치하기 일쑤였소. 설혹 야인들 힘으로 왜적을 물리치더라도 왜적과 의도가 다른 무리라고 어찌 장담하겠소?"

야인 사내로서는 부아가 치밀 말들이건만 상대는 침착했다. 도리어 그의 목소리는 더욱 차분하고 진중했다.

"나리께서 말씀하신 여진의 만행은 조선에 그대로 돌려드리고 싶은 일들뿐입니다. 조선이야말로 걸핏하면 강을 건너와 마을에 불을 지르고 인마를 살상합니다. 야인이 장차 위협이 될 거라는 두려움과 야만인이라고 찍어놓은 낙인에 스스로 두려워하는 거지요."

"허면 고려 시절의 침입 같은 건 없었던 일이란 말이오?"

"여진과 조선은 말의 순서가 같습니다. 그럼 조선의 말과 명국의 말은 어떻습니까? 거꾸로입니다. 여진인과 조선인은 다 같이 북쪽에서 흥안령을 넘어왔습니다. 옛날의 부여며 고구려 발해를 생각해보십시오. 부여 고구려 발해의 백성은 누구였습니까? 조선인의 선조들이며 여진인의 선조였습니다. 그들은 이웃이면서 한 덩어리였지요. 흥안령을 넘어온 한 무리는 양과 염소와 마소를 키우고 콩을 경작했습니다. 더 남쪽으로 내려간 사람들은 벼와 보리를 키웠지요. 양과 염소를 키우는 일과 벼와 보리를 경작하는 일이 다른 일인지를 생각해보십시오. 하늘에서 비를 내려 초원이 비옥해지면 양과 염소를 먹이고, 하늘에서 내려준 비를 논에 가두어 벼를 키웁니다.

그 하늘에서 햇빛을 보내면 양이 살찌고 곡식이 여물어갑니다. 그래 하늘을 우러르고 기꺼이 순종하며 살아갔던 것입니다. 헌데 초원에 가뭄이 들어 가축이 떼죽음할 때 도움을 청하면 침략이라 매도하며 창으로 찌르지요. 더 먼 북방에서 어떤 무리가 내려와 쫓기다가 월경해도 오랑캐가 되는 것입니다. 상고로부터 같은 땅에서 같은 습속을 가지고 살다가 금 하나를 그어놓고 이제는 어찌 형제를 오랑캐라 하면서 황하 남쪽은 어버이처럼 받든단 말입니까?"

"그렇다면 학문이며 예와 덕은 필요가 없는 것인가? 세상에 질서를 부여하고 층위를 구분하여 화평을 누리며 살자는 뜻이 야인에겐 필요치 않다는 말인가?"

"필요하지요. 하지만 말과 글이 아무리 중해도 성만 쌓고 산다면 어찌 큰 하늘을 보겠습니까. 우리에 살면 우리 속 생각만 하고 성에 살면 성안의 크기만 보일 것입니다. 바깥의 다양한 소용돌이와 교호하지 않고 어찌 새로워지기를 바랄까요. 내 안의 성을 허물고 바깥과 통해야 작아지지 않을 것입니다. 말씀하신 학문이며 예와 덕은 황하 이남에만 있는 게 아닙니다. 중원에 법도와 질서가 있다면 초원에도 법도와 질서가 있지요. 허나 초원의 법도는 모두 오랑캐의 감언이설로 들리겠지요? 누르하치 추장의 할아비인 먼터무(孟特穆)께서는 조선의 태조대왕과 요동벌을 함께 누빈 형제 사이였습니다. 어찌 조선은 옛 형제를 죽일 듯 반목하면서 증오하는 것입니까?"

알탄의 말을 듣던 이유가 신음하듯 물었다.

"대체 그대는 조선인이오, 야인이오?"

알탄은 깊어진 눈으로 이유와 홍의를 보았다.

"저는 야인 땅에서 태어났으니 야인이요, 조선에서 살고 있으니 조선인입니다. 한편으로는 야인도 아니요, 조선인도 아닙니다. 따지고 보면 야인 땅이 어디 있고 조선 땅이 어디 있겠습니까? 이곳 의주만 해도 관아에서 동쪽 삼십오 리 지경에 꽐변동리(墜卞洞里)가 있고 동남쪽 삼십 리에 가노개리(加老介里)가 있습니다. 고린주리(古麟州里)나 동을랑강이나 가두등고개(加豆等峴) 등 수많은 여진 이름이 있습니다. 과연 여진이니 조선이니 금 긋는 것에 무슨 의미가 있겠습니까?"

"원칙은 그러하나 버젓이 있는 것을 없다 하겠소?"

"없다 할 생각이 아니라 본디 그랬는데 어찌 명국만 조선의 우군인가를 묻는 것입니다. 과연 조선이 명을 그렇듯 섬기니 명은 원군을 보내겠지요. 원군을 보내면 그들을 먹일 군량이며 화포며 말들은 누가 대겠습니까? 그 일로 만일 조선과 명나라가 쇠약해지면 여진만 강성해질 뿐입니다. 조선은 과연 그 사태를 감당할 수 있을까요? 목전의 왜적만이 문제는 아닌 듯합니다. 멀리 보셔야 합니다. 여진의 협조를 거절하는 건 패착이 될 것입니다."

"조선과 명국이 다 쇠약해지고 여진만 흥한다면 그대로서야 무엇이 걱정이오?"

"어차피 네것 내것 경계를 두었다면 서로가 팽팽하여 긴장이 있을지언정 화평을 유지하는 편이 낫지 않겠습니까?"

알탄이 내온 말젖은 이미 식어 비린내를 풍겼다. 더 말을 나눌 구미도 당기지 않으려니와 사내의 장대한 말에 이유는 딱히 대꾸할 말도 없었다. 사내의 식견은 경서를 읽었다는 조선 사대부들을 훨씬 뛰어넘는 저 먼 어디에 가 있었다. 이유는 그 점이 말할 수 없이 부끄럽고 초조했다. 사내의 말대로라면 왜적 하나의 문제가 아니라 이것은 조선을 포함해 여물 속처럼 끓는 천하의 일이었다. 이유는 우습게 여기던 자들로부터 무참히 조롱당한 것 같아 쥐구멍이라도 찾고 싶었다. 사내는 단숨에 머리통을 쪼개는 도끼날처럼 푸르고 날카로워 보였다. 하지만 그 무참함 속에서도 백태가 벗겨지고 눈이 맑아지는 것만 같으니 알다가도 모를 일이었다. 어쩌면 이 자는 누르하치의 간자가 아닐까. 그러나 그를 고변하거나 해코지할 생각도 없었다. 훗날 적이 될지라도 이유는 그가 제 뜻으로 살아가기를 바랐다.

"그런데 야인들은 전쟁도 하지 않고 오직 화평만을 추구한단 말이오?"

두 사람을 배웅 나온 알탄에게 이유가 대문간에서 물었다. 사내는 잠시 자리에 섰더니 안녕히 가시라고 허리를 접었다.

콰과광!

마을에서 벗어났을 때 어디선가 굉음이 들리면서 어지럼증이 밀려왔다. 마치 세상을 붙잡아 맨 쇠말뚝이 뿌리째 흔들리는 것처럼 땅이 꿈틀거렸다. 걷기는커녕 서 있기도 버거워 이유는 손을 저었다. 땅은 이쪽부터 먼 쪽으로 파동을 그리며 멀어졌다가 거머리가 헤엄치듯 먼 쪽부터 들썩이며 다가왔다. 그가 휘청이자 홍의가 다가와 팔을 잡았다.

"이게 무슨 소리냐?"

"무슨 소리 말입니까?"

"땅이 무너지는 소리가 들리지 않느냐?"

"무슨 말씀이신지요. 아무 소리도 듣지 못했습니다."

홍의가 걱정스럽게 그를 보았다. 그 말을 듣고 보니 과연 땅이 움직이지도 않고 몸도 흔들리지 않았다. 이유는 이상스런 일도 다 있다 하면서 홍의의 손에서 팔을 뺐다. 밤이 칠흑처럼 어두웠다.

약무호남
若無湖南

의주로 가는 조운선이 떠난 지 보름 만에 화약과 시초를 싣고 거북손이와 수범이는 짐꾼들과 길을 떠났다. 그들은 고경명의 의병대에 합류한 흥덕 선비 채홍국이 북상 중에 머문다는 전주로 가기 위해 김제에서 하루를 묵었다. 그곳에서 운암에 나타난 왜군과 의병이 전투를 벌였다는 소문을 들었다. 고경명과 호응하여 남원에서 의병을 일으킨 양대박(楊大樸)이 운암 계곡에서 왜군을 협격해 무수한 수급을 베었다는 소문이었다. 그렇지만 왜적이 어디로 해서 그곳에 이르렀는지 그걸 아는 사람은 아무도 없었다.

일행이 전주에 도착했을 때 호남의 수부(首府)를 수성하려는 일로 부중은 시끄러웠다. 전라감사 이광의 지휘하에 진행되고 있었는데 김제군수 정담(鄭湛)과 나주판관 이복남(李福男)이 향병(鄕兵)을 끌고 왔으며 의병장 황박(黃樸)이 참여해 일을 도왔다. 처음에 이광은 부산에 상륙한 왜적이 북상하자 근왕병을 모아 공주까지 올라갔다가 임금이 파천했다는 소식에 군사를 해산한 적이 있었다. 그러다 조정에서 교리가 내려와 거병할 것을 촉구하자 다시 군사를 보십해 이번에는 호서와 영남의 병사들과 연합군을 꾸렸다가 용인 전투에서 패전한 뒤 전주에 돌아와 있었다.

부안에서 화약과 화살을 운반해 전주에 들어온 수범이는 고경명의 의군이 여산으로 떠났다는 소식을 들었다. 조운선을 띄우기에 앞서 이유는 시초가 준비되거든 관병보다는 의병 진영에 전달하라고 당부했다. 그중에서도 특히 김천일이나 고경명을 언급했지만 김천일은 임금을 구하기 위해 북상하므로 고경명 부대에 전달하기로 했던 것이다. 하지만 호남을 공략하려는 왜군이 남하한다는 첩보를 받고 고경명 부대가 여산으로 올라갔다는 소식에 이튿날 또다시 북으로 길을 나섰다. 그러나 그들이 찾던 부대는 이미 은진으로 떠난 뒤였고, 이튿날 은진에 도착하고 보니 고경명과 의군은 다시 연산으로 떠났다는 게 아닌가. 또 한 번 부랴부랴 뒤를 밟으면서 지나는 곳마다 살펴보니 주민들이 떠나 마을은 썰렁하고 남은 사람들도 저마다 이불과 솥단지 같은 짐바리를 꾸려놓고 있었다. 연산에서도 허탕을 친 그들은 진산 경계에 들어섰을 때 적병이 금산과 무주에 들어왔다는 급박한 풍문을 들었다. 더욱 길을 재촉한 뒤에야 진산 향교 일대에 주둔한 고경명의 의군을 찾아냈다.

"누구의 의견으로 이 귀한 물건을 운반했는가?"

왜군의 동태를 파악하기 위해 정찰을 나간 채홍국을 대신해 고경명이 그들을 맞았다. 그는 눈이 부리부리하고 얼굴은 흰 수염에 덮여 산신령 같았다. 고경명의 질문에 수범이가 나서서 설명했다.

"부안의 도곡(桃谷) 선생께서 당부하셨습니다."

도곡은 이유가 호 대신 사용하는 이름이었다.

"도곡이었구먼. 그렇다면 도곡은 어디에 있는가?"

"의곡을 모아 의주로 가셨습니다."

"다들 직분을 지킬 줄 아니 복이 많은 나라다. 그대는 누구인가?"

"부안 줄포에서 온 진사 댁 아들 김수범입니다."

"모두 고맙다고 전해라. 헌데 옆에 있는 사람은 또 누구인가?"

거북손이는 화들짝 놀라 허리를 굽혔다.

"소인 부안 도화동의 이유 어른댁 가노 거북손입니다."

거북손이의 손에 들린 환도를 고경명이 힐끗 보았다. 그것은 김진사가 전주 용머리고개 대장장이에게 부탁해 제작한 것이었다. 환도의 칼등에는 高飛遠走 네 글자가 새겨져 있었다. 고경명이 물었다.

"혹 검을 다루느냐?"

"몽둥이를 조금 휘둘렀습니다."

거북손이가 대답하자 고경명은 보고 싶은 듯 손을 뻗었다.

"검을 보자꾸나."

거북손이가 내밀자 고경명은 코등이에 붙은 비녀를 풀고 검을 뽑았다. 날을 들여다보던 그가 슬쩍 문구를 보았다.

"멀리 도주하란 뜻이지만 큰 뜻을 품으라는 말 같구나. 적을 상대할 때 가장 경계할 것은 무엇이냐?"

그가 환도를 내밀며 물었다.

"스승님께서는 적이 크다고 여기며 검을 두려워하라 하셨습니다."

고경명이 침묵하다가 일렀다.

"상대를 얕보지 말고 최선을 다하란 뜻이렷다. 오늘은 예서 자고 내일 떠나거라. 곧 왜병이 닥칠 것이다.

짐을 날라 온 사람들에게 고경명은 밥을 내주게 하고 잠자리까지 조처했다. 수범이네 일행은 그곳에서 병사들과 하룻밤을 야영하고 이튿날 아침 고경명을 찾아 하직을 고했다. 오뉴월 더위가 끝나가는 데다가 짐을 덜어낸 뒤여서 다들 날아갈 듯 몸이 가벼웠다. 일행은 오대산(五臺山) 계곡을 끼고 대둔산(大屯山)을 비킨 뒤 해가 지기 전에 이치(梨峙)를 넘을 작정이었다. 골짜기를 통해 대둔암(大芚庵) 아래를 지나면서 보니 어느 나무라도 매미 소리가 요란했다. 세상은 난리판이지만 인가 없는 산중이라 다람쥐는 먹이를 찾아 분주히 움직이고 꿩 우짖는 소리가 정적을 깼다. 배티재 정상에서 시작되는 능선길을 따라 용문골을 통과해야만 인가는 나타날 성싶었다.

"어디서 냇내가 나는 것 같지 않소?"

대열 첫머리에서 길을 인도하던 사내가 돌아섰다. 그를 따라 한참 코를 벌름대던 사람들은 난다는 쪽과 나지 않는다는 쪽으로 말이 갈렸다. 그러나 모퉁이 하나를 돌고 나서는 무언가 타는 냄새를 모두가 맡게 되었다.

"삭은 것들 타는 냄새입니다. 화전민 움막이라도 타는 겐가?"

나이 든 짐꾼 하나가 웅얼거리더니 소로 옆 등성이로 올라갔다. 잠시 후 사내가 굴러 내려오며 소리쳤다.

"저 앞 능성이 옆으로 연기가 오르누먼."

사람들은 일제히 달려가 소로를 찾아냈다. 사람 키보다도 무성한 억새를 헤치고 한 발짝씩 나아가던 걸음이 어느 순간 앞에서부터 차례로 멎었다. 수범이와 거북손이가 대열을 질러서 가보니 억새가 끝나는 비탈에 밭이 나타나고 싸리울을 맞댄 민가가 댓 채 보였다. 그중 한 채에서 불길이 지붕을 삼키는 중이었다.

"이런 산골에 무슨 일일까요?"

수범이가 묻자 앞의 사내가 그를 주저앉히며 속삭였다.

"저기 두 번째 집 싸리울을 보시게. 왜군 아닌가?"

아닌 게 아니라 두 번째 싸리울 앞에 왜군 둘이서 몽둥이처럼 생긴 물건을 들고 서 있었다. 그들은 일행이 숨어 있는 억새밭으로 몸을 향하고 있는데 감시병이 분명했다. 바로 그때,

"살려주세요."

하는 여인네의 목소리가 들리더니 다시금,

"사람 살려!"

넘어가는 소리가 이어졌다. 외침을 들은 수범이는 어깨에 멘 활

을 내려 시위에 살을 먹였다. 거북손이가 손을 들어 그를 말렸다.

"두 놈 외에 더 있겠지요. 금산을 점령했다더니 척후일지도 모르겠습니다."

거북손이가 말하는 사이에도 여인의 외침과 흐느낌이 점점 절박해졌다. 상대가 어디를 쥐어박는지 비명도 터졌다.

"저 둘은 초병일 겝니다. 돌아가서 조용히 처치하고 사람을 살려야 합니다."

거북손이는 김진사로부터 선물 받은 허리춤의 환도에 손을 얹었다.

"억새 저쪽으로 들어가 한 놈을 제압할 테니 반대로 돌아가게."

수범이는 거북손이에게 이르고는,

"안쪽에 몇이 더 있을지 모르니 나뭇가지라도 꺾어 들고 따라오십시오."

짐꾼들에게 주문했다. 그러나 따라나서는 사람이 없자 탓할 새도 없이 억새밭으로 뛰어들었고 거북손이는 반대로 뛰었다. 마을 초입의 왜군이 눈치채지 못하게 억새를 헤치고 다가설 즈음 여인네의 찢어지는 비명이 다시 들렸다. 그 소리에 싸리울 앞의 두 놈이 마을 안쪽을 돌아보면서 저희끼리 키득거렸다. 거북손이가 들키지 않으려고 기어가다시피 거리를 좁히는데 바람 가르는 소리를 내며 살 하나가 왜군의 가슴을 뚫었다. 그를 본 거북손이는 몇 걸음을 단숨에 뛰어가 남은 왜군이 손도 쓰기 전에 환도를 휘둘렀다.

가슴을 꿰인 왜군은 입에서 피거품을 토하며 꺽꺽거렸고 환도를 맞은 놈은 몸이 반쯤 잘린 채 마지막 경련을 하고 있었다. 달려온 수범이가 화살 맞은 왜군의 목을 칼로 내리치니 한 마디 비명도 없이 둘은 숨이 끊어졌다.

"사람 살려! 이 나쁜 놈들……!"

안쪽에서 그 소리와 함께 어딘가를 철썩철썩 치는 소리가 났다. 두 사람은 마을 안쪽을 살피다가 곧 가운데 민가에서 나는 소리인 줄을 알아차렸다. 말을 맞춘 것도 아니건만 소리 난 집 삽짝을 밀고 들어가 부엌 양편에 나누어 섰다. 벽에 몸을 붙이며 열린 문 쪽으로 고개를 내밀어 살피는데 왜군 두 놈이 땔감으로 쌓은 솔가리에 여인 하나를 눕혀놓고 막 찢어발기려는 참이었다. 심하게 두들겨 맞은 듯 처자의 입꼬리에서는 피가 흐르고 고름이 튿어진 채 치마는 헛간 바닥에 아무렇게나 구겨져 있었다. 여인은 이미 옷이 다 벗겨져 굼실거리는 거웃과 살 사이 불두덩이 칸살을 통과한 햇빛 아래로 선명했다. 그런 여인의 두 어깨를 한 놈은 내리누르는 중이었고 다른 하나는 기저귀나 다름없는 해괴한 차림으로 꿇고 앉아서 일을 치를 작정이었다. 그 모습을 본 두 사람은 짧은 눈빛을 주고받은 뒤 지체하지 않고 뛰어들었다. 먼저 수범이가 기저귀 차림의 왜군을 뒤에서 베고 동시에 여인의 어깨를 잡은 왜군에게 거북손이도 환도를 휘둘렀다. 비명을 지르며 나자빠지는 왜군을 향해 거북손이가 다시 칼을 휘두르자 시뻘건 피가 여인의 젖무덤에 흩어졌다. 눈이 주먹덩이처럼 커진 여인이 둘을 발견하고는 손으로 가슴을 가리면서 얼른 옆으로 몸을 빼냈다. 그때 등짝을 설맞은 아래쪽 왜군이 알아들을 수 없는 말을 지껄이며 솔가리 위에 던져둔 길을 집어 들었다. 검에 서툰 수범이가 당황하여 엉덩방아를 찧자 왜군이 스르륵 칼을 뽑았다. 그것을 본 거북손이가 허공에 대고 검을 긋자 녀석의 목이 뎅겅 날아가 솔가리 더미에 떨어졌다. 머리도 없는 그자의 목에서 오줌 줄기 같은 피가 쿨럭쿨럭 솟구쳤다.

"집으로 가시오."

수범이가 바닥의 치마를 여인에게 던져주었다. 여인이 몸을 추스르는 사이 부엌 밖으로 나온 두 사람은 어딘가에 왜군이 더 있을 것에 대비해 앞뒤를 경계했고, 억새밭에 숨어 있던 짐꾼들이 그제야 주뼛거리며 마을에 들어섰다. 다른 사람은 모두 피난을 갔는지 마을엔 사람 그림자도 비치지 않았다. 헛간을 나와 집에 돌아간 여인이 옷을 갈아입는 동안 사람들은 네 구의 왜군 시신을 어찌할지 상의했다. 나중에라도 본진에서 사실을 알게 되면 애꿎은 백성에게 분풀이를 할 게 뻔했다. 한 사람이 시신을 한 집에 모아놓고 불을 지르자 했으나 수범이는 피난 간 사람들이 돌아올지 모르니 구덩이를 파서 묻자고 제안했다. 사람들이 삽과 괭이를 찾아 구덩이를 파는 사이 거북손이는 부엌에 들어가 왜군이 떨어뜨린 검을 수습했다. 연철을 가운데 두고 강철을 둘러싸 만든 검은 얼핏 보기에도 날이 살아 헛간까지 빛을 끌어들였다. 날에는 물결 모양의 하문

(河紋)이 뚜렷하고 환도에 비해 가볍지만 예리하게 벼려져서 머리카락을 놓고 불면 쓱싹 잘려 나갈 것 같았다. 칼집 역시 흠잡을 데 없이 화려한데 물방울무늬가 촘촘한 어피(魚皮)를 겉에 둘러 미끄러질 염려가 없었다. 그가 검을 챙겨 나오자 치마 대신 남장을 한 여인이 보퉁이를 안고서 마루로 나섰다. 그러나 사시나무 떨듯 하느라고 바로 서지도 못할 지경이라 거북손이가 보퉁이를 받아주며 부축했다.

"사람들은 피난을 갔소?"

수범이가 묻자 여인은 모르겠다며 고개를 저었다. 뺨 한쪽이 부풀어 떡을 먹다 만 사람 얼굴이었다.

"어디 갈 데는 있소? 왜군이 죽은 자들을 찾아 나타날 게요."

"두고 가지 마세요. 따라가겠습니다."

수범이가 끄덕였고 왜군 시신을 매장한 사람들이 언덕을 내려왔다. 언제 왜군이 나타날지 몰라 그들은 주저하지 않고 용문골을 벗어났다. 자신을 구한 사람 중에서 처음 눈을 마주쳤다고 그러는지 처자는 한사코 거북손이 뒤에 붙어왔다. 어머니가 나물을 캐다 산통을 느끼고 낳았대서 이름이 냉이라고 했다. 어머니는 일찍 돌아가시고 아버지와 단둘이 약초를 캐며 감자를 갈아 사는데 빨래를 하고 돌아와 보니 사람들은 사라져버린 채 마을에 곧 왜군이 닥쳤다고 했다. 약초를 찾아 며칠 전부터 집을 비운 아버지가 혹시 왜군을 만나 변을 당한 건 아닌지 모르겠다며 그녀는 한숨을 쉬었다.

대둔산골을 지나 작은삼박골에 이르러 일행은 짐바리를 지고 남으로 내려가는 사람들을 만났다. 사람들 말에 따르면 왜군은 금산을 점령하고 진안을 떨어뜨린 후 그곳에서 유진 중이라고 했다. 또한 일부가 여세를 몰아 용담과 무주에 들어가자 팔량치(八良峙)를 지키던 남원판관 노종령(盧從齡)은 싸워보지도 않고 도망치더라고 했다. 그 무렵 전라감사 이광은 충청도로 올라간 왜군이 행로를 바꿔 전라도를 침범하자 전주 방비에 온 힘을 기울였다. 전주 북쪽이 위협받자 고을 수령들에게 군사를 끌고 가 막으라고 지시하는 한편 팔량치에서 도망친 노종령을 붙잡아 사람들 앞에서 곤장을 쳤다. 이때에 동복현감 황진(黃進)은 금산 방면으로 나아갔으나 적병이 장수를 거쳐 남원을 노린다는 첩보를 듣고 급히 남쪽으로 회군했노라 했다.

산골을 벗어난 수범이네 일행은 감사가 지키는 전주 부성 쪽으로 길을 가득 메운 피난민 대열에 합류했다. 그 덕분에 얻어듣는 말이 많아져 전황을 보다 소상히 파악하게 되었다. 진안을 점령한 왜군이 전주로 넘어오지 못하도록 이광이 곰티(熊峙)에 군사를 매복했다는 소식도 거기서 들은 것이었다. 전주 동쪽 외곽에는 적의 침략에 대비해 관군과 의병이 겹겹이 방어선을 친다고도 했다. 모두가 그토록 피하고 싶었던 전투는 바야흐로 코앞까지 임박해온 형국이었다. 그러나 지세가 완만한 남으로 내려와 고산천까지 건너고 나자 짐꾼들은 몰라보게 걸음걸이가 가벼워 보였다. 고산 읍내에 들어가면 전주가 한나절 거리라 무사히 고향에 도착할 거라는 안도감을 다들 느끼는 눈치였다. 고산천을 건너 다리쉼을 할 적에 수범이가 거북손이를 떠보았다.

"난 길을 바꿔 곰티로 갈까 하는데……."

그는 곰티에 주둔한 조선의 매복군에 합류할 생각이었다.

"저도 따르겠습니다."

거북손이는 수범이의 뜻을 눈치채고 선뜻 응했다. 그러자 수범이가 짐꾼들에게 그 같은 의향을 밝히며 같이 떠날 자가 있는지 물었다. 십여 명 남짓한 사람 중에 함께 가겠다는 사람은 아무도 없었다.

"허면 봉상이나 삼례 쪽으로들 가시오. 난 거북손이와 곰티로 가겠소."

품삯을 받았겠다 맡은 일도 끝낸 참이라 사람들은 흡족하게 고개를 끄덕였다.

"저도 가겠어요."

그때 냉이가 두 사람과 함께 가겠다고 손을 들었다. 그녀는 왼쪽 뺨이 더욱 부풀어 처음과는 전혀 다른 사람 같았다.

"우리가 지금 가려는 곳은 총포가 난무하는 전장입니다. 아녀들은 갈 수 없습니다. 이분들과 가시지요."

"저도 왜놈과 싸우겠어요."

수범이가 타일렀지만 그녀는 쌀쌀맞게 고개를 저었다.

"그러다가는 우리까지 몸이 둔해진단 말이우."

이번에는 거북손이가 나서서 냉이를 구슬렸다.

"댁한테 의지하지 않고 혼자라도 가겠어요."

냉이는 버드나무 아래에 놓인 보따리를 품에 안았다.

"위험한 일이 닥쳐도 구해주지 않을 거유."

거북손이가 고집 부리는 냉이에게 퉁사리를 먹였다.

"누가 구해달라나? 난 다른 길로 가겠어요."

"허허 참, 허면 우리 뒤에 딱 붙어서 오시우. 알았소?"

이미 설득할 방도가 없음을 깨달은 거북손이가 다짐을 두었다. 수범이도 어쩔 수 없다는 듯 짐꾼들에게 일렀다.

"예서 길을 가릅시다."

고산천 느티나무 아래에서 짐꾼들은 남은 세 사람에게 조심하라는 당부를 남긴 채 읍치로 내려갔다. 그들을 보낸 수범이와 거북손이와 보퉁이를 안은 냉이는 천변을 벗어나 사랑골로 난 작은 숲길에 들어섰다. 거북손이는 왜군을 잡고 노획한 왜검을 허리춤에 꽂았고 수범이는 사용할 줄도 모르면서 주워온 조총을 들고 있었다. 화전을 일구며 살았다지만 길을 가로막는 잡목을 헤치고 가는 길이라 냉이는 자꾸 걸음이 둔해졌다. 얼굴 한쪽이 퉁퉁 부은데다가 삭정이에 긁혀 뺨에 생채기까지 나더니만 아까부터는 다리마저 조금씩 저는 모양이었다. 그러나 여름 해가 길기는 해도 산중에서는 언제 넘어갈지 몰라 걸음을 늦출 여유가 없었다. 자꾸 냉이의 미투리가 벗겨져 거북손이가 칡넝쿨로 감발을 해줬지만 심마니나 드나드는 언덕바지라 미끄러지기 일쑤였다. 이러다가는 노숙을 하게 되거나 범을 만날 수도 있는 일이므로 엎어지고 넘어지며 서두르는 냉이를 거북손이는 떠메다시피 걷느라고 곱절이나 힘이 들었다. 그래도 위봉산 방면으로 길을 더듬다가 천신만고 끝에 우미재 골로 향하는 소로를 찾아냈다. 노루골에 이르러서야 숯막으로 쓰는 너와집을 찾아 이슬을 피한 뒤 그들은 이튿날 점심나절쯤 곰티로 이어지는 덕봉길 초입에 닿았다. 그들이 아랫대냉이골을 넘어가자,

"게 섰거라!"

하는 소리가 골짜기를 쩌렁 흔들었다. 이어 아랫대냉이골 맞은편 중턱에서 창을 든 군사 십여 명이 우르르 내려왔다. 비탈을 내려온 군사들은 세 사람을 에워싸면서 날이 박힌 창대를 들이밀었다. 그중 하나가 물었다.

"웬 자들이냐?"

"전주를 방어한다기에 가담하려고 왔습니다."

수범이가 대꾸하자 아까 그 군사가 다시 물었다.

"헌데 손에 들고 허리에 찬 것은 무엇이냐? 심히 수상쩍구나."

군사가 거북손이의 왜도와 수범이 손에 든 조총을 가리켰다.

"이것은 대둔산에서 만난 왜병을 처치하고 수확한 것이올시다."

"허면 병장기를 내려놓아라!"

거북손이는 왜도와 환도를 풀었고 수범이가 조총과 활이며 전대를 내려놓자 덩달아 냉이도 보퉁이를 땅에 놓았다. 일부 병사가 그것들을 수습하고 나머지 병사들은 창끝으로 셋의 등을 밀었다. 그들은 돌이며 흙을 모아 토벽을 쌓은 윗대냉이골을 지나 작은 여사리골까지 끌려갔다. 그곳 역시 방책을 치고 군사들이 은거해 있었으며 방어선을 통과하자 전주 의병장 황박이 머무는 대장소가 나타났다. 혹여 간자가 아닌가 황박은 그들이 나타난 사연을 꼼꼼히 물었고, 곁에서 보좌하는 김제민(金齊民)도 의심날 때마다 추가로 질문을 던졌다. 수범이와 거북손이의 말은 수막새와 암막새처럼 전후 맥락이 척 들어맞을 뿐 아니라 중간에 냉이까지 나서서 빈틈을 보완하니 황박은 곧 주먹밥을 내오게 했다. 허기를 채우자 윗대냉이골로 내려가라는 지시가 내려와 그들은 의병들이 진을 친 제일 방어선에 합류했다. 세 사람이 의병들 틈에 끼어 앉자 차차로 어둠이 깔리면서 느개가 내리고 옷섶에 찬 기운이 들었다. 병사들은 임시로 세운 초막에 들어 잠을 청하기도 하고 어디선가 가져온 이불과 도롱이를 뒤집어쓴 채 한기를 달랬다. 감기 기운이 있거나 몸이 성치 않은 사람은 이미 소개해서 텅 빈 웅치골마을과 덕봉마을 초가에서 잠깐씩 쉬기도 했다. 거북손이는 병사들 사이에 쭈그리고 있는 냉이에게 덕봉마을 빈집에 들어가 쉬라고 권했지만 씨알도 먹히지 않았다.

"게 섰거라."

어둠이 완연한데 앞서 거북손이 일행이 검문을 당한 작은여시골에서 다시 골을 찢는 소리가 들려왔다. 그러더니 잠시 후 횃불에 싸여 승복을 입은 자가 황박에게 끌려갔다.

"그대는 누구인가?"

황박이 묻자 승려가 답했다.

"금산에서 오는 불자인데 전주에 가는 길입니다."

"이런 야심한 시간에 재를 넘는단 말인가?"

"전주에 계시는 어머니가 앓고 있는데 목숨이 경각이라 범에게 먹힐 각오로 나섰습니다."

"금산 어느 절에 머무느냐?"

"본래는 무주 안국사(安國寺)에 있었습니다."

황박의 입에서 불호령이 떨어졌다.

"네 이놈, 금산의 일을 묻는데 무주의 일을 말하느냐? 금산 어느 절이냐?"

재우쳐 묻는 말에 잠시 후 답변이 나왔다.

"보석사(宝石寺)입니다."

"보석사라……. 율담스님이 아직도 주지를 지내고 있는가? 입적하지 않으셨다면 하마 고희는 되었을 테지?"

황박의 질문은 한층 부드러웠다. 특히나 율담스님을 입에 담을 때는 목소리가 축축하기까지 했다.

"그분께서는 여즉 정정하십시다. 아침저녁 예불도 빠짐없이 참석하며 공양 또한 여일하게 하십니다."

그때 황박이 벽력같은 고함을 질렀다.

"저자를 포박하고 바랑을 가져와 풀어라. 율담이라니 이놈아!"

명이 떨어지기 무섭게 병사들이 달려들어 그자의 몸에 밧줄을 감고 다른 병사는 황박의 발치에 바랑을 풀었다. 탁발을 했는지 보리쌀과 목탁이 나오고 밑바닥에서 잘 접힌 종이가 나왔다. 황박이 펼쳐보니 그때그때 그린 지도인데 특히 노상과 산세가 자세히 표기돼 있었다. 은자 두 덩이와 스님에게는 별로 소용되지도 않을 짧은 병장기까지 나왔으니 더는 발명도 필요 없을 지경이었다. 그 즉시 스님을 꿇게 하여 매질을 퍼부은 뒤 그로부터 진안에 들어온 왜장 안코쿠지 에케이(安國寺惠擔)의 간자임을 토설 받았다. 이어 왜군이 어느 쪽으로 움직일지 물었으나 한사코 입을 열지 않자 끌어내 참수한 후 머리를 장대 끝에 내걸게 했다. 그 모습을 본 병사 한 사람은 아무래도 왜군이 이곳으로 올 것 같다며 몸서리를 쳤다. 병사들 사이로 술렁임이 지나가자 황박은 일일이 진을 찾아다니며 선무 활동을 벌였다. 저간의 소동을 지켜본 거북손이가 손을 들어 곰티 너머를 가리켰다.

"지금이라도 재를 넘어서 안전한 곳으로 떠나. 데려다줄게."

밤이 깊어가면서 군데군데 잉걸불을 피웠지만 뼈마디에 한기가 닿았다.

"남을 테여. 왜놈을 베는 일이면 목숨이 끊어져도 상관없어."

야무지게 답하며 냉이는 불편 끼치지 않을 테니 걱정 말라고 입막음했다. 그러나 거북손이는 적이 침범해 근접전이 벌어지면 아무래도 그녀를 두고 편히 대적하기란 어려울 것 같았다. 그런데 더 신경 쓰이는 일은 용문골 헛간에서 목격한 여자의 알몸뚱이였다. 찰나에 불과했지만 오목한 배꼽 아래로 풍성하게 굼실거리던 거웃이며 도끼로 팬 참나무 자국 같은 것을 눈앞에 펼쳐진 음화처럼 낱낱이 뜯어보고야 말았던 것이다. 한 육신이 소멸하기 전에 더욱 강렬하게 내뿜던 광휘의 숨결들. 아무리 고개를 내두르고 혼자 질책해봐도 옆에 있는 냉이의 숨소리가 들릴 때마다 그 모습이 눈앞에 팔랑거렸다. 거북손이는 여인의 그 풍요로운 모습을 다시금 보고 싶어졌고 손으로 쓰다듬으며 제 맨살을 부벼보고 싶었다. 그럴 때마다 아찔한 현기증이 일면서 저도 모르게 킁킁 콧소리가 나왔다. 적이 쳐들어오면 그토록 생생한 모습을 깨끗이 털어낸 후에 검에 몰두할 수 있을지 그는 암만해도 자신이 없었다.

유월 중순에 호남을 노리고 금산과 무주에 들어온 적군은 고바야카와 다카가게(小早川隆景)가 거느린 왜군 육대였다. 이때의 일로 금산군수 권종(權悰)이 전사하고 금산에서 함께 싸우던 전라도방어사 곽영(郭榮)과 동을거지(冬乙巨旨)에 주둔한 조방장 김종례(金宗禮)가 고산으로 퇴각하자 전라감사 이광은 호남을 지키기 위해 전라도 북부와 동부에 군사를 배치했다. 광주목사 권율(權慄) 등을 남원에 주둔케 하고 육십령(六十嶺)으로는 이계정(李繼鄭)으로 하여금 나아가게 했다. 그 밖에도 장수를 지키기 위해 보성과 남평과 구례 등지의 수령과 휘하 관군을 두입했으며, 용담 진안에서 진주로 넘어오는 곰티재로는 의병장 황박 동복현감 황진 나주판관 이복남 김제군수 정담을 보내 담당케 했다. 그랬는데 이틀 전 장수 방면에 주둔한 왜군이 남원으로 향한다는 첩보를 입수하고 동복현감 황진을 곰티에서 빼 급히 남원 방면으로 출동시켰던 것이다. 이광은 전주성 안에 선비 이정란(李廷鸞)을 수성장 삼아 남겨놓고 본인은 만경대(萬景臺)에 군사를 끌고 올라가 호남을 지키기 위한 싸움 전체를 독려했다.

곰티의 병사들이 추위와 싸우며 밤을 날 적에 모래재를 건너오는 길목에서 딱따기 소리가 들려왔다. 처음에는 때늦은 딱따구리인 줄 알았으나 소리와 소리 사이가 빠르지 않았고 잠시 후에는 더 많은 소리가 들려오기 시작했다. 그때쯤엔 졸던 병사들이 모두 깨어 곰티로 들어오는 입구를 응시했다. 밤이 물러가는 기색으로 어둠이 묽어져 눈을 부릅뜨면 삼십여 보 밖까지 식별할 수 있었다. 사람들을 소개해 텅 빈 웅치골마을 앞으로 모래재 쪽에서 초병이 뛰어왔다.

"온다! 왜놈들이다!"

미리서 약조가 되었는지 초병들은 작은여시골에 임시로 만든 참호 속으로 뛰어들었다. 김제민이 칼을 빼 들고 명령했다.

"활을 점검하고 살을 매겨라."

그의 명을 따라 병사들이 등에 멘 활을 풀고 저마다 엄지손가락에 깍지를 끼었다. 다들 전통에서 화살을 꺼내 시위에 걸었다.

"미리서 쏘는 일은 없어야 한다. 사거리를 확보하면 명이 떨어질 것이다."

그 말과 함께 어둠 속으로 왜군이 밀려왔다. 처음에는 행길 위로 행군하더니 둑이 터진 듯 아래 풀숲에도 나타나고 다른 쪽은 소하천 안으로도 뛰어들어 첨병대는 소리가 의병 진영까지 들려왔다. 수가 얼마나 많은지 모래재 너머까지 이어진 대오의 후미가 끝을 보이지 않았다. 등에는 저마다 작은 깃발을 꽂았는데 소리도 지르지 않고 꿈틀꿈틀 몰려드는 모습에 몸에 난 온갖 털이 곤두설 지경이었다. 아무런 불편도 주지 않겠다고 야무지게 쏘아대던 냉이가 그 모습에 거북손이의 옷소매를 그러쥐었다. 바로 그때 적진에서 알아듣기 어려운 말이 들리더니 맨 앞의 무리가 반무릎을 꿇고서 다음 열은 그대로 선 채 대오를 정비했다. 무얼 하자는 것인지 알 수가 없었지만 살이 닿지 못할 거리라 김제민은 단지 침착할 것만을 주문했다. 그 순간 도열한 왜병 쪽에서 부시를 치는 불꽃이 일더니 억새 타는 냄새가 풍겼다. 더욱 수상쩍은 생각에 사람들이 꼴깍 침을 삼킬 무렵 탕탕탕탕… 일시에 콩 볶는 소리가 나고 목책 뒤의 한 의병이 어이쿠 소리를 내며 넘어갔다. 한바탕 불질을 한 왜국 병사들이 대오를 가르며 틈을 내자 뒤편에서 살수(殺手)들이 고함을 지르며 밀고 왔다.

"살을 먹이고 대기하라!"

김세민이 외치는 사이에도 왜군은 아랫대냉이골과 맞은편 골짜기를 향해 거침없이 밀고 왔다. 그들은 긴 창과 칼을 들고 돌진하면서 하늘에 닿을 듯 고함을 질렀다. 김제민의 명이 떨어졌다.

"쏘아라!"

길 양편에 매복한 의병 진영에서 화살이 날아갔다. 살에 맞아 왜군 대여섯이 거꾸러졌다.

"살을 먹여라."

김제민은 명하고 잠시 후,

"쏘아라!"

하면서 들고 있던 칼로 적진을 가리켰다. 다시 살이 날아가자 대여섯이 또 쓰러졌다. 연이어 김제민이 명을 내렸고 의병 진영에서 새로운 화살이 날아갔다. 다섯 차례에 걸친 화살 공격을 뚫고 거리를 좁힌 왜군이 앞 열은 반무릎을 하고 뒤에서는 나란히 도열한 뒤 다시 불질을 했다. 그때쯤엔 의병 쪽도 왜군의 전술을 눈치채고 다급하게 몸을 낮추었으나 서넛이 또 가슴과 어깨를 부여잡고 넘어갔다.

"쏘아라!"

조선 의병 쪽에서 다시 살이 날아갔다. 의병들에게 지급된 화살은 각각 이십 대씩이었다. 그 이십 대를 쏘고 나면 칼과 창이 부딪치게 되는데 거북손이는 노획한 왜도를 뽑아 들며 환도를 냉이에게 건넸다.

"병장기가 부딪치거든 뒤도 보지 말고 꽁무니를 빼. 알았지?"

그러는 사이 왜군 쪽에서 한 차례 더 불질을 했고 화살 이십 대를 쏜 의병들이 창과 칼을 손에 들었다. 수범이도 검을 뽑아 드는데 전통에는 화살 몇 대가 아직까지도 남아 있었다. 거북손이는 흩어져서 목책 앞으로 달려드는 왜병 한 놈의 어깻죽지를 긋고 연결 동작으로 또 다른 왜군을 사선으로 베었다. 겁을 먹고 함부로 나서지 못하던 의병들이 거북손이의 그 모습에 힘을 얻어 목책 밖으로 창을 내밀었다. 낮은 데서 달려드는 왜병 중에는 훈련이 변변치 않은 창에도 꿰이는 자가 나왔다.

"빨리 올라가!"

거북손이가 목책을 넘어 왜군을 베며 냉이에게 소리쳤다. 그를 따라 의병 몇이 창을 들고 목책 밖으로 나왔다. 그러나 거북손이를 따라온 의병들은 왜군의 노련한 검에 속속 베어져 비탈 아래에 뒹굴었다. 본래 주군을 보호하는 임무로 시작된 왜검은 칼을 뽑는 즉시 일격을 가하는 실용에 능했다. 반면 본국검은 동작이 크고 기세를 강조하는데 왜군은 대소 실전을 겪은 자들이요, 의병은 훈련도 없이 소집된 자가 대부분이었다.

"후퇴하라! 후퇴하라!"

뒤에서 다급한 명령이 들려왔고 꽹매기소리와 북소리가 골짜기를 메웠다. 그 말을 듣고 한 놈을 베어 넘기며 목책을 되넘어 오르는데 그토록 일렀건만 냉이는 소나무 뒤에 웅크리고 있다가 그제야 몸을 돌이켰다. 거북손이는 정신없이 뛰다가 방금 추월한 사람이 냉이임을 깨닫고 돌아섰다.

"에쿠머니나!"

그때 나무뿌리에 걸린 옷이 부욱 찢어지면서 그녀가 고꾸라졌다. 거북손이가 돌아섰을 때 왜군 중에서 앞선 자가 칼을 쳐들었다. 그는 펄쩍 뛰어 적을 베고 냉이의 팔을 낚아챘다. 등 뒤에 접근한 왜군 한 놈을 무작정 휘둘러 저지했으나 옆구리에서 달려오는 다른 적병에게 냉이는 꼼짝없이 등짝이 베일 판이었다. 그러나 웬일인지 그자가 주춤거리며 칼을 떨어트리더니 뒤로 나자빠졌다. 활을 쏜 수범이가 뒤에서 외쳤다.

"내가 막을 테니 어서 올라와!"

수범이는 다시 살을 먹인 후 제일 앞선 자의 얼굴에 박았다. 그래봐야 남은 화살은 서너 대에 불과했지만 그래도 쫓던 자들이 걸음을 늦췄다. 냉이의 손을 잡은 거북손이가 다가오자 시위를 당기던 수범이도 등을 돌렸다. 뒤에서 탕탕탕 총소리가 들리고 달아나던 의병 몇이 아래로 미끄러졌다. 산등성이를 오르는 사람들 발밑에서 풀숲이 풀썩이고 소나무 잔가지가 머리에 떨어졌다. 한 번 쏜 뒤에는 장탄하기까지 시간이 걸리는지 의병들이 작은여사리골 본진에 이를 때까지 총성은 다시 들리지 않았다. 후퇴한 병사들은 지급된 화살을 전통에 채운 뒤 참호 뒤에 다시 정렬했다.

"다친 데는?"

수범이가 물었다.

"괜찮습니다. 그나저나 이래도 안 올라갈 테여?"

거북손이가 냉이에게 눈을 부라렸다. 해가 떠올랐고 골짜기를 덮으며 밀려오는 적이 보였다.

"정 내키지 않거든 중봉에 진을 친 후비대로 가 있든지요."

수범이도 냉이에게 일렀다. 그때 정렬한 왜군 진영에서 총성이 들리며 풀썩풀썩 탄이 떨어졌다.

"지금 뛰어. 다음 탄환이 오기 전에."

거북손이가 냉이의 등을 밀었다.

"자, 이거."

거북손이에게 환도를 다시 건넨 냉이가 다음 방어선이 있는 작은징친골로 뛰어갔다. 그녀가 떠난 뒤 왜군 쪽에서 한 번 더 총탄이 터졌다. 과연 조총의 사거리를 냉이가 무사히 벗어났는지 확인하고 싶었으나 왜군의 기세가 워낙 사나워 돌아볼 여유가 없었다. 왜군이 사거리에 들자 이번에는 의병장 황박이 살을 날리라는 명을 내렸다. 의병이 날린 화살에 왜군 몇이 쓰러지고 저쪽의 총탄이 흙벽을 넘어 의병들의 숨을 끊었다. 몇 차례 살과 탄의 공방이 이어지는 사이에 배당된 화살이 다 떨어지자 다시 근접전이 펼쳐졌다. 왜적 서넛을 제압하는 동안 왜도의 날이 무뎌져 거북손이는 다른 왜군의 칼을 빼앗아 정신없이 휘둘렀다. 피아의 피해가 걷잡을 수 없이 커지는 것을 목격한 의병 진영에서 다시 퇴각 명령을 내렸다. 먼저 달려오는 왜군을 맞아 온몸에 피를 뒤집어쓴 거북손이가 칼을 휘둘렀고 수범이가 살을 아껴 후퇴하는 아군을 보호했다. 전열을 정비할 셈인지 왜군도 그쯤에서 진격을 멈추었다. 수범이와 거북손이는 부상당한 사람들을 부축해 나주판관 이복남이 지휘하는 두 번째 방어진지에 도착했다. 먼저 와 있던 냉이는 후퇴한 사람들에게 물바가지를 돌렸다.

"그대들의 이름을 다시 말해다오."

수범이와 거북손이가 물을 마시고 나자 황박이 찾아와 물었다.

"저는 부안 줄포 사는 김수범입니다. 허고 이 아이는 도화동의 거북손이입니다."

"잘 싸워주었다. 나라에서는 그대들의 일을 잊지 않을 것이다. 국난에 반상이 어디 있고 주종이 어디 있겠느냐."

두 사람의 공을 치하하는 말이었으나 거북손이는 어쩐지 맥이 풀렸다. 식량을 싣고 의주로 떠난 이유나 함께 승선한 홍의, 또한 집에 남아 있는 홍순은 최선의 주인이 분명하지만 그렇더라도 저는 갈 데 없는 노비 신세였다. 그것은 주인댁과 그의 문제가 아니라 세상 문제였고, 그 세상을 지탱하는 법도의 문제였다. 따지고 보면 지금의 이런 전쟁 또한 하나의 법도와 또 하나의 법도가 부딪친 결과 아닌가. 거북손이는 용문골 헛간에서 본 냉이의 몸뚱이를 떠올렸다. 냉이가 저의 그 내밀한 곳을 내준다 한들 법도와 세상의 눈초리가 용인해줄지 의심스러웠다. 산속에서 살았을망정 냉이는 평민이었다.

　전열을 정비한 왜군이 다시 올라온다는 소리가 들렸다. 척후가 달려와 사실을 고한 뒤 새벽에 전투를 치른 작은여사리골 모퉁이를 왜군이 돌아 나왔다. 그들은 우마차길뿐 아니라 산자락과 소하천을 덮으며 부챗살처럼 벌려 진군했다. 그들이 큰여사리골 앞까지 진출해서 사거리를 확보하기 전에 이복남의 조선군 진영에서 산을 뒤엎는 두 발의 포성이 터졌다. 의병 진영에는 구비된 바 없는 비격진천뢰(飛擊震天雷)라는 것인데 박덩이 같은 철환이 적의 선두를 지나 큰여사리골과 새악골 중간에 떨어졌다. 그러나 아무런 징후가 없어 사람들이 저마다 의아스러운 얼굴로 변해갈 즈음 지금껏 듣지 못한 엄청난 폭음이 땅을 흔들었다. 이어 관군 진영까지 적병이 내지르는 아비규환의 비명이 들려왔다. 그 때문에 왜군 선두가 갈팡질팡하자 조선군 사수(射手)들이 토담을 넘어 사거리를 확보했다. 아직 선두의 총수(銃手)가 탄약을 재우기 전이라 일시에 쏘아대는 화살에 적병 십여 명이 쓰러졌다. 사수들은 거푸 세 대의 살을 날린 뒤 아군 진영으로 뛰었다. 그제야 왜군 진영에서 콩 튀는 소리가 들리면서 돌아 뛰던 사수 몇이 거꾸러졌다. 토담을 넘어간 조선군이 쓰러진 관군을 업거나 부축했고 남은 사수들은 무사히 흙벽을 넘어왔다.

"왜군이 퇴각하는데?"

앞을 바라보던 수범이가 중얼거렸다. 처음 겪은 비격진천뢰의 위력에 놀랐는지 왜군은 작은여사리골까지 대오를 물렸다. 해가 높지막하게 올라 먼저 싸움을 벌인 황박 진영의 의병들에게 일착으로 소금에 절인 주먹밥이 배급됐다. 이복남은 부상 당한 병사들을 들것에 실어 마지막 저지선인 김제군수 정담의 진중에 올려보냈고, 그쪽에서는 재 너머 전주의 소양으로 부상병을 이송하도록 조처했다. 거북손이와 수범이는 이번에도 냉이를 마지막 방어선인 곰티 정상으로 물러나도록 설득했다. 살상의 현장을 직접 목격한 데다 죽음의 위기까지 겪은 냉이는 더이상 고집부리지 않고 고분고분 그들의 의견을 따랐다. 새로 지급한 화살을 전통에 채운 수범이는 빈 시위를 당겨보며 활의 상태를 점검했다. 다행히 더위가 물러난 뒤라 아교가 녹을 염려는 없었다. 거북손이도 새로 획득한 왜도를 햇빛에 비춰보며 병기를 점검했다. 이번 것은 대둔산에서 얻은 왜도보다도 한층 날이 사나워 빛마저 베고 지나갈 것 같았다. 이 칼은 몇 명의 목숨을 거두었을까. 이 싸움을 치러야 할 까닭이 수범이에겐 있을지 몰라도 거북손이는 이제 모든 것이 혼란스러웠다. 살을 베는 묵직한 질감이 검을 통해 전달된 뒤에 형언할 수 없는 비명이 터지는 아수라판을 계속 감당할 힘이 남았을지 자신 없었다. 앞다퉈 달려드는 왜군도 힘에 눌려 동원된 자가 태반일 텐데 그들은 무엇으로 죽음의 공포를 견디는지 궁금했다. 거북손이는 그리운 것들을 지키기 위해 끌탕지옥을 견딘다고 생각해 보았다. 하지만 그리움의 대상은 딱히 생각나지도 않았고, 아예 없는 건 아닌지 의심이 들었다.

탕탕탕탕!

적병은 보이지 않는데 총소리가 들려왔다. 한참 뒤에 왜군이 작은여사리골 구부러진 골짜기를 돌아 나왔다. 그 사이 무슨 계략을 짰는지 한바탕 달려와 총을 쏘고는 다시금 달려오던 이전 행군 대형이 아니라 최대한 빨리 휩쓸어 끝낼 것처럼 엄청나게 빠른 속보였다. 어리둥절해진 조선군 진영에서 술렁거림이 번졌으나 이내 시위에 살을 먹이라는 명과 함께 발사 명령이 하달됐다. 양편 골짜기에서 살이 날아가자 적의 선봉에 균열이 생겼으나 후위가 나타나 질서정연하게 자리를 메웠다. 다시 살을 매겨 시위를 당겼고 균열은 또다시 메워졌다. 틈이 생기면 뒤에서 메우면서 관군이 화살을 다 쏘기도 전에 왜군 선봉이 목책과 토담을 기어올랐다. 살수들이 창으로 찔러 떨어트렸으나 밀려드는 수효를 감당하기 어려웠다. 거북손이는 살수 사이에 섞여 사납게 왜도를 휘두르며 앞에서 올라오는 적을 베었다. 왜군이 내미는 칼을 막고 베며 찌르기를 몇 차례 반복하자 날이 무디어져 왜도를 버리고 환도를 빼 들었다. 그러나 근접전에 능한 왜군은 차례차례 조선군을 걷어내며 방책을 넘어왔다. 거북손이는 뒷걸음치면서 닥치는 대로 베고 휘둘렀으나 곧 적의 표적이 되었다. 꽹매기소리가 강파르게 들리고 연이어 북소리가 따라오는데 후퇴하라는 신호였다. 조선군은 전진할 때 징을 치고 후퇴하라는 명령은 꽹매기와 북을 통해서 알렸다. 여럿을 상대하느라고 틈이 벌어져 위기가 잦아오면 위에서 수범이가 활을 쏘아 적을 꿰었다. 거북손이는 옆에서 내미는 칼을 힘겹게 걷어내며 적의 옆구리를 벤 후 뒤로 빠졌다. 그러면서도 떨어진 왜도 하나를 수습했는데 어쩐지 그는 날렵한 왜도가 손에 맞아 한결 다루기 편했다. 산 중턱까지 후퇴한 조선군은 뒤처진 아군을 지원하기 위해 대오를 정비했다. 그들이 일시에 활을 쏘자 왜군의 기세가 수그러들었고 그를 틈타 쫓기는 조선군이 산등성이에 달라붙었다. 그들을 따라 거북손이도 정상을 향해 뛰었다.

 김제 군수 정담은 갑주를 입고 곰티의 마지막 방어선 선봉에 서 있었다. 살아남은 이복남 부대의 병사들이 정담이 지키는 마지막 방어선으로 밀려들었다. 비록 이정란이 전주 부성을 수비하는 중이며 감사가 병사들과 요처에 버티고 있다지만 곰티가 무너지면 바로 전주성이었다. 그 때문인지 정담의 얼굴은 비장해 보였고 가늘게 찢어진 눈은 날카롭게 주변을 살피고 있었다. 반쯤 희어진 수염이 골짜기에서 불어온 바람을 따라 뒤로 날렸다. 그는 퇴각한 병사들을 쉬게 해서 기력을 회복하면 후미에 배치하라고 명했다. 그런 다음 본인은 부장들과 앞머리에 선 채 김제에서 온 군사들을 독려했다. 왜군도 조선군 못지않게 피해가 막심했던 터라 함부로 돌격전은 펼치지 못하는 양상이었다. 햇빛이 느슨해지는데도 새벽부터 시작된 싸움은 끝날 기미가 없었다.

"다친 데는?"

수범이가 물었지만 거북손이는 냉이가 떠온 계곡물부터 마셨다.

"도련님은요?"

"난 활이나 쏘는 처지지."

거북손이는 사선을 함께 넘은 수범이가 형처럼 생각되었다. 형제도 없이 혼자 견디는 데 익숙해진 그에게 수범이는 후위에서 바람을 막아주는 방벽 같았다. 그러나 나란히 선 듯 보여도 전장에서 벗어나면 그는 노비의 음침한 무리 속으로 물러나야 할 처지였다. 냉이가 주먹밥을 가져와 두 사람에게 내밀었다. 심하게 부은 볼이 가라앉아 차츰 오밀조밀한 본바탕이 윤곽을 드러내는 중이었다. 거북손이는 냉이에게 더는 후방으로 가라고 재촉하지 않았다. 생각해 보니 그녀에게 한다는 말이 물러나라는 소리 말고는 없었던 듯했다. 하지만 이번 싸움만큼은 냉이를 지키면서 관군 뒤에 숨어 요령껏 치를 생각이었다.

"온다!"

척후가 달려왔고 딱따기 소리가 골짜기에 퍼졌다. 왜군은 두 번째 돌격전처럼 조총에 의지하지 않고 무서운 기세로 밀고 왔다. 이번에는 그간 싸우지 않고 후위에 섰던 병사를 앞세웠는지 지친 기색도 없었다.

"쾅!"

쾅!

쾅!

곰티 정상에서 비격진천뢰가 발사되고 포환이 적진에서 터셨나. 그러나 뒤에 선 왜장이 엄하게 닦달하는지 아랑곳없이 고개로 밀고 왔다. 그들 선봉이 사거리에 들자 정담이 명을 내렸다.

"매겨라! 쏘아라!"

살이 날아가고 선봉의 왜군들이 쓰러졌다. 다음 대오가 빈자리를 메웠다.

"매겨라! 쏘아라!"

살이 날아갔고 왜군들이 쓰러졌다. 그때 왜군 선봉이 계곡 양편으로 갈라지더니 조총이 발사되었다. 활을 쏘려고 일어서던 조선군 몇이 빙글 돌면서 주저앉았다. 왜군은 다시 달려왔다.

"매겨라! 쏘아라!"

화살이 날아갔다.

"매겨라! 쏘아라!"

연이어 살이 날았다. 앞서 달리는 군사가 쓰러지는데도 왜병들은 날파리처럼 집요하게 들러붙었다. 대체 이 골짜기에 몇 명을 투입했을까. 골짜기와 나무 사이가 왜군 복장으로 까맣게 보였다.

"매겨라! 쏘아라!"

왜군 몇이 쓰러졌다. 점점 그들의 얼굴 형상이 또렷해졌다.

"매겨라! 쏘아라! 살수들, 전투 준비!"

다시 살이 날아가고 마침내 적의 선두가 토벽 아래에 이르렀다.

"살수 앞으로! 검을 뽑아라! 도망치지 말라!"

토벽에 달라붙는 왜군을 살수들이 찔러 떨어트렸다. 왜군 중에는 밑에서 위로 긴 창을 내미는 자도 있었지만 돌아서서 내빼는 자도 있었다. 뒤돌아선 왜군 병사는 뒤에 있는 지휘자에 의해 다시 앞으로 내몰렸다. 일이 그 지경이면 그들로서도 조선군을 무너뜨리는 수밖에 방법이 없었다. 죽은 자의 몸을 밟고 왜군이 토성을 넘었다. 정담이 먼저 왜군 병사를 베어 밑으로 떨어트렸다. 그러나 왜군은 끝도 없이 밀려들었고 조선군도 칼과 창으로 응대했다.

"뒤에 꼭 붙어 있어!"

거북손이는 중턱에 서서 냉이를 등 뒤로 밀었다. 김제의 수성군이 뚫리면 다음 차례는 그들이었다. 토벽을 넘어온 왜군이 점점 많아지고 그런 만큼 조선군은 수가 줄었다. 이제 승패를 가르는 건 숫자일 뿐 검술이며 진법이 아니었다. 아무리 검이 뛰어나도 앞뒤에서 들이치면 피할 수 없는 법.

"퇴각하라!"

뒤에서 누군가 외치는 소리가 들리고 웅웅대는 북소리가 골짜기를 덮었다.

"퇴각은 없다! 싸워라! 전주를 지켜야 한다!"

선두의 정담은 퇴각 요청도 아랑곳없이 병사들을 독려했다. 그러나 병사들이 하나씩 달아나자 적병이 점점 정담을 목표로 밀려

들었다. 정담의 부장들이 그를 둘러싸고 있었지만 사세부득이라 몰사를 당할 형편이었다. 수범이는 살을 먹여 정담에게 밀려드는 왜군을 차례차례 서시했다.

"퇴각하라!"

다시 퇴각 명령과 함께 북이 울었다. 해가 서편으로 넘어가면서 땅금이 내려오기 시작했다. 워낙에 압도적인 수가 밀려오자 정담과 부장들은 정상 부근 바위까지 뒷걸음을 쳤다. 다시 퇴각 명령이 떨어질 무렵 정담이 칼을 쳐들며 외쳤다.

"적 한 놈이라도 베고 죽을 것이다. 제장들은 퇴각해서 군사를 수습하라!"

"장군······."

부장 하나가 말하자 정담이 재차 외쳤다.

"명을 따르라. 후퇴하라!"

바위를 기어오르는 왜군의 목을 정담이 베어 떨어트렸다. 그를 호위하던 부장들이 곰티 정상으로 올라왔다. 그때 밀려드는 적 몇을 벤 정담의 가슴이 왜군 살수의 기다란 창에 뚫렸다. 그의 몸이 주춤대는 사이 앞선 왜군이 검을 휘둘렀다. 정담은 피를 토하며 자리에 무너졌다.

"어서 내려가!"

기세를 타고 정상에 올라서는 왜군을 발로 지르며 거북손이가 외쳤다. 이어 달려드는 왜군을 수범이가 꿰는 사이 거북손이도 둘을 연결 동작으로 베고 찔렀다. 곰티 정상에서 조선군이 비탈 아래로 살을 날리자 적들도 쉽사리 접근하지 못했다. 왜군 진영에서 고동 같은 소리가 들렸다. 그 소리를 시작으로 도발이 멎었으나 어디서 총탄이 터질지 몰라 조선군은 구르다시피 곰티를 미끄러져 내려왔다. 어둠이 내리면서 밤 짐승처럼 사람들 눈에서 불빛이 번득였다. 거북손이는 냉이를 부축해 논이 펼쳐지는 소양평(所陽坪)까지 내려왔다. 주민이 모두 떠나 마을은 비어 있었지만 적이 뒷덜미까지 와 있어 쉴 엄두가 나지 않았다. 곰티에서 내려온 군사들은 밤을 도와 전주 안덕원(安德院)까지 후퇴했다. 그곳에서 전주 방어에 나선 병사들의 안내를 받아 민가에 들어가 그들은 밥도 잊은 채 잤다.

  곰티에서 후퇴한 병사들은 해가 중천에 오른 뒤 잠에서 깼다. 전주 동문 밖에서 내온 주먹밥으로 요기를 하고 나자 의병장 황박과 나주판관 이복남이 군사를 모아 대오를 재편했다. 그 자리에서 이복남의 지휘를 받는 군관의 명을 받아 냉이는 기린봉 아래 아중마을 의소(醫所)에 배치되었다. 반면 수범이와 거북손이는 황박의 의병대에 배속되어 안덕원 너머 가막골에 있는 토벽으로 올라갔다. 그곳은 목책을 세우고 토성을 쌓느라고 주민들까지 동원되어 정신이 없었다.

  어둠이 내리자 이복남의 군사가 교대를 하려고 가막골에 나타났다. 교대를 마친 황박의 군사가 안덕원에 나왔을 때 그들을 기다리는 소식이 있었다. 성황산 정상에 왜적이 나타났는데 전주성과 조선군의 편제를 정탐하기 위한 적의 척후인 듯하다는 깃이었디. 황박이 소탕부대를 꾸릴 적에 거북손이는 망설이지 않고 자원했다. 성황산은 기린봉과 연결된 봉우리였고, 기린봉 밑 아중마을에 냉이가 있었다. 하지만 그들 별동대가 구보로 성황산에 닿았을 때 왜적은 흔적도 없이 사라진 뒤였다. 어쨌거나 전투가 임박했음을 알리는 조짐이었는데 거북손이는 별동대 인솔자에게 잠시 아중마을에 다녀오겠다는 허락을 받았다. 아중천 옆에 장막이 잇대어 늘어서고 인근 초가에도 들것에 들려온 곰티의 부상병이 가득했다. 사람들에게 물어 냉이가 있는 곳을 찾았을 때 그녀의 무명 저고리는 핏물로 젖어 있었다.

"성황산에 왜군이 나타났대서……. 여기도 정신없구나?"

멍석에 누운 환자들을 턱짓하자 냉이가 끄덕였다.

"왜군이 공격해올까?"

"곰티를 넘었으니 오겠지. 이곳에 닥치면 무조건 성으로 들어가."

"그쪽은……?"

"나야 내 몸 하나 지키겠지."

"왜 그래?"

그녀가 빤히 얼굴을 보았다. 푸른 멍이 조금 남았으나 달걀처럼 둥그스름한 얼굴이 이제는 균형까지도 잘 맞았다.

"왜 그러냐니?"

"시큰둥하잖아."

"글쎄, 이 싸움판이…… 좀 싫어졌어."

"내가 그쪽이면 왜군을 다 죽이겠어."

그녀는 용문골에서 당한 일을 떠올리며 진저리쳤다.

"하여튼 왜군을 막지 못하거든 성으로 들어가. 그래야 나중에라도 아버지를 찾아가지."

"잠깐 기다려봐."

냉이는 의소로 쓰는 초가로 가더니 누룽지를 들고 왔다.

"이제 난 세상천지에 아는 사람이라군 아무도 없어. 그쪽도 다치지 말어."

그녀는 의소로 사라졌고 거북손이도 누룽지를 씹으며 안덕원 진지로 돌아왔다. 이튿날 아침을 먹고 황박이 이끄는 부대는 가막골에서 밤을 난 이복남의 군사와 임무를 교대했다. 그로부터 얼마 안 돼 왜군 선봉이 곰티 아래 삼중리에서 출발했다는 척후의 기별이 내려왔다. 가막골에서 물러난 이복남 부대도 휴식을 포기한 채 증점골과 맞은편 독설골에 이차 방어선을 구축했다. 이복남 부대에서는 사람을 보내 이쪽 동정을 살피는 한편 지시 사항을 전달했다. 최대한 적을 막되 사세 불리하면 피해를 줄이면서 전주성으로 퇴각하라는 명이었다. 의병장 황박은 휘하 장졸들에게 무기를 점검하라고 일렀고 맞은편 죽절골에서는 김제민이 그 일을 담당했다.

마침내 해가 중천에 오르자 곰티 쪽에서 행군해 온 왜군이 총을 쏘았다. 그런 다음 다시 행군하는 방식으로 조선군과 거리를 좁혔다. 아직 사거리에 들지 않아 조선군 쪽에서는 응사를 자제했지만 조총의 콩 볶는 총성은 성마르게 벌판을 건너왔다. 곰티에서 후퇴한 병사들에게는 익숙한 소리였지만 왜군을 처음 맞는 병사들은 지레 겁먹고 총성이 울릴 때마다 몸을 움찔거렸다. 어깨나 종아리는 상관없지만 콩알만 한 것이 가슴이나 몸통을 뚫고 들어오면 빼낼 방법이 없어 실혈사한다는 걸 그들은 곰티에서 온 의병으로부터 전해 들었던 것이다. 아중마을 의소에는 총탄을 꺼내지 못해 죽기만 기다리는 병사가 부지기수였다. 사거리에 들어온 왜군은 구보 대신 돌격 대형으로 달려오기 시작했다.

"매겨라! 쏘아라!"

가막골에서 화살이 하늘을 덮으며 날아간 후에 죽절골에서도 왜군 진영으로 까맣게 날아갔다. 들판이라 왜군 선봉 일부가 쓰러지는 모습이 멀리서도 보였고 곧장 총성이 터지며 적진에 화약 연기가 올랐다. 그때마다 웅크린 채 숨어 있는 토담에 풀썩풀썩 탄환이 박혔다. 한바탕 총성이 들리고 나면 왜군 보병은 창검을 들고 거침없이 달려왔다. 그들을 저지하기 위해 조선군 진영에서 거푸 살을 날렸지만 넓직하게 퍼져서 달려오는 적에게 큰 피해는 입히지 못했다. 사방에 흩어진 왜군은 의병이 포진한 야산을 향해 속보로 진군했다. 단병접전에 그들이 얼마나 능한지 잘 아는 조선 의병은 화살이 떨어지자 엉덩이를 빼고 후퇴 명령이 떨어지기만 기다렸다. 무서운 속도로 진군해 오는 왜군을 노려보며 거북손이는 칼자루를 쥐었다. 그는 두 자루 칼을 허리에 차고 있었다. 하나는 환도인데 작년에 왜인 간자 마사나리와 대결한 뒤에 줄포의 김진도가 제작해 보낸 것이었고, 다른 하나는 대둔산 용문골에서 노획해 사용한 후 손에 익어 선호하게 된 왜도였다. 왜도는 가벼워서 다루기 쉬울 뿐 아니라 날이 살아 베거나 긋기에 유리했다. 몇 차례 접전을 벌이면 날이 무뎌지지만 그때마다 새것을 획득해 지니고 있었다. 그가 칼을 뽑을 즈음 퇴각 명령이 떨어졌다.

"퇴각하라! 증점골에 집결하라!"

의병들은 화살을 날리고 일사불란하게 등성이 위로 퇴각했다. 그러는 중에도 중간중간 대오를 정비해 화살을 날려 보내므로 적에 비해 피해가 적은 편이었다. 그러나 저지선이 뚫린 것만은 분명한 사실이라 왜군은 만세를 부르며 기세를 올렸다. 의병들은 곰티에서 이미 접전을 치르며 경험을 쌓았던 터라 침착하게 대오를 유지하는 가운데 증점골과 독설골의 이복남 진영에 합류했다. 화살을 보충한 그들 의병이 이복남 진영에 배속된 지 얼마 안 돼 대오를 정비한 왜군의 진군 소식이 다시 전해졌다. 그로부터 얼마 후에 과연 왜군 병력이 속속 밀려들자 조선군 진영에서는 지급된 화살을 모조리 쏟아부으며 응전했다. 소양평이 뚫리면 곧장 민가가 밀집한 전주 외곽에 이르기 때문에 이복남은 화살이 떨어질 무렵까지 퇴각 명령을 내리지 않았다. 안덕원 쪽 후위에서 몇 차례 화살이 전달됐지만 그 또한 얼마 안 돼 바닥났다. 전통적으로 조선은 사수를 중심으로 수성전을 빌이기 때문에 근접전에 대한 두려움은 관군과 의병 누구에게나 있었다. 더욱이 왜병은 오랜 기간 내전을 치러 검에 능하고 진법도 수준급이었다. 결국 근접전의 결과는 예정된 것이나 마찬가지인데 퇴각 명령이 내려오지 않자 이빨 부딪치는 소리가 딱따구리 쪼듯 요란하게 터졌다.

 토벽을 넘어오는 왜군을 앞에서 저지한 것은 이번에도 창을 든 살수들이었다. 그러나 워낙 수가 많아 왜군은 속속 틈새로 들어와 칼을 휘둘렀다. 그들을 맞아 조선군 역시 창칼로 맞대응하자 반사광이 난삽하게 허공에서 엉켰다. 칼날 부딪치는 소리와 비명, 그리고 뒤에서는 총소리까지 들려와 세상은 말 그대로 아비규환의 지옥도였다. 왜군은 소양평을 까맣게 덮으며 물밀듯 휘몰아왔다. 그들을 막던 앞선이 붕괴하자 이복남 부대의 후위를 담당하던 황박의 진영까지 왜병은 거침없이 밀려들었다. 궁술보다 검술이 약한 수범이에게 거북손이가 외쳤다.

 "도련님은 물러나시오!"

 거북손이는 이복남 진영을 뚫고 나오는 앞 대열의 왜군을 단숨에 베었다. 뒤를 따라오는 또 한 녀석을 베어 넘길 즈음 옆에서 뛰쳐나오는 자의 옆구리를 다른 의병이 창으로 찔렀다. 그 직후 옆구리가 뚫린 의병은 창대를 내던지면서 손을 하늘로 쳐들더니 빙글 돌고는 주저앉았다. 그를 그은 왜군에게 달려가 무릎을 굽히며 일격을 가하고 넘어가는 왜졸의 허리 밑으로 빠지면서 뒤따르는 왜군의 가슴을 그었다. 그러나 아무리 베고 찔러도 대오를 유지하며 몰려드는 왜군에 조선군과 의병들은 낙엽 흩어지듯 무너지는 중이었다. 거북손이는 검을 저으면서 수범이의 위치를 확인했다. 위기에 빠질 때마다 활을 쏘아 구해준 것이 여러 번이었다. 그의 아버지 김진도는 처음 본 남의 집 종놈에게 환도를 제작해 선물한 사람이었다. 김씨에게 딸려 온 몸종의 아들 거북손이에게 검술을 익히도록 배려한 사람은 이유였지만 시종 자애로운 눈길을 보낸 사람은 언제나 김씨였다. 그런데 김진도는 그런 김씨의 먼 오라비뻘이 된다는 것이며 수범이는 아들 아닌가.

"뒤를 봐!"

도련님 호칭도 붙이지 못한 채 수범이를 향해 소리쳤다. 왜병 하나가 활시위를 당긴 수범이의 등에서 쌍수로 칼을 쳐드는 중이었다. 사슴의 목덜미를 물어뜯으려고 아가리를 벌린 범의 모습 그대로였다. 거북손이의 외침에 수범이는 깜짝 놀라 활을 상대의 얼굴에 휘둘렀다. 얼굴을 가격당해 콧대가 주저앉은 왜군의 자세가 살짝 흐트러지는 바람에 아슬아슬하게 수범이의 어깨에서 칼이 비껴갔다. 수범이가 그런 왜군의 가슴을 발로 질렀다. 거북손이는 왜군 하나를 넘기며 수범이 쪽으로 이동했다. 다시 왜군을 벤 후 무뎌진 칼을 버리고 땅에 떨어진 왜도를 집어들었다.

"퇴각하라! 동문으로 퇴각해 전주성을 사수한다. 퇴각하라!"

퇴각 명령이 떨어지고 안덕원 야산에서 꽹매기와 북이 울었다. 조선의 관군과 의병은 왜군을 막으면서 틈이 날 때마다 조금씩 물러섰다. 곰티에 이어 소양 들판까지 내준 채 부성을 향해 도망치는 일이 이제는 부여된 임무의 전부였다. 이편이 등을 돌리자 왜군은 바싹 따라와 창질로 꿰다가 사이를 두고 불질을 했다. 그 바람에 좌우의 병사가 하나씩 나동그라졌지만 부축하거나 돌아볼 여유가 없었다. 물텀벙을 치며 아중천을 건넌 거북손이는 다른 병사들이 몰려가는 북쪽 행길 대신에 뚝방을 타고 내달렸다. 의소가 있는 아중마을은 기린봉 아래인데 의소 사람들이 이 사태에 어떻게 대응하는지 알 길이 없었다. 더욱이 전날 왜군은 소리 소문 없이 성황산 정상까지 정탐한 바 있어 어느 골짜기에서 마을로 침범할지 모를 일이었다.

예상대로 아중마을은 왜군들이 몰려들어 아수라판으로 변하는 중이었다. 미처 피하지 못한 사람들이 토끼몰이 당하듯 고샅을 쫓겨 다녔고 비명이 난무하는 가운데 병장기 부딪치는 소리도 들렸다. 그러나 다른 일은 신경 쓸 것 없이 거북손이는 전날 찾았던 의소를 기억해 내고 그곳을 바라며 뛰었다. 부상병을 치료하던 아낙의 뒤를 쫓아가는 왜군을 달리는 걸음으로 베며 냉이가 일하던 초가에 뛰어들었다. 마당에는 칼을 든 왜군 댓 명이 토방을 향해서 조여가는데 냉이를 포함해 여인네 셋이 집을 등진 채 사시나무 떨듯하고 있었다. 그 와중에도 냉이는 손을 모아 식칼을 들었고 빨랫방망이를 든 여인도 있었다. 마당에 뛰어들던 길로 거북손이는 왜군 두엇의 목덜미를 그으며 마당을 질러 훌쩍 토방에 올라섰다. 그런 그를 보고 빨랫방망이를 든 여인이 울음을 터뜨렸다.

 토방 위의 여인네들을 등 뒤에 숨긴 거북손이는 칼을 아래로 늘어뜨리며 갑주 차림에 뿔 달린 투구까지 치장이 화려한 자를 정면으로 응시했다. 그것은 검을 익혀 전장에 나선 자에게 여인네나 능욕하기보다는 당당히 합을 겨뤄보자는 요청인 동시에 남의 것을 앗으려고 나선 이상 가장 소중한 것을 버릴 각오는 과연 되었는지 묻는 일이었다. 왜장은 발을 어깨넓이로 벌리고 몸을 살짝 구부리면서 검의 손잡이를 손가락 하나하나 오므려 쥐는 것으로 요청에 응했다. 상대의 의사를 알아들은 거북손이는 검을 칼집에 꽂으며 불어오는 바람까지 모두 퉁기려는 몸짓으로 마당에 내려섰다. 그런 모습을 주도면밀하게 주시하면서 왜장은 그때까지도 신중하게 검의 손잡이를 그러쥐고 있었다. 불어오던 바람이 잦아들 때처럼 동작을 멈추는 순간 검을 뽑으며 일격을 가할 심산인 듯했다. 적으로부터 자신과 주군을 지키는 일격필살의 세인데 줄포에서 핫토리 마사나리가 적과 진검을 겨루거든 명심하라며 일러준 수였다. 만일 실패하면 뒤로 물러나 자세를 수습한 뒤 다시 공격하거나 연이어지는 동작을 펼칠 것이다. 그 또한 마사나리로부터 배운 왜검의 핵심 요체였다. 마사나리가 그려준 동작을 연마하는 데 얼마나 많은 시간을 할애했던가. 눈을 감고 왜검을 쥔 상대와 수많은 대련을 수행한 뒤에야 하루 일을 끝낸 듯 잠자리에 들고는 했었던 것이다.

　거북손이는 머리카락 한 올의 움직임까지 예의주시하며 상대의 나이를 어림해 보았다. 서른은 되지 않은 듯했으나 저보다 위인 것만은 분명해 보였다. 특히 칼자루를 쥔 손과 칼집을 쥔 사내의 왼손을 아까부터 신경 쓰고 있었다. 그자가 왼손 엄지로 코등이를 슬쩍 밀어 올리는 순간이 칼집에서 검이 나오는 찰나였다. 다른 병사들에 비해 다채롭게 치장된 갑주를 입은 것으로 보아 한 무리의 우두머리가 틀림없었는데 그 점이 극도의 긴장을 불러왔다. 뛰어오느라고 높아진 호흡을 가라앉히기 위해 단전 깊숙이 숨을 그러모았다. 왜장이 동작을 멈춘 채 그가 각대에 찔러 넣은 왜도에 눈길을 던졌다. 왜도가 적의 손에 들어갔다면 필시 주인은 그의 검에 넘어갔을 터…… 어쩐지 그런 생각을 하는 것 같았다. 처음 마당으로 들어설 때 거북손이가 베어 넘긴 왜군 둘은 모두 치명상을 입고 절명한 상태였다. 그 밖에도 왜군은 둘이 더 있었으나 거북손이를 저희 지휘관에게 맞길 셈인지 늘어진 시신을 마당 귀퉁이에 끌어다 놓고 헛간 앞으로 물러섰다. 왜군의 몸에서 흐른 피가 땅에 고여 있기는 해도 이제 두 사람을 위한 자리는 제대로 마련되어 출렁거릴 참이었다. 왜장은 마당 가운데쯤 서고 거북손이는 여인들이 선 토방을 등진 채 해를 마주 보고 있었으나 기울어가는 빛이라 방해될 정도는 아니었다.

왼손 엄지로 코등이를 쳐올리며 왜장이 칼을 뽑아 몸통 오른쪽에 감추었다. 마사나리가 일러준 운광류(運光流)의 천리세(千利勢)였다. 왜장이 검을 뽑는 즉시 일격을 가해올 것에 대비해 거북손이도 주저하지 않고 왜도를 뽑았다. 거북손이가 왜도를 쓰기로 작정한 것은 직도에 가까운 환도보다 곡도인 왜도가 근접전에 유리할 뿐 아니라 가볍고 날렵해 빠르게 응대할 수 있기 때문이었다. 왜장이 과호세(跨虎勢)로 두 손을 앞으로 한 번 치고는 연이어 기마세(騎馬勢)로 내디디며 범이 먹잇감을 타 넘듯 칼을 내리그었다. 거북손이는 상대에 맞서 오른발로 지탱하고 왼발을 무릎까지 들어 올린 다음 우협세(右挾勢)를 취하며 칼을 퉁기고 비켜 나왔다. 위치가 바뀐 둘이 돌아서서 다시 마주 보게 되었을 때 왜장의 입에서 낯선 말이 튀어나왔다.

"운코류 모오 싯테 이따노까이(운광류를 아는구나)!"

알아듣지 못 하지만 왜검을 아는 조선인의 모습에 놀란 눈치였다. 왜장은 두 발을 벌린 채지만 왼발을 오른발 앞에 두고 있었다. 검은 오른쪽 허리 부분에 끼고 칼날은 정면으로 향하도록 우협세의 형식을 취하고 있었다. 운광류의 효과를 보지 못한 까닭인지 천유류(千柳流)로 바꿔주고 있는데 장검재진(藏劍再進)으로 칼을 숨겼다가 다시 나오려는 자세였다. 당장은 방어 자세를 취한 듯 보여도 쉴 틈 없는 공격과 방어를 진행하겠다는 뜻이었다. 아니나 다를까 그가 오른발을 내딛으며 앞을 치고서 주저앉는 자세로 뒤를 보다가 한 차례 더 공격을 가한 뒤 오른쪽 아래에 검을 감추었다. 곧이어 나아가고 숨고 다시 나오면서 방어하는 자세에 이르기까지 순식간에 여섯 동작을 꺾이거나 멈춤 없이 이어나간 후 장검삼신(藏劍三進)의 방어 자세로 돌아갔다. 그야말로 천둥이 우르릉 쾅쾅 울고 때마침 번개가 세상을 가를 듯 번뜩일 때에 빗줄기를 기다리며 꿈틀거리는 한 마리 이무기처럼 움직임이 맹렬하고 기세가 사나웠다. 거기서 끝이 아니었다. 공격과 방어를 연이어 선보이고 마지막에 가서는 다시금 연결 동작으로 세 차례에 걸쳐 거센 공격을 퍼부었다. 상대가 공격하면 거북손이는 방어 자세로 맞서거나 피하고 그가 방어 자세로 나오면 맞서서 나아가니 두 사람은 합을 맞춰 춤을 추거나 쫓고 쫓기는 나비와 흡사했다.

 왜장의 마지막 공격이 끝난 후 거북손이는 뒤로 물러서며 왜도를 칼집에 꽂았다. 연거푸 장검재진과 장검삼진의 세를 선보이며 숨이 가빠진 왜장은 거북손이의 모습에 조금 놀라는 듯했다. 눈이 의구심으로 가득했는데 거북손이가 환도의 코등이에 걸린 비녀장을 빼고 검을 뽑아 들자 더욱 혼란스러운 얼굴이 되었다. 그러나 무슨 암수를 쓰려는 게 아니라 거북손이는 왜장의 갑주를 뚫기 위해 쇠가 무른 왜도보다 환도가 필요하다고 생각했을 뿐이었다. 그런데도 왜장의 머릿속은 안개 속 같은 혼란으로 어지러운 듯했고 속전속결로 이 싸움을 끝내지 못한 데서 오는 불안도 한몫하는 것 같았다. 그때 놓쳤던 거북손이를 좇아 수범이가 삽짝을 밀고 들어섰다. 마당 귀퉁이의 왜졸 둘이 바짝 경계하는 것을 수범이는 힐끗 일별하며 반대편에 가서 팔짱을 끼고 섰다. 왜병의 얼굴을 후려치느라고 활이 부러져 대신 검을 들고 있었다. 토방 위의 여인들이 이제는 생기가 돌아 부엌 앞으로 해서 수범이가 선 곳으로 다가갔다. 조금 표정이 나아졌다고 해도 냉이는 여전히 식칼을 들고 있었다.

"코따이 시로(퇴각하라)! 코따이 시로(퇴각하라)!"

어디선가 그런 소리가 들려오자 마당 귀퉁이의 두 왜졸이 밖을 보았다. 그러나 왜장은 거북손이에게 완전히 몰입해 있었다. 거북손이는 왜장이 세 차례 연결 동작을 선보이는 동안 방어에 집중했으므로 이제는 공세로 나갈 작정이었다. 약속한 것은 아니나 역시 세 차례에 걸쳐 상대를 공격할 작정이며 살상을 위한 왜검의 효용과 달리 크고 현란한 본국검(本國劍)의 기세를 중심으로 상대를 혼란에 빠트릴 예정이었다. 그는 세 번의 공격이 끝나기 전에 이 싸움이 마무리되기를 빌었다. 수풀에 은거한 호랑이 자세에서 기러기 날듯이 검을 긋고 직부송서세(直符送書勢)로 나아가기 시작했다. 이어 풀을 헤쳐 뱀을 찾을 때처럼 오른쪽 어깨 아래로 검을 뻗으며 정면으로 치고 들어갔다. 왜장이 검을 젓고서 성큼 물러설 즈음 칼끝으로 표범의 정수리를 누르는 표두압정(豹頭壓頂)으로 다시 치고 들어갔다. 왜장은 산시우의 세로 검을 막는데 손잡이를 통해 상대의 힘을 감당하려고 바들거리는 안간힘이 전해졌다. 평생 꼴을 베고 가대기를 하면서 다져진 근육이라 무예를 하려고 익힌 힘과는 다른 묵중함에 애를 먹는 눈치였다. 숨을 고른 거북손이는 상대의 왼쪽과 오른쪽 허리를 연결 동작으로 찌르며 후일자세(後一刺勢)로 돌아갔다. 연달아 고개를 쳐든 이무기가 물을 뿜듯이 머리에서부터 몸을 쪼개기 위해 장교분수세(長蛟噴水勢)를 선보였다. 역시 적으로부터 순식간에 덮쳐 상대를 제압하는 왜검에 비해 동작이 크고 화려했으며 마지막 검을 받는 왜장은 거북손이의 누르는 힘 앞에서 온몸을 떨며 구슬땀을 흘렸다. 뒤로 물러서서 잠시 방어 자세를 취한 거북손이가 이번에는 오른쪽으로 비비어 찌르고 뛰어올랐다. 그런 다음에 한 걸음 나아가며 다시 찌르는데 칼끝이 상대의 갑주에 닿았다. 그러나 갑주 때문에 깊이 찌르지 못한 채 칼을 빼자 왜장이 찔린 가슴께를 잠깐 내려다보았다. 거북손이는 앞으로 나아가며 상대를 베는 향전살적세(向前殺賊勢)를 연결해 외뿔소가 고개를 박고 찌르듯 오른쪽 어깨에서 무릎 방향으로 부드럽지만 강력해진 곡선을 그었다. 시우상전세(兕牛相戰勢)의 검법으로 그 순간 어깨를 관통하는 칼에 묵직한 질감이 느껴지고 동시에 왜장의 갑주가 두 쪽으로 쪼개졌다. 손에서 칼을 떨어뜨린 왜장은 몸체에서 거의 떨어질 듯한 어깻죽지를 내려다보고는 텅 빈 동굴처럼 동공이 열린 채 고꾸라졌다. 거북손이는 몸을 파들거리는 왜장을 힐끗 보고는 일격을 가했다.

"가라!"

저희 지휘관이 쓰러지는 것을 보고 달달 떠는 왜졸에게 거북손이가 소리쳤다. 이쪽 말을 알아듣지 못하는 그들에게 겁을 주어 쫓아낼 양으로 걸음을 떼자 두 왜군이 자리에 주저앉았다.

"가란 말여!"

그는 싸리울 밖을 가리켰다.

"안돼! 여인네를 능욕하려던 자들이야!"

냉이가 부엌칼을 들고 걸어 나왔다. 거북손이가 그녀를 그러안았다.

"저 애들도 부모가 있을 거야. 가게 둬!"

거북손이는 피딱지가 말라붙은 제 손을 냉이의 눈앞에 들이댔다.

"저것들은 다시 부녀를 겁탈할 거야."

"조선군을 살려 보낼지도 모르지."

그러는 사이 거북손이의 의중을 알아챈 왜군이 싸리울 밖으로 꽁무니를 뺐다. 거북손이는 눈도 감지 못한 채 쓰러진 왜장을 슬쩍 내려다보고는 지금까지 보았던 왜도 가운데 가장 화려해 보이는 그의 검을 수습했다. 그들이 밖으로 나설 무렵 기린봉 중턱에 숨어 있던 조선인들이 내려와 소양평 방면으로 왜군이 후퇴했다고 일러주었다. 며칠 전 곰티를 떠나 남원으로 향한 동복현감 황진이 전라감사의 급보를 받고 되돌아와 소양평의 왜군 후위를 뚫었다는 것이었다. 이미 곰티에서 상당한 피해를 본 왜군은 소양평에서 기습을 당해 다시금 인명피해를 입은 뒤 곰티로 후퇴했다고 했다. 더욱이 그 무렵엔 고경명의 진산 의병과 조선 관군이 금산에 주둔한 왜군을 치기 위해 행군을 시작하므로 퇴로가 끊길까 두려워 전주를 목전에 두고 급하게 퇴각했다는 것이었다.

수범이와 거북손이가 화약과 화살을 고경명 의병대에 전달하고 곰티와 안덕원 일대에서 싸울 무렵 '호남이 없다면 나라도 없다(若無湖南 是無國家)'고 일갈한 전라좌수사 이순신이 수군을 끌고 율포와 한산도와 안골포에서 연달아 승리를 거두었다. 조선 팔도가 모두 왜군 수중에 떨어질 때 바다와 육지에서 조선 수군과 의병은 호남을 사수하는 데 성공했던 것이다.

별시
別試

영광의 남산리 이곤의 집에는 모처럼 형제가 모여 담소를 나누고 있었다. 손을 잇기 위해 숙부 억영에게 양자를 갔더라도 이유는 이곤 등과 한 배에서 나온 형제였다. 장영은 아들 넷을 두어 이유까지 사형제인데 전란이 터진 후로 이들은 처음 모여 다과를 나누는 중이었다. 말이 끊기면 마당의 나뭇잎 쓸리는 소리가 들리고 겨울 흉내인지 잠깐씩 문풍지가 떨었으나 군불을 넣어 사랑 바닥엔 온기가 남아 있었다. 그들 사형제가 한자리에 모인 것은 가희가 강항과 첫날밤을 보내게 됐기 때문이었다. 본래는 작년 가을에 치르기로 했다가 전란에 휩싸이는 바람에 성사시키지 못한 혼사였다. 물론 왜적이 다 물러난 것은 아니었다. 그러나 명나라에서 원군이 오고 조선 수군에 막혀 보급이 끊긴 왜군은 올라갔던 길을 밟아 내려오더니 남해안에 성을 쌓고 웅거했다. 그로부터 남쪽 해안을 빼고는 평시의 살림살이가 조금씩 돌아오는 추세라 이곤 형제는 접어둔 일을 추진하기로 했던 것이다. 물론 강항은 조금 더 미루자고 주장했지만 가희에게도 나이가 있으니 약식으로 치르자고 설득한 사람이 이곤이었다. 강항 쪽에서 보면 후실을 들이는 일이니 면구스러운 노릇이요, 전쟁이 끝나지 않은 마당에 이쪽에서도 차일 걸고 시끄러운 잔치판을 벌이기에는 남들 눈치가 보여 조촐하게 치를 예정이었다.

"김천일 선생은 두 아들까지 함께 변을 당했다면서요?"

이유가 이곤을 향해 물었다. 형제 중 김천일과 가장 막역한 사람이 이곤이었다.

"진주성이 함락되자 아들 둘과 강에 투신했다더구만. 본이 되는 선비를 잃었지."

"의주 가는 길에 강화도에서 뵌 것이 마지막이었습니다."

이유가 고개를 주억거리며 쓴 입맛을 다셨다.

"작년에 금산에서 고경명 어른이 돌아가신 이래로 다시금 스승을 잃은 셈입니다. 전란 중에 호남의 거유 두 분을 잃었습니다."

형제 중에서 체수가 가장 적은 넷째 이진(李瑨)도 낯빛이 숙연했다. 고경명이 의병을 끌고 벌인 전투는 금산싸움이었다. 수범이와 거북손이가 진산에 주둔한 의병 진영에 시초를 전달하고 곰티와 안덕원에서 싸운 직후 고경명의 의군은 금산성을 수복하기 위해 진산을 출발했다. 곰티에서 남원으로 달려간 동복현감 황진의 부대가 안덕원에 있는 왜군 배후를 공격한 까닭도 있지만 전주를 공략하던 적군이 그토록 서둘러 퇴진한 일은 고경명의 의군이 금산성을 수복하기 위해 전투를 벌인 때문이었다. 왜군 입장에서는 금산이 위협당하므로 보급이 끊길 우려가 있었고 퇴로마저 잃을 염려가 있었던 것이다. 하지만 유리한 곳에 방어진지를 구축한 후 배후를 도모하자는 일부 의견을 무시한 채 의병과 관군 연합군이 무리하게 금산성을 공격한 것이 패인이었다. 의병으로는 조선 전역을 통틀어 군세가 가장 컸던 고경명 부대는 첫날 전투에서 대승을 거둬 크게 기세를 떨쳤다. 그러나 이튿날 북문을 공략하던 영암군수 김성헌(金成憲)이 먼저 달아나는 통에 아들 인후(因厚)와 더불어 현장에서 절명하고 말았던 것이다. 충분히 후퇴할 여지가 있었지만 그곳에서 죽기를 결심한 유자(儒子)다운 고지식이 아쉬웠다. 그의 최후는 후일을 도모하지 않고 물에 뛰어들어 생을 마감한 진주성의 김천일과 비슷한 점이 많았다.

"이번에 보니 나라를 지키는 것은 요로에 앉아 있는 자들이 아니라 재야의 선비들과 백성입니다. 경향의 의군이야말로 파죽지세로 밀고 오던 왜군을 찍어 누른 장본인이 아닙니까? 경상도에서 들고 일어난 곽재우(郭再祐)만 해도 그렇지요. 그 양반이 아니었던들 호남으로 넘어오는 왜구를 누가 막았겠습니까? 호남이 이만이나마 유지된 것은 곽재우를 비롯해 조헌(趙憲) 선생이나 영규(靈圭) 같은 사람이 있었기 때문이지요."

잔을 기울이며 형제의 말을 듣고 앉았던 셋째 이선(李璇)이 맞장

구를 쳤다. 형제 중에서 그는 수염이 가장 풍성하고 눈도 부리부리했다. 문재(文才)가 뛰어나 어쩌다 절구(絶句)를 지으면 다들 휘둥그레질 정도였다. 그러나 술을 좋아하다 보니 구설에 휘말리는 일이 잦았다. 지금도 다른 형제는 차를 마시는데 혼자만 소주를 앞에 두고 있었다. 이선이 다시 말했다.

"그를 보면 한양에 머물러 관가를 기웃거리기보다 함평으로 내려오신 고조부님의 혜안이 새삼스럽지요. 명국에서 보낸 원군이 평양성을 탈환한 양 공을 다투지만 식량이 고갈된 왜군이 도망하도록 길을 열어준 것에 불과합니다. 왜군의 보급을 막은 것이 누구입니까? 조선의 수군과 의병입니다."

이선의 말에 이진이 다시 나서서 부연했다.

"그렇게 보면 명군은 제대로 싸움을 치른 것도 없습니다. 진주성을 돕지 않아 도리어 성이 깨지고 김천일 어른을 포함해 아까운 인재들만 죽었습니다. 벽제관에서 대패한 뒤엔 왜군과 협상하는 것을 일로 알고 있습니다. 지금도 종전을 위해 협상에 몰두한다는 말이 들려옵니다."

손이 없는 이진은 이유의 셋째 홍원을 양자로 들인 까닭에 이유와 각별했다. 차를 들이켜던 이유가 찻잔을 다과상에 놓았다.

"아우님 말도 맞네. 하지만 명국도 백성이 들고일어나 곤란한 지경이라더구먼. 조선이 청해 원병을 보내긴 해도 남의 전쟁에 목숨 걸기가 어디 쉬운가? 자칫 수렁에 빠지면 국고 낭비며 인명 손실을 각오해야 할 판이니 쉽지 않은 게지. 우리라도 남의 싸움에 신명낼 일은 없잖은가? 더욱이 요동에선 야인들이 유능한 족장 밑에서 점점 강성해진다는구먼."

잠시 말이 끊기고 침묵이 찾아왔다. 다시 낙엽 구르는 소리가 들렸다. 머리를 주억거리던 이곤이 생각났다는 듯 물었다.

"그러고 보니 부안 아우는 의주까지 다녀오지 않았던가? 야인을 만나 이야기까지 나누었다지?"

이곤의 질문에 한 인물의 모습이 안개가 걷힐 때처럼 또렷해졌다. 움푹하게 들어가 깊어 보이던 눈빛이며 두툼하고 가무스름한 입술, 칡물 들인 천으로 이마를 동이고 수염에 깊숙이 파묻혀 있던 얼굴. 조선 이름은 박영국이며 알탄이라는 야인 이름을 쓰던 사내였다. 그의 변설에 압도되어 변변한 한마디 못 하고 꾸중 듣는 아이처럼 자리를 지키다 물러나지 않았던가. 이유는 꽤 시간이 흐른 지금까지도 그를 생각하면 등골이 서늘했다. 알탄이라던 그 사내 하나가 뛰어난 게 아니라 누르하치라는 족장 밑에서 힘을 키운다는 야인들의 수준을 그자는 대변한 듯싶었다. 두 차례 만나 이편을 주장하기보다 주로 경청한 쪽이었지만 그 후 이유는 자신의 눈이 어디 먼 데로 향하는 것을 깨달았다. 콧잔등 앞만 볼 때는 보이지 않던 무수한 풀들이며 꽃과 나무가 어쩐지 이제는 한눈에 들어오는 만화경 속처럼 느껴졌다. 먼 데 숲과 커다란 나무에 눈을 주었다 해서 눈앞의 풀과 꽃이 사라진 것도 아니었다. 도리어 전에는 꽃에 불과했지만 그 생김과 빛깔이 더욱 생생해지며 새삼 뚫어지게 바라보는 버릇이 생긴 모양이었다. 그것은 골방에 박혀 경서를 뒤적인대서 얻어지는 게 아니며 다른 곳을 바라보자 생겨난 현상이었다. 평생을 경서에 묻혀 어딘가 도달하고자 몸부림친 이유가 알탄과 만난 일은 단단히 매였던 추가 크게 흔들린 것과 진배없는 사건이었다.

"그 야인은 이름을 알탄이라고 했습니다. 그자를 만나는 순간에도 그랬지만 지금도 저는 그가 무섭습니다. 조선이 명나라만 지극정성 섬기는데 여진이 더욱 강성해지면 과연 감당할 수 있을지 묻더군요. 함경도까지 올라간 왜장 가등청정(加藤淸正)이가 두만강을 넘었다가 그들에게 혼쭐났다고 들었습니다. 그들의 힘이 더 커지면 필시 명나라와 다툼을 벌이지 않겠습니까? 요나라며 금나라 원나라가 다 그런 식이었습니다."

"법도와 예의를 모르는 자들이니 힘을 갖춘들 사냥이나 하지 별수 있겠수?"

셋째 이선이 의견인지 물음인지 그런 말을 남기고 소피를 보러 갔다. 방금의 그 말은 의주에 올라가기 전까지만 해도 이유가 해오던 생각이었다.

"야인들의 실상이 그러하다면 조선에 주둔한 명군이 차라리 피해 없이 물러나는 게 상책이겠습니다. 그래야 북방을 막아낼 힘을 비축할 테니까요. 혹여 명군의 피해가 커지면 나중에라도 조선에 더 많이 요구하지 않겠습니까? 아무리 이웃이라도 담장으로 떡이 넘어오면 감자라도 건너가야 하지요. 조선에 들어온 명군은 뒤에 병풍으로 남고 조선 백성의 손으로 왜적을 물리치면 최선으로 봅니다."

막내 이진의 의견에 이유는 탁견이라고 무릎을 쳤다. 그때 측간에 다녀온 셋째 이선이 자리에 앉으며 물었다.

"그나저나 곰티에서 싸웠다는 그 아이 말입니다."

"이름이 거북손이일세."

"그 아이가 화전민 처자 하나를 데려왔다지요?"

이유가 가만히 고개를 끄덕였다.

"그랬지. 냉이라는 아이일세."

"헌데 줄포의 처족에게 맡겼다면서요?"

거북손이가 데려온 냉이를 이유는 줄포 김진사네 집에 기거하도록 조처했는데 그 이야기를 하고 있었다.

"맞네. 김진사 댁에 거처하게 했지."

"어찌 그러셨습니까? 두 아이를 맺어주든지 하지 않구요?"

"그렇잖아도 둘만 뜻이 맞으면 맺어줄 생각이네. 헌데 둘을 한 울타리에 두는 건 저희도 눈치가 보이고 남들이 시기할까 걱정도 됐네."

그때 심부름하는 아이가 강항이 도착했다고 알려왔다. 셋째와 넷째가 자리에서 일어나 밖으로 나섰다. 둘의 인도를 받아 사랑에 들어선 강항은 사모관대도 차리지 않은 평복 차림이었다. 청사초롱도 앞세우지 않고 집안의 노복(奴僕) 하나를 달랑 대동한 단출한 행차였던 것이다. 강항으로서야 후실을 맞는 일이니 그린다 치지만 이쪽 형제들은 어쨌거나 가희에게 해줄 건 해주자는 입장이었다. 이곤은 심부름하는 아이를 불러 사모관대를 준비하란다고 안채에 전하게 했다. 가희는 아침부터 와서 준비를 마치고 별채에 대기했다. 사모관대가 준비됐다는 전갈을 듣고 이곤이 일렀다.

"그대도 생각이 있겠지만 우리 형제의 마음도 이해해주시게."

강항은 선선히 고개를 끄덕였다.

"형님들 뜻을 따르지요."

"밖의 아이를 따라가 갈아입게. 우리도 곧 나섬세."

강항이 밖으로 나서고 얼마 뒤에 준비가 되었다는 연락이 왔다. 형제들은 사랑을 나와 안채 옆 별채로 자리를 옮겼다. 초례청이랄 것은 없이 별채 앞마당에 깔린 멍석에는 조촐한 교배상 하나가 놓여 있었다. 함이니 단자니 모든 형식을 생략한 터라 전안(奠雁)의 예 또한 따로 올리지 않고 사모관대를 갖춘 강항과 원삼 활옷에 족두리 차림인 가희가 사람들 부축을 받아 마주 보고 섰다. 이유는 토방 구석에 서 있는 가희의 생모를 발견하고 둘의 모습이 잘 보이는 곳으로 안내했다. 거추장스러운 형식을 폐하고 가희가 사배를 한 뒤 강항이 일배를 했다. 그런 다음 표주박 잔의 술을 나눠 마셨다. 여느 혼례 같으면 풍장을 올리고 거렁뱅이까지 배불리 먹이겠지만 그로써 모든 절차를 끝냈다. 자리가 치워지고 땅금이 내려오자 안채와 사랑채에 각각 밥상이 차려졌다. 가희는 별채에 마련된 신방에 들고 강항은 사랑채에서 이곤 형제와 상을 받았다. 역시 난리 통이라 잡곡 섞인 밥에 나물 몇 가지와 굴비가 전부였지만 그래도 잔치는 잔치라 그때엔 소주도 상에 올라 다 같이 반주 삼아 잔을 나눴다. 밥상이 술상으로 바뀐 뒤 넷째 이진이 누구에게랄 것도 없이 물었다.

"전란 때문에 미뤄진 과거가 시행된다고 들었습니다."

전란 전만 해도 강항이 과거 공부에 몰두했음을 알고 하는 말이었다. 강항은 이미 초시에 입격하여 열리기만 하면 무사히 관주를 얻으리라 기대했다.

"섣달에 전주에서 거행된다 합니다. 한양은 아직도 어수선하고 임금께서도 입경하시지 않은 터라……."

강항의 대답에 이번에는 이곤이 수염을 쓸면서 말했다.

"허면 임금께선 친람을 못 하시겠구먼."

"분조(分朝)를 이끄는 동궁께서 참관하신다 합니다."

분주히 술잔을 가져가던 셋째 이선이 잔을 탁 내려놓았다.

"백성들 사이에선 이참에 분조가 본조(本朝)를 대신해야 한다고 말들이 많다누만요."

좌중이 조용해졌고 한참 뒤에 이곤이 술상을 두드렸다.

"거 아우님, 말을 삼가시게. 고조께서 함평까지 내려오신 까닭을 잘 새겨야 하네."

침묵이 감돌자 사방에서 풀벌레 소리가 났다. 분위기를 풀어보려고 이유가 강항에게 물었다.

"허면 이번 별시에 수은(睡隱)도 응시하지 않겠는가?"

수은이란 강항의 호였다.

"그럴 생각입니다."

"암, 해야구말구. 강직한 선비들이 나가서 국난을 극복해야지."

이곤이 강항을 격려한 뒤 좌중을 둘러보았다.

"어둠이 내렸으니 수은은 올라가시게. 어려운 시국에 우리도 술자리가 길어지면 염치없는 짓이네."

자리를 파하자는 말이었다. 강항이 별채로 올라가고 장형 이곤은 안채로 건너갔다. 남은 삼형제가 사랑에 자리를 펴고 누웠을 때 이유가 나직이 속삭였다.

"함평 아우님, 나이 들수록 사는 일이 어려워지네그려. 말을 아끼고 뒤로 잘 물러나면 그게 수신이라네. 기축년 옥사를 생각해보게. 호남의 선비 천여 명이 도륙당하지 않았나. 아무 일 없이 살아도 환난이 비켜 가지 않는 터에 말까지 많으면 책잡힐 일 천지라네."

조용히 듣던 이선이 다소 퉁명스럽게 답했다.

"산중으로 들어가면 몰라도 어찌 보이는 것을 함구하며 살겠습니까? 말세지요. 허나 형님 말씀을 새기겠습니다."

"자세나."

이유는 그렇게 말하고서도 셋째에게 했던 말이 과연 맞는 말인지 따져보았다. 이선이 입 밖에 내놓은 말들은 백성들도 모이기만 하면 수군거리는 의견이었다. 그도 그런 말들을 들은 바 있었고 비슷한 생각을 품어보기도 했던 만큼 이선의 말이 반드시 그르대서 한 말은 아니었다. 그러나 자칫 자리가 불편해질 일이요, 다른 사람에게 화가 미칠 수도 있었다. 언제부턴가 마음 귀퉁이에 들어앉아 음험하게 꿈틀대기 시작하는 무언가를 그는 노심초사하며 감시하고 있었다. 모르긴 해도 그건 이선이 섬뻑 내뱉어버린 말들과 무관치 않은 듯했고 그 너머의 어떤 것처럼도 생각되었다. 본인의 성정으로 그것들을 안으로 다스리고 눌러둘 수 있을지 이유는 못내 불안했다.

강항은 남산리에서 사흘간 묵은 뒤 돌아갈 예정으로 그곳에 남았고, 이곤의 동생들은 이튿날 조반 후에 나주와 함평 부안으로 길을 갈랐다. 어쨌든 고모의 혼례라 이유는 아들 홍순과 홍의를 대동했고 이진은 또 양자로 들인 홍선과 같이 방문했던 터라 가뜩이나 헤어지는 데 시간이 걸렸다. 출발이 늦어지기도 하고 해마저 짧아져 아유는 하는 수 없이 두 아들과 무장에 있는 주막을 찾아 하룻밤을 묵었다. 이튿날 오후에 줄포 김진사 댁에 도착하자 수범이가 제일 먼저 달려와 일행을 반겼다.

"요즘은 무얼 하고 지내느냐?"

이유의 물음에 무엇이 멋쩍은지 수범이는 머리를 긁적였다.

"무과를 준비하며 말도 타고 검술과 창술을 연마합니다."

"섣달 말에 전주에서 별시가 열린다는구나. 이번에는 무과시험이 주목받을 것인즉 준비해 보거라."

"알겠습니다."

이유는 김진사를 찾았으나 강화도 쪽에서 선단이 들어와 점고하느라고 사포에 나갔다고 했다. 하는 수 없이 임자 없는 사랑에 들어 냉이를 보겠다 청하자 수범이가 냉큼 찾아서 들여보냈다. 이유에게 큰절을 올리는 냉이는 처음 볼 때보다 입성이 나아지고 얼굴에도 윤기가 흘렀다. 절을 올린 냉이가 사랑 윗목에 앉기를 기다려 말을 건넸다.

"지낼 만하냐?"

"호강이 지나쳐 어리둥절합니다."

이유는 기분이 좋아져 소리 내어 웃었다.

"다행이구나. 헤어진 아비 일은 궁금하지 않은고?"

갑작스러운 질문에 눈물을 떨구느라고 냉이는 말을 잇지 못했다.

"괜한 것을 물었구나. 살던 곳에 한 번 가볼 테냐?"

그제는 냉이도 눈물을 거두고 고개를 끄덕거렸다.

"네."

"알았다. 강구해보마."

그녀가 물러난 뒤 심부름하는 아이가 다과를 내왔다. 김진사는 해가 져 어둑어둑해질 무렵에야 돌아왔다.

이유는 날이 추워지자 고뿔을 앓았다. 세상을 오래 산 사람들은 그들이 어릴 적만 해도 이토록 춥지 않았는데 언제부턴가 바늘처럼 혹독해졌다고 말했다. 어느 해에는 모내기를 하다가 눈이 내려 채워둔 물이 얼었고 이유도 한여름에 호두알만 한 우박을 목격한 일이 있었다. 추위는 어쩐지 일찍 시작되고 끝은 뒤로 늘어져 이러다가는 겨울만 이어질지도 모른다는 말이 떠돌았다. 평안도와 함경도까지 대나무 쪼개듯 밀고 간 왜군이 버티지 못한 까닭도 결국 추위 때문이었다. 바다가 조선 수군에 봉쇄돼 보급에 차질이 생기기도 했지만 지금껏 겪지 못한 대륙의 추위에 왜군은 애를 먹었다. 왜군 다수가 푹한 지역 출신에다가 봄에 부산포에 상륙한 그들은 방한복도 제때 보급받지 못했다. 더욱이 그 많은 수를 데울 땔감도 마련하지 못해 배곯는 병사가 속출했고 동상 때문에 사기가 떨어진 점도 문제였다. 하지만 추위가 어찌 왜군에게만 닥치랴. 살을 에는 추위는 여항의 누구에게나 성가신 손님이었다.

"김진사댁에 가서 냉이를 데리고 전에 살던 곳을 다녀오너라."

고뿔이 물러가자 이유는 거북손이를 불렀다.

"어찌 그런……."

"각중에 헤어진 아비가 왜 궁금하지 않겠느냐? 든든히 차려입고 다녀오너라."

이유는 은자가 든 복주머니를 내밀었다. 거북손이가 주머니를 챙기자 그가 다시 일렀다.

"적병이 어디서 튀어나올지 모르고 민심 또한 흉흉하니 조심하거라. 하고 혹 그 아비를 만나거든 데려와도 좋다."

"날이 밝서든 출발하겠습니다."

행랑에 돌아와 채비를 차린 거북손이는 이튿날 동이 트기 무섭게 길을 나섰다. 수범이는 곰티에서 함께 사지를 헤쳐 온 처지라 거북손이를 반기며 아버지 김진도에게 이유의 뜻을 전했다. 이유가 거북손이에게 이미 노자를 지급했건만 김진도는 냉이를 불러 날이 차니 조심하라며 따로 챙겨주었다. 이유가 냉이를 맡길 적에 멀리 있는 친척으로 여겨달라 한 것을 김진도는 유념하고 있었다. 이유의 부인 김씨는 누이뻘이지만 어쩐지 연모의 대상처럼 여겨져 어린 시절에 무심코 떨어트린 노리개를 그는 여적지 간직할 정도였다. 그가 이유의 의견을 무조건 따르는 것은 학식과 인격을 우러르기도 하지만 김씨에 대한 연모의 정도 그 못지않게 컸다.

먼 길을 다녀오려면 남장이 편하겠다 하여 냉이는 목화솜 누빈 옷을 입고 무명으로 이마를 동인 뒤 초립을 썼다. 그 밖에 토시와 귀마개 등을 괴나리봇짐에 넣어 어깨에 둘러메자 미소년 같은 모습으로 둔갑했다. 거북손이는 환도와 왜도를 보자기에 둘둘 말아 등 뒤에 걸었으며 역시 괴나리봇짐을 메고 있었다. 냉이는 수범이나 거북손이를 따라 젊은 남정네도 당치 못할 전투 현장을 누빈 처지라 걸음이 활발하고 씩씩했다. 그러나 태인에서 국밥을 먹고 다시 길을 나선 뒤로는 점차 무뎌져서 하는 수 없이 전주를 앞에 두고 금구 주막집에서 신세를 져야 했다. 여러 사람이 끼어 자는 봉놋방이 비록 뜨끈하기는 해도 다른 남정네를 피해 바람벽에 붙어 자느라고 냉이는 자는 둥 마는 둥 잠을 설쳤다.

이튿날 전주에서 점심을 먹고 아직도 비명이 들리는 것만 같은 안덕원을 지나 북쪽으로 길을 잡았다. 전주를 지나 위로 올라갈수록 전란으로 인한 피해가 자심해 불타거나 빈집이 많았다. 냉이는 점점 걸음이 느려졌지만 고산까지는 대어가야 이튿날 대둔산에 들어가지 싶었다. 어둠이 내리면서 한파가 밀려와 고산 초입 주막에 당도했을 때 둘은 꽁꽁 얼어 있었다. 이미 자리에 든 주막 아낙을 깨워 국밥을 데워먹은 이들은 다시 봉놋방 신세를 지고 다음 날 오후에야 대둔산에 닿았다. 아무래도 용문골까지 들어가면 해가 떨어질 것 같아 거북손이는 아무 데나 들어가 과객질을 하자고 제안했다.

"부지런히 가면 돼요!"

갑자기 힘이 나는지 그녀는 거북손이의 청을 무시하고 성큼 앞서갔다. 고산에서 곰티로 부득부득 따라가겠다고 우기던 그녀를 일찍이 겪은 바 있는 거북손이는 말리지 않고 조용히 붙어갔다. 용문골 가는 길은 전라도절제사로 승차한 권율과 동복현감 황진 등이 왜군과 전투를 벌여 승리한 곳으로 드문드문하던 민가는 대부분 소실되어 흔적조차 찾을 수 없었다. 불에 탄 나무도 적지 않았는데 새로 솟아난 등성이는 저편 병사의 시신을 한꺼번에 모아 매장한 무덤 같았다. 해가 떨어지기 전이지만 오싹한 기운이 느껴지는지 앞서가던 냉이가 곁에 붙어섰다. 큰길을 버리고 용문골 소로로 섭어들사 잎을 띨구고도 참나무 기지가 빽빽해 하늘이 보이지 않았다. 땅에 쌓인 나뭇잎으로 바닥은 솜이불 깔린 것처럼 푹신했고 걸음을 뗄 때마다 바스락 소리가 들렸다. 그런 소로를 구불거리며 올라서자 예의 억새밭이 펼쳐지는데 말라비틀어졌어도 작년 여름처럼 높이 솟아 안에 들자 사방 아무것도 보이지 않았다. 이슬째 얼어 햇빛을 반사하는 알갱이가 마른 잎에 다닥다닥 붙어 있었으며 자칫 길을 잃을 판이지만 냉이는 제 살던 곳이라고 망설임 없이 나아가더니 어느 순간 멈춰 섰다. 거북손이가 마지막 억새를 젖히며 다가서자 앞이 탁 트이면서 감자나 푸성귀를 갈아먹던 화전이 나타났다. 그러나 시든 풀만 무성했고 그 앞에 대여섯 채 되던 집은 한 채만 남고 온데간데없었다. 냉이가 묵정밭을 질러가서는 제 살던 집터에 퍼질러 앉아 꺽꺽 울었다. 재에 덮여 집터는 거무스름했으며 여기저기 주추가 보이고 타다 만 기둥이며 서까래가 반쯤 흙에 묻혀 있었다. 거북손이가 자리에 서서 하늘을 보기도 하고 주변을 둘러보기도 하는 동안 냉이는 실컷 울고 나서 일어났다.

"오늘은 여기서 자고 가요."

냉이는 한 채 남은 집 삽짝을 밀고 들어갔다. 켜를 이룬 마루의 흙먼지에 씨가 날아와 싹을 틔웠는지 말라비틀어진 풀이 바람에 흔들거렸다. 마루에 올라선 거북손이가 문짝을 당겨보았다.

"고래는 아직 성성한 편이다."

윗목에 반닫이가 놓이고 그 위에는 이불도 얹혀 있었다.

"감자를 어디 묻어두었는지 알아."

그녀는 부엌으로 들어가 수북한 솔가리 더미를 보더니만 당그래를 찾아 아궁이의 재를 퍼내면서 거북손이에게 부탁했다.

"계곡에서 물 좀 떠다 줘."

그가 부엌 입구의 지게용 물통을 메고 계곡으로 내려간 뒤 냉이는 아궁이에 솔가리를 넣고 부시를 쳤다. 얼음이 둥둥 뜬 물을 거북손이가 물통에 채워오자 무쇠솥에 부은 다음 장작을 아궁이에 밀어 넣고 무 구덩이를 뒤졌다. 그 사이 거북손이는 싸리비를 찾아 방을 쓸고 금방 어둠이 내릴 판이라 타고 남은 나무며 숯을 모아 불을 피웠다. 잠시 후 소쿠리에 담겨온 구운 감자를 불 가에 앉아 저녁 대용으로 먹고 나서 거북손이가 불땀 좋은 숯을 질화로에 담아 방에 들였다. 밤새 바람이 불었지만 해가 나자 맑아진 것을 본 냉이는 아비에 대한 단서를 찾을 양인지 칠성봉 지나 산 안쪽으로 들어간 후 배티재를 돌아 나왔다. 조와 수수로 밥을 지어 허기를 면한 후에는 남쪽으로 내려가 양지골과 고라실골을 뒤졌고, 거북손이는 가지에 붙은 감을 따 삼태기에 담았다. 양지골 맞은편 망봉골까지 둘러보고 나자 다시 땅거미가 내려와 전날처럼 냉이가 아궁이에 불을 지필 때 거북손이는 곡괭이와 녹슨 삽날과 낫 따위를 주워 토방에 늘어놓았다. 저녁을 먹고 어느 순간 순식간에 어둠이 깊어지면서 바람이 불고 한파까지 밀려와 일찌감치 자리를 펴고 누웠다. 그새 산 아래 일들을 까맣게 잊어버려 그곳 용문골에 오래 산 사람처럼 누구도 내려가자는 소리를 하지 않았다. 사람들 속으로 들어가면 잊었던 피비린내가 다시 풍길 것 같아 생각만으로도 머리가 지끈거렸다. 하기 싫은 일을 두고 딴전 부리는 사람처럼 산 아래의 일들을 거북손이는 애써 밀어냈다.

"왜적과 맞서기 전에 나를 괴롭힌 게 뭔 줄 알아?"

냉이 쪽을 향하고 누운 거북손이가 물었다. 한 치 앞도 보이지 않는 어둠 때문에 저만큼 누운 냉이는 숨소리로만 알 수 있었다.

"두려움. 난 지금도 그때 그 왜군들만 생각하면 소름이 끼쳐."

"난 그런 게 아니었어."

"뭔데?"

"벗은 몸!"

"이런 숭악한…… 왜놈과 다를 바 없잖아?"

먼 골짜기에서 범 우릉거리는 소리가 났지만 무섭기는커녕 되레 안온하게 느껴져 안심이 되었다. 문풍지가 시끄럽게 떨고 문틈으로 바람이 쳤다.

"얼굴 시려. 일루 와."

냉이가 덮고 있던 이불을 들췄다. 이불이 하나뿐이라 덮지 못한 채 웅크리고 있던 거북손이가 선뜻 기어들었다.

"꽁꽁 얼었는데 이불도 안 덮구선……."

"보지는 못할망정……."

거북손이가 냉이의 저고리 섶을 들추면서 덥석 가슴을 그러쥐었다.

"에그머니나!"

소리를 지르면서도 냉이는 그의 얼굴을 힘껏 끌어안았다. 거북손이는 종발 같은 가슴을 반죽 놀리듯 쥐었다 풀었다 주무르고서 곤두선 젖꼭지를 살살 어루만졌다. 그런 다음 손가락 사이에 끼운 뒤 빙글빙글 돌리더니 조급하게 냉이의 몸 위로 올라갔다. 바삐 치마를 들추고 속곳을 끌어 내리지만 서두는 바람에 매듭이 툭 끊어졌다. 그가 제 괴얄띠를 풀면서 발을 내둘러 바지를 벗어 던지자 들썩대는 이불 속으로 바람이 쳤다. 피차에 이런 일은 처음인지라 손이 거칠고 마른 숨결로 호흡이 가빴으나 남녀의 일이란 배우지 않고도 이루는 법이라 두 사람 모두 주저함이 없었다. 양물을 그녀의 샅에다 쏙쏙 부비며 어르다가 어느 순간 쑥 미끄러져 결합이 되고 말았으니 냉이는 비명을 지르다 말고 거북손이의 등짝을 손톱으로 할퀴었다. 문풍지는 쉴 새 없이 달달거리고 누군가 문고리를 잡아 흔드는 양 문짝이 덜컹덜컹 흔들릴 때마다 바람이 뭉텅이째 들이쳤다. 땀 밴 이마에 머리칼은 자꾸만 엉겨 붙는데 맞닿은 가슴도 흥건해져서 찰싹찰싹 물살 치는 소리가 났다. 덮고 있던 이불은 벌써 윗목으로 말려가고 엉덩이든 다리든 몸뚱이가 바람벽에 닿을 때마다 우수수 흙 알갱이가 떨어졌다. 숨결이 명치에서 치밀며 파도에 쓸린 나뭇잎처럼 둥실 떴다가 떨어지기를 반복하는 사이 피비린내니 비명이니 하는 것들은 멀리 흩어져 두 사람에게는 밀착된 몸뚱이만이 실감 나는 전부가 되었다. 바람은 어진히 치고 범도 추위가 매서운지 소리가 사나워질 무렵 어디선가는 와지끈 뚝딱 나무 부러지는 소리가 들렸다. 바깥의 그 거친 소리가 잦아든 새벽녘이 되어서야 두 사람은 이불을 끌어다 덮고 잠이 들었다.

"눈이 왔어."

냉이가 몸을 흔드는 바람에 거북손이는 눈을 떴다.

"응? 어, 마당 쓸어야지!"

그는 자기도 모르게 이불을 차고 일어났다.

"이 산골에서 무슨 마당을 쓴다구 그래."

거북손이는 냉이를 발견하고 그곳이 주인댁이 아닌 것을 깨달았다. 그녀가 내민 숟가락을 받아 김이 오르는 조밥을 듬뿍 떠 입에 넣었다. 처음 눈을 떴을 때 긴장으로 굳어졌던 몸이 냉이와 달가락대는 소리를 내며 밥을 먹는 사이에 차츰 평온해졌다. 밥을 먹은 뒤 냉이가 기명을 치우는 동안 무료하게 앉았더니 그는 무릎까지 빠지는 눈길을 헤쳐 숲으로 들어갔다. 나무에 쌓인 눈이 목덜미로 떨어질 때마다 흠칫 놀라곤 했지만 밀려드는 한기를 폐부 깊이 끌어들이며 토끼 발자국을 찾아냈다. 그 길목에 올무를 걸고 이튿날 찾아가자 토끼란 놈이 걸려 참나무처럼 깡깡 얼어 있었다. 부엌 아궁이 앞에 던져놓고 녹기를 기다려 가죽을 벗기고 내장을 긁어낸 후 요리하기 좋게 토막을 쳤다. 무 구덩이에서 꺼낸 무를 냉이가 잘게 썰어 넣고 어디서 고추장과 양념 등을 찾아와 탕을 끓였다. 밖에서는 바람이 헐벗은 나무를 할퀴건만 땀 흘리며 탕을 후룩대며 먹다 말고 눈이 마주치면 머쓱해져서 둘은 천치처럼 웃었다.

밤에 자리에 누우면 다시 바람 소리가 들리고 문풍지가 떨었다. 쌓인 눈 위에 다시 눈이 치는지 창호지 밖이 부연 기운에 싸여 이상스레 밝았다. 창호지에 눈 그림자가 어른거리고 산짐승 우는 소리가 바람에 섞여 골짜기를 넘나들었다. 서로 몸을 더듬다 깜빡 잠에 떨어지면 어디선가 병장기 부딪치는 소리가 들려 거북손이는 검을 뽑는다고 용을 쓰지만 빼지 못하고 헛심만 쓸 때가 많았다. 강아지 낑낑대는 소리에 냉이가 가슴에 손을 얹으면 물에서 나온 사람처럼 몸은 흠뻑 젖어 철벅거리고 축축해진 이불이 맨몸에 엉겨 붙었다. 그때마다 거북손이는 저 있는 자리가 꿈속이 아닌 산중임을 깨닫고 모든 것을 고맙게 여기는 마음이 생겨 푸우 깊은숨을 쉬었다. 저주와 증오의 말들, 온몸에 살의를 발산하는 사람과 마주하는 일은 매번 고통스럽기만 했었다. 나뭇가지나 휘두르던 그를 이유가 개암사 월곡에게 보내 검을 배우게 할 때만 해도 꼴 베는 일보다 흥이 생겨 매진했을 뿐 사람을 베겠다는 생각은 없었다. 그런데 어쩌다 그 아비규환의 아수라판에 뛰어들었을까. 곰티의 의병들은 나라를 지키려고 나섰다고 했다. 그러나 그건 말일뿐 다른 연유로 나선 사람도 많았다. 의병장의 노복들은 주인이 나서기를 명했기 때문에 따라온 사람이 대부분이었다. 시초를 의병부대에 전한 거북손이 자신만 해도 이유의 명을 따랐을 뿐 다른 뜻이 있었던 건 아니었다. 그렇다면 이유는 왜 운냥을 싣고 바닷길에 나서며 시초를 만들어 운반하게 했던가. 그에게는 지켜야 할 명분 같은 게 있는 듯했고 다른 의병장도 마찬가지로 보였다. 그러나 아무리 생각해도 자신에게는 지켜야 할 무엇이 달리 있는 것 같지 않았다. 그런데도 다른 일꾼들처럼 고향에 내려가지 않고 곰티로 향한 건 무엇 때문일까. 사명감 같은 건 털끝만큼도 없었다. 그냥 그래야 할 것 같았다면 말이 될까. 하지만 곰티에 간 것으로 끝내지 않고 왜군과는 왜 싸웠던가. 조선인과는 다른 말을 쓰는 무리여서 목을 벴나. 저의 검이 어느 정도인지 궁금했을까. 검을 배우게 해준 이유나 글자를 읽도록 도와준 홍순이 형제가 그 일에 나선 점만은 하나의 이유가 될 수도 있었다. 그러나 거북손이의 머리에 나라 따위는 애초에 들어앉을 자리가 없었다. 그가 조선에서 노비로 태어난 것은 추호도 본인 선택이 아니었고 적으로 불리는 왜인도 마찬가지 아닌가. 신념이나 까닭도 없이 살육의 현장을 헤집고 다닌 일이 거북손이는 새삼스레 어리둥절했다. 그간 생각이 없었거나 의심을 두지 않던 일들이 전장의 광기에 노출되자 삐거덕거리는 소리를 냈다. 거대한 굉음을 내며 땅이 흔들리면 주추가 틀어지고 돌쩌귀와 사개는 헐거워지는데 별반 다른 이치가 아니었다. 꿈에서 검을 뽑으려고 낑낑거리면 냉이는 그를 깨워 얼굴을 가슴골에 끌어들였다. 그

때 비로소 소란에서 빠져나와 그는 안심하고 잠이 들었다.

눈은 계속 내렸고 그 핑계로 거북손이는 방에서 꿈쩍도 하지 않았다. 날이 밝고 다시 해가 뜬대야 할 일이 있는 것도 아니었다. 냉이가 차려주는 수수밥이나 구운 감자를 먹은 뒤 낮잠을 자면 그새 지핀 군불로 바닥에선 온기가 올라왔다. 한잠 잔 뒤에 눈을 떠보면 냉이는 그런 자신을 내려다보거나 곁에 누워 쌔근거릴 때도 있었다. 문밖에서는 빨랫줄에 걸린 잠방이나 저고리가 꽁꽁 얼어 덜렁거리다가 해가 나면 녹아서 펄렁거렸다. 올무를 걸어둔 곳에도 가보았지만 눈먼 토끼 이후로 다시는 얼어걸리는 놈이 없었다. 집들이 불타고도 마당에 파놓은 무 구덩이는 그대로 남아서 감자나 조 수수가 떨어질 염려도 없었다. 해가 설핏하면 아궁이에 불을 넣어 조밥을 짓고 어두워지기 무섭게 자리에 들었다.

"이제 우리는 어떻게 될까?"

한번은 냉이가 물었고 거북손이가 대답했다.

"몰라."

"그럼 어떻게 해야지?"

"몰라."

냉이의 물음에 거북손이는 무책임하게 답했지만 무엇을 어떻게 하자는 말보다 훨씬 그럴싸했다. 대둔산 산중에서는 무언가를 궁리하지 않아도 아무 문제가 없었다. 그것은 무슨 일이 닥쳐도 상관없다는 자포자기의 배포였는데 이러한 산골 살이에서 그는 마치

지난날을 보상받는 듯했다. 얇고 투명한 현들만 소리를 내는 통에 세상은 한껏 가벼웠으나 이곳에 온 후 깊은 곳에 숨겨진 굵은 현이 한 번 퉁겨져서는 멈춤 없는 잔향(殘響)을 남기는 깃 같았고 꺼지지 않는 향이 타오를 때처럼 마음에 별다른 기복도 생기지 않아 모든 일이 느슨하고 느긋하기만 했다. 그들은 껴안고 뻐근해져서 곯아떨어졌다.

거북손이가 눈을 떴을 때 창호지에 햇빛이 비쳤다. 바람도 자는지 문풍지가 조용했고 처마 밑으로 눈 녹은 물 떨어지는 소리가 들렸다. 그러나 그가 눈을 뜬 것은 그 때문이 아니었다. 그는 잠결에 눈 밟히는 뽀드득 소리를 들은 듯했고 의식이 돌아온 뒤에는 집 주위에 낯선 기운이 서린 것을 깨달았다. 옷을 주섬주섬 걸치며 문틈에 눈을 가져다 댔다. 예감은 틀리지 않아서 낮은 싸리울 너머로 사람 머리가 삐죽 올라왔다. 그가 계속 눈을 대고 있자니 깨금발을 딛고 넘겨다보던 사내들이 싸리울을 밀치면서 마당에 들어섰다. 네 명인데 손에는 몽둥이를 들었고 어디서 났는지 당파를 든 자도 있었다. 거북손이는 보자기에 싸둔 환도를 꺼내려다가 그냥 문을 열고 나섰다. 산적 흉내를 낼 심산이지만 몰골로 보아 다들 농군이거나 화전민 행색이 분명했다. 그가 나서자 앞섰던 자가 주춤 멈춰 서고 뒤에 선 사내는 엉덩방아를 찧었다. 거북손이는 토방으로 내려와 늘어놓은 농구 중에서 곡괭이 자루를 집어 들었다.

"웬일들이우?"

그렇게 물었지만 대답 대신 앞선 자가 당파를 내밀었다. 그것을 몽둥이로 쳐내며 사내의 옆구리를 퉁겼다.

"에구구!"

사내가 창대를 떨어트리고 주저앉자 뒤의 사내들은 나서지도 물러서지도 못한 채 사리기만 했다. 냉이가 문을 열고 나왔다.

"보아하니 배들이 고픈 모양인데 노자가 좀 있으니 나눠주리다."

거북손이가 돌아보자 냉이가 노자 일부를 가져왔다. 손을 뻗어 그것을 내밀지만 받으려는 자가 없었다.

"그래가지고 어디 산적 노릇이나 하겠수? 마루에 둘 테니 가져가시우."

거북손이는 노자를 마루에 놓고 냉이의 등을 밀었다. 안에 들어와 문틈으로 내다보니 당파를 내민 사내가 토방에 올라와 물건을 챙겨 꽁무니를 뺐다. 그들의 모습이 시야에서 멀어지자 거북손이가 일렀다.

"우리도 그만 내려가자."

그들이 다른 사람들을 끌고 또 나타날까 걱정된 냉이는 냉큼 불을 지펴 남은 감자를 삶았다. 조반 삼아 몇 알은 먹고 몇 알은 괴나리봇짐에 갈무리한 뒤 그들은 한동안 몸 부리고 살던 용문골을 나왔다.

고산에서 밤을 나고 이튿날 전주에 도착한 거북손이와 냉이는 주막을 찾아 몸도 녹이면서 하루 묵어갈 생각을 했다. 그러나 무슨 일인지 전주 부중은 사람들로 바글거려 숙소를 구하기 어려웠다. 하는 수 없이 남문밖시장에 들러 요기만 하고 금구 방면으로 가려고 인파를 헤치는데 누군가 어깨를 쳤다. 돌아보니 수범이와 홍의가 서 있었다.

"도련님들이 어떻게 여길……."

거북손이와 냉이는 수범이와 홍의에게 허리를 숙였다. 홍의는 빈손이지만 수범이는 전통을 메고 손에 활까지 든 채였다.

"예서 무얼 하는가?"

"저희들은 부안으로 내려가는 중입니다."

"어허, 마침 잘 되었군. 따라오게."

수범이는 그렇게 말하고 인파를 헤치며 앞서 걸었다. 왔던 길을 거슬러 따라가는 거북손이와 냉이에게 홍의가 전주에 들어오게 된 사연을 일러주었다. 이틀 후에 별시가 열리는데 이번에는 무반을 많이 뽑는다 하여 수범이도 응시하게 됐다는 것이었다. 과장에는 분조를 이끄는 광해 왕자가 친람하기 위해 내려왔으며 운량을 운반한 공을 치하하기 위해 이유에게 따로 알현을 청하므로 그 또한 전주에 나왔다는 것이었다. 홍의는 그런 아버지를 수행해왔고 문과에 응시하기 위해 영광에서 올라온 강항까지 그들은 모두 교동에 있는 김진사의 객주에 머문다고 했다. 천변길을 통해 교동 김진사의 객주에 이르자마자 거북손이와 냉이는 이유를 찾아 큰절부터 올렸다.

"아비 소식은 들었느냐?"

이유의 물음에 냉이는 눈물을 글썽였다.

"집은 불타고 사방을 둘러봤지만 소식을 듣지 못했습니다."

"차차로 소식이 있겠지. 우선은 예 머물고 일 끝나거든 함께 가자꾸나."

냉이는 곧장 소매를 걷으며 부엌에 들어갔고 거북손이도 이유의 곁에 머물며 하명을 따랐다. 이유는 동궁을 친히 알현하게 되어 김 진사의 객주에 머무는 동안 술과 고기를 삼가며 바깥출입도 자제했다. 조정을 둘로 나누는 분조가 꾸려져 세자가 역할을 하게 된 것은 임금이 파천하여 아직 피난길에 있을 때였다. 세자는 분조를 끌고 평안도 영변과 맹산 등지를 돌며 백성을 위무하고 각처의 의병을 독려했다. 인가에서 잠을 자고 산길도 마다치 않으면서 도탄에 빠진 백성을 다독이는 데 열과 성을 바쳤다. 그러나 함경도로 나간 또 다른 왕자는 행동거지가 난폭하고 술주정을 일삼아 백성이 도리어 왜군 진영에 포로로 잡아 바치니 사람들의 신망은 한쪽으로 기울어 있었다. 분조를 이끄는 광해 왕자가 의병과 군량을 모아 큰 성과를 거두자 피난 간 유자와 백성이 속속 그 밑에 모여들었다. 분조가 대조(大朝)의 위세를 넘어서는 기이한 현상을 농군뿐 아니라 산골 나무꾼까지 알지 못하는 자가 없었다. 왜군이 남쪽으로 쫓겨가고 한양이 수복되자 임금은 즉각 분조를 해체했다. 이를 두고도 백성은 말이 많았는데 세자의 공이 높아가는 것을 시기했다는 소문이 돌았다. 그러나 세자의 무군(撫軍) 활동이 지속되는 가운데 도리어 명나라에서 활동을 유지게 하라는 명이 떨어져 다시금 분조가 성립되기에 이르렀던 것이다. 호서지역을 돌며 무군 활동을 벌이던 세자는 섣달이 되자 마침내 별시가 열리는 전주에 입성했다. 그는 금산 전투에서 사망한 의병장 조헌의 두 아들을 불러 치하하고 부로(父老)들을 위무하는 한편 한산도 수역까지 나아가 이순신에게 적을 토멸하라는 명을 내렸다. 또한 그즈음 담양에서 거병한 김덕령(金德齡)을 등용하여 의병을 통솔케 했을 뿐 아니라 의병 체계를 관군처럼 편재한 것도 모두 그가 한 일이었다. 군량을 모으는 일에도 힘을 기울여 그때 모은 군량이 무려 일만 석에 달했다.

새벽에 이유는 냉이를 시켜 물을 데우게 하고 한기 속에서 목욕재계했다. 조반을 한 후 도포를 꺼내 입고 길 떠날 채비를 하자 동행하기로 한 홍의가 미리 나와 그를 맞았다. 강항이 머무는 방에서는 책장 넘기는 소리가 들렸지만 수범이는 시위를 당기러 갔는지 처소의 댓돌이 비어 있었다. 이유와 홍의는 전주천을 따라 싸전다리까지 갔다가 북쪽으로 길을 갈라 풍남문을 통과했다. 거기서는 객사까지 대로가 이어지는데 감영은 그 중간 왼편에 있었다. 세자가 와 있는 탓인지 감영의 포정문(布政門) 인근은 무장한 초관과 병졸들의 경계가 삼엄했다. 포정문에 이르러 앞을 막는 지휘관에게 세자저하의 부르심을 받고 왔다고 이르자 일정을 숙지하고 있던 초관이 병졸을 시켜 둘을 안내하게 했다. 병졸을 따라 중삼문과 내삼문을 넘으며 보니 군기가 바짝 든 군사들이 곳곳에 번을 서고 선화당(宣化堂) 앞마당에는 당파를 든 병사들까지 두 줄로 도열해 있었다. 그중 하나가 혹 단검이라도 품었을까 이유의 옷섶이며 상투를 검색했다. 그 일이 끝나고 안에다 고하자 기다리라는 말이 건너와 이유와 홍의는 손을 모으고 조신하게 자리를 지켰다. 먼저 온 자가 있는지 뭐라고 묻고 대꾸하는 소리가 들렸고 잠시 후 선화당 문이 열리며 한 선비가 뒷걸음으로 나왔다. 이내 문이 닫히면서 밖으로 나온 선비가 물러가자 한참이나 사이를 두더니 이윽고 들라는 명이 떨어졌다. 홍의를 밖에 세워둔 이유는 손을 모은 자세 그대로 내관이 열어준 문 안으로 들어섰다. 감사의 집무실인 선화당 한쪽에는 분조의 수장을 보좌하는 좌의정 윤두수와(尹斗壽)와 영중추부사 정탁(鄭琢)이 앉아 있고, 맞은편으로는 병판 이항복과 신임 전라감사 이정암(李廷馣)이 앉아 있었다. 전시임을 고려하는지 두석린갑(豆錫鱗甲)을 입은 세자는 단 위의 용상을 차지했는데 수범이나 홍의네들 또래여서 주름이나 그늘 한 점 없는 말끔한 얼굴이었다. 용상 뒤편에 펼쳐진 두 폭 병풍은 왼쪽 것이 소나무와 범이요, 오른편은 구름 속의 용이었다. 이유는 용상에 앉은 세자를 향해 정중하게 배를 올렸다.

"잘 오시었습니다. 뵙고 싶었습니다."

세자의 음성은 나이답지 않게 묵직한 편이었다.

"감개무량하옵나이다."

"국난을 당해 불가피하게 주상전하께서 몽진 길에 오르실 제 삼남의 의로운 선비늘께서 다두어 운량을 보내셨습니다. 그러힌 충정에 힘입어 사직이 보전되고 왜적을 바닷가에 밀어내게 되었으니 공을 어찌 다 언급하겠습니까? 주상전하를 대신해 거듭 치하의 말씀을 전합니다."

이유는 한 번 더 머리를 조아렸다.

"황송하옵나이다."

그 모습을 보료 위에서 보고 있던 윤두수가 세자를 향해 입을 열었다.

"여기 이공의 선친께서는 여러 주군을 맡아 가는 곳마다 선정의 소리가 있었고 대사간에 오르신 분으로 압니다. 기고봉 양송천(梁松川) 조남명 등 제현과 사우이며 더불어 강마(講磨)한 분으로 특히 소신의 아우 근수(根洙)는 스승처럼 우러르며 흠모했던 분이올시다."

윤두수가 언급한 인물은 생부 장영에 관한 것이었다. 윤두수의 말을 경청하던 세자가 고개를 끄덕이며 반색했다.

"진실로 그렇단 말이오?"

"그분께서는 피와 살을 내려주신 분이며 소인은 그분의 혈육에게 입적되었습니다."

"낳아주신 분도 부모요, 키워주신 분도 부모입니다. 저 또한 낳아주신 분이나 키워주신 중전마마를 모두 어머니로 받듭니다."

이유는 다시 머리를 조아렸고 세자가 눈웃음을 지었다.

"여기 계신 좌상이나 병판대감을 저는 모두 스승으로 여깁니다. 오늘 이렇게 강호의 큰선비를 만났으니 또한 스승으로 알고 청하겠습니다. 혹 새겨들을 말씀이 있으면 들려주십시오."

궁을 떠나 전장을 누빈 탓인지 세자는 격식에 치우치지 않고 허심탄회했다. 의주에서 만난 임금은 불안하고 어딘지 성마른 인상이었으나 젊어 그런지 세자로부터는 어찌할 수 없는 힘과 뜨거움이 발산되는 듯했다. 세자의 청을 받은 이유는 미처 생각하지 못했던 일이라 무슨 말을 할지 망설였다. 그러는데 가희의 혼인을 맞아 형제들과 나누던 담론이 떠올랐다.

"세자 저하께서도 몸소 느끼셨다시피 국난을 당하여 팔도의 백성은 유자나 평민 할 것 없이 분연히 일어섰습니다. 바다에서는 수군이 왜적의 상륙을 막고 많은 의병과 각지의 수령들이 왜병을 격퇴하였습니다."

"백성의 노고에 눈물 흘리지 않은 날이 없습니다."

"하니 이 전란 역시 조선 백성의 힘으로 끝낼 것입니다. 따라서 고맙긴 하더라도 조선에 와 있는 명국의 천군에 의지하기보다 백성을 독려하여 난국을 헤쳐가소서. 여항의 장사치들도 하나를 주면 하나를 받는 법입니다. 나라와 나라 사이에 어찌 그런 셈속이 없겠습니까. 하고 미래를 염두에 두시어 이제는 북방의 저 야인들과도…….”

"그만 물러가도록 하시오!"

세자가 이유의 말을 도중에 살랐나. 지금까지와 달리 세자의 음성은 착 가라앉아 있었고 낯빛도 무거웠다. 이유가 영문을 모르고 쳐다보자 세자가 다시 일렀다.

"그만 물러가시오."

목소리가 아까보다 더욱 엄격했다. 영문을 알 수 없는 세자의 표변에 어리둥절했지만 두 번씩이나 하명하므로 이유는 배를 올리고 천천히 뒷걸음으로 물러났다. 내관이 열어준 문으로 나와서 신을 신는 동안 몸이 기우뚱 흔들거렸다. 홍의가 다가와 부축했으나 다리가 저리고 힘이 빠져 그길로 주저앉고 싶었다. 명나라와 야인의 일을 혀끝에 올리자 입을 틀어막은 게 아닌가. 의주에서 만난 임금의 음울한 모습에 적이나 실망했던 것과는 다른 울증이 안에서 일어났다. 세자는 젊고 활기찼으며 절로 힘을 뿜어내는 젊은이였다. 남과 허심탄회하게 대화하고 경청하려는 모습도 갖춘 듯했다. 그러나 조선 관가의 구습을 타파하고 경장을 단행할 인물로는 빈 곳이 너무 커 보여 울증이 솟구치는 중이었다. 세자의 몸에서 분출하던 힘과 향기는 그저 계절을 만나 피어난 꽃에 불과하며 꽃대궁은 벌써 진딧물에 빨려 허울만 남았다는 것인지. 아들 홍의를 대동하고 숙소로 돌아온 이유는 자리를 펴고 드러누워 꿍꿍 앓았다. 전란마저 권세를 짓고 쌓는 권력다툼의 소용돌이에 지나지 않는다면 새로워질 힘 따위 애당초 기대하기 어려웠다. 분조를 끌며 사지를 넘나든다는 세자마저도 권가의 관행을 답습하는데 희망은 무엇이며 나아감이란 무엇인가. 이유는 밥을 올리겠다는 청도 물린 채 죽은 사람처럼 꿈쩍도 하지 못했다.

이튿날 강항은 일찌감치 과장인 감영으로 향하고 수범이는 다가산 아래 활터로 나갔다. 수발할 일이 생기면 돕기 위해 홍의가 강항과 동행했으며 무과 시험장에는 거북손이가 따라갔다. 전주부의 사람들이 세자를 보겠다고 감영 앞으로 몰려들어 거자들마저 입장하는 데 애를 먹었지만 홍의가 사람들 틈에서 힘을 써 강항은 간신히 과장에 들어갔다. 원래 시제는 묘시에 게시되지만 동이 트지 않아 진시가 돼서야 현제판이 걸렸다. 분조의 세자를 수행하는 윤두수며 이항복 등이 시관(試官)이었고, 세자는 한동안 친람하다가 자리를 옮겨 북정에서 활쏘기에 임하는 무과 응시자들을 관찰했다. 점심 무렵쯤 숙소로 돌아온 홍의는 궁금하게 여기는 이유에게 오경의(五經義)는 『시경』에 대한 단구제(單句題)이고 사서의(四書疑)는 『중용』을 『맹자』의 기사와 엮어 출제했다고 알렸다. 그 말을 들은 이유는 무난하겠다며 고개를 끄덕였다.

응시하는 즉일로 방방(放榜)하는 관례에 따라 시관들이 산더미처럼 쌓인 시지를 검토하는 와중에도 무과시험은 끝나지 않고 계속 이어졌다. 때가 때인 만큼 무과에 응시한 거자는 구름같이 몰려들어 거의 활쏘기만으로 입격자를 고르는 수준이었다. 응시자뿐 아니라 선발되는 사람도 수가 많아서 즉일방방마저 여의치 않으므로 활 쏘는 것을 봐서 즉석에서 통보하고 이름을 적는 식으로 일은 진행되었다. 수범이는 열 발 가운데 열 발 모두를 과녁에 꽂아 응시자 중에서도 단연 돋보였는데 당연히 1,600명 안에 들어 급제를 통보받았다. 강항 또한 11명을 선발하는 문과에 급제하게 되니 그들 일행이 묵는 교동 숙소에서는 난데없는 환호성이 일어났다.

 어둠이 내리자 강항과 수범이가 나란히 홍패(紅牌) 백패(白牌)를 들고 나타나 교동 객주에서는 다시금 박수가 터지고 잔칫집 분위기에 휩싸였다. 전란에 굶주리는 사람들을 생각해 음식을 간소하게 차리라고 강조하던 이유도 이날만큼은 떡을 사오게 해 급제자를 치하하고 아랫사람을 먹였다. 그렇더라도 날 밝는 즉시 내려가도록 미리서 짐을 꾸리는 일만은 잊지 말라고 식솔들을 단속했다. 전란 중이라 일사천리로 일이 진행되어 수범이는 곧바로 김덕령 부대에 예속되어 집에 인사만 올리고 합류하라는 명을 받았고, 강항 역시 승정원 가주서로 발령받아 열흘 안에 분조에 나오라는 명이 떨어져 길을 서두를 작정이었다. 어둠이 내리고 객주가 조용해지기를 기다려 황촉을 밝힌 이유는 수심에 젖은 얼굴로 우두커니 자리를 지켰다. 누워봐야 잠이 올 것 같지도 않아 서안에 경서를 펼쳐놓고 아까부터 까탈스럽게 책장만 뒤적이고 있었다. 밤이 깊어가자 다시 살을 에는 추위가 밀려왔고 문틈으로 바늘 끝 같은 바람이 들어왔다.

"마님, 손님이 오셨습니다."

막 책장을 넘기는데 그런 소리가 들렸다. 거북손이였다. 이유는 믿기지 않아 물었다.

"이 밤에 손님이 오셨단 말이냐?"

"그렇습니다."

자리에서 일어나 문을 열자 도포 차림의 사내와 그 옆에 시립하고 선 자가 희미하게 보였다. 밖을 내다보던 이유는 신도 꿰지 못한 채 엎어질 듯 뛰어내려 흙바닥에 엎드렸다.

"저하, 이 누추한 곳까지 어인 행차시옵니까."

그 말을 듣고 눈치 빠른 거북손이도 넙죽 엎드렸다. 마당의 소란을 듣고 강항과 수범이나 홍의 등이 뛰쳐나와 머리를 조아렸다.

"내 지난번에 듣지 못한 말이 있어 찾아왔습니다. 날이 차운데 계속 세워두시렵니까?"

세자가 조용히 웃었고 이유는 자리에서 일어나 부랴부랴 안으로 안내했다. 급제자들과 한 모금씩 나누어 마신 술을 내오라고 하였으나 세자는 마시지 않겠다 사양했다. 이유가 무엇이라도 내오라고 이르자 동치미밖에 없다는 말을 듣고 세자가 좋다고 해서 개다리소반에 얹혀 나왔다. 야심한 시각에 찾아온 사람이 세자인 것을 알고 그를 지킬 요량으로 수범이는 활과 전통을 찼고 거북손이는 칼을 든 채 마루 아래에 시립했다.

"자리를 비웠으니 알면 소란스러울까 합니다. 명나라 군사에게 싸움을 독려하지 말라 하셨습니다."

신료들 모르게 야행하였으니 곧장 본론으로 가자는 말이었다.

"말씀드린 대로입니다. 왜군은 관군과 의병에 쫓기고 수군에 막혀 남쪽 변방에 주둔한 실정입니다. 조선 백성과 수군의 힘만으로도 쫓아낼 수 있음을 확인한 것이지요. 오늘날 전쟁도 아니고 강화도 아닌 비전비화(非戰非和)의 시기를 맞아 오만 여에 달하던 명군은 일만으로 줄었는데 불안 요인이 아니라 기회입니다. 혹자들은 전투에 소극적인 명군을 비난하지만 그들 손을 빌리지 않으면 상책이며 그들에게 승리를 바치는 것은 하책입니다. 명군을 병풍으로 둘러놓고 조선의 힘으로 돌파해야 합니다. 오늘날 호남이 이만만이나마 보전되고 국가의 큰 행사까지 무사히 치르게 된 데에는 관군의 노고 외에도 백성의 힘이 있었던 것입니다. 당장 웅치 싸움만 해도 의병장 황박의 공이 있으며, 의령의 곽재우 의병장께서도 호남으로 넘어오는 왜군을 막았습니다. 의병장 고경명과 조헌 등이 금산과 이치에서 싸우지 않았다면 어찌 호남이 있겠습니까?"

"정녕 명나라 군사를 그리 취급해야 한다고 보십니까?"

"명나라 입장에서 볼 때 조선은 요동으로 통하는 입구입니다. 만일 왜국이 조선을 끼고 앉으면 요동이 위험해지고 연경은 목전에 적을 두는 꼴입니다. 그들에게 조선이 중요한 것은 오직 요동을 지키는 길목이기 때문입니다. 요동은 드넓은 벌판이라 왜군이 흘러들면 막기 어렵고 차라리 산악지대인 조선에서 막는 것이 그들로서도 수월하겠지요. 명나라는 조선을 긍휼히 여겨 군사를 보낸 것이 아니라 자국을 지키려는 방편으로 삼을 뿐입니다. 하니 명나라의 파병에 개의치 마시고 저하께서는 오직 백성과 관군을 믿으셔야 합니다. 조선은 이 전란으로 큰 손실을 보았지만 왜군 또한 못지않은 피해를 보았을 터인즉 지금은 지지부진해도 이 일은 결국 지나갈 것입니다."

"왜군이 조선의 삼남과 근기지역을 할양하라고 떠든다는데 그래도 무사히 지나간다 보시오?"

조선에 파병된 명나라 장수들은 조선에 들어온 날로부터 왜국과 화의를 모색했다. 심유경(沈惟敬)은 조선에 입국한 직후 왜군 장수 고니시 유키나가를 만났으며 벽제관 전투 이후에는 더욱 교섭에 매달렸다. 그들의 그런 움직임은 명나라 군사가 요동으로 물러가기 전까지도 계속 이어졌는데 조정에서야 포로로 잡힌 두 왕자 문제가 시급할지 몰라도 백성은 삼남과 경기도를 할양하라는 왜국의 요구에 심유경이 일견 동의했다는 말에 공분했다. 이런 상황인데도 너무 앞일을 낙관하지 않느냐 세자는 묻는 중이었다.

"그것이 바로 빚진 나라의 비애입니다. 어찌하여 저 명국은 피해국인 조선을 제한 채 협상을 벌인단 말입니까? 애초에 그들의 힘을 빌지 않고도 왜국을 물리칠 수 있었다면 더 바랄 나위가 없었겠지요. 불가피하여 원병을 청했더라도 그들에 대한 지나친 저자세는 조선의 협상력을 떨어트릴 것입니다. 협상력을 떨어트리지 않는 자존심을 조선은 왜 갖추지 못한단 말입니까? 조선 백성은 한 뼘의 땅도 할양할 수 없다는 각오입니다. 백성의 기백을 협상력으로 삼으소서. 명국은 대가 없는 은혜를 베푸는 나라가 아님을 통찰하셔야 합니다. 오직 예와 의로써 타국을 긍휼히 여겨 원조하는 나라는 천하에 없습니다. 조정의 인사들이 아니라 초야의 다른 생각을 귀담아들으소서."

세자는 입을 다물었다. 이유는 알 수 없는 열기가 솟구쳐 평소의 침착함을 잃고 뜨거워지는 중이었다. 생각은 했지만 미처 정돈하지 못했던 말들을 두서없이 쏟아낼 때는 본인이 아니라 다른 누군가의 입으로 발언하는 듯했다. 그런데도 세자는 그 들뜨고 뜨거워진 말에 쉬 반응하지 않았다. 쉰이 넘은 초로의 선비보다 아직 스물도 되지 않은 세자 쪽이 훨씬 차갑게 분위기를 잡아매고 있었다. 끝없는 암투와 협잡 속에서 단련된 탓일까. 이유는 허리를 굽히며 다시 의견을 밝혔다.

"하고 이제는 저 북방의 야인 쪽도 바라보시길 간청드립니다."

그제야 세자가 젊은이다운 호기심을 드러냈다.

"저 또한 평안도와 함경도에서 그들에 관한 소문을 들었습니다. 갈가리 갈라진 야인들이 과연 힘을 모을 수는 있겠소?"

"언제나 원하는 바가 아닌 최악을 생각하소서. 조선 조정은 왜국이 침략하지 않는다고 믿은 게 아니라 침략하지 않기를 바란 것입니다. 건주여진을 이끄는 족장은 매우 영명하며 지략에 능하다고 들었습니다. 역사를 돌이켜보소서. 저 중원은 철통같아 보이지만 언제나 북방에서 시작된 세력에 잠식당했습니다. 오늘의 명국은 초창기의 강성함을 잃었습니다. 조선에 들어온 명나라 군사를 보십시오. 유정(劉綎) 장군의 군사를 제하고 기강이 선 군사는 없었습니다. 가등청정이란 왜장이 두만강을 건넜다가 야인에게 혼쭐난 일은 알고 계시지요?"

갈증이 나는지 세자는 그릇을 들어 목젖을 들썩이며 동치미를 마셨다. 정가에 몸을 담아 그런지 말을 가려서 하고 신중하게 처신하지만 무를 으적으적 깨물 때는 어쩔 수 없는 청년다운 풍모를 드러냈다.

"조선의 유자들은 저들 야인을 한낱 오랑캐라 멸시하는데 새로운 눈을 가지셨습니다."

"저도 다른 이들과 같은 향촌 선비에 불과했지요. 그러나 지지난해에 의주에 운량을 싣고 갔다가 우연찮게 야인 사내를 만났습니다. 어쩐지 그날 이후 회초리를 맞은 듯 그자가 잊히지 않습니다. 어찌 초야의 필부에게 배울 바가 없겠습니까? 새로운 눈을 가진 게 아니라 보지 않았던 것을 본 것입니다."

"허면 이제 조선은 그들을 어찌 대한단 말이오?"

"두려워할 일도 아니지만 멸시하지도 말아야 합니다. 세상 사는 일은 따지고 보면 모두 똑같습니다. 우리네의 예법과 다르다고 어찌 자식을 기르는 저들의 노고까지 하찮다 하겠습니까? 왜국에 대해서도 마찬가지입니다. 한때 우리의 선조는 저들 야인의 할아비들과 요동벌을 함께 누볐습니다. 또한 백제는 저 왜국과 하나였지요. 돌이켜보면 이웃 모두에게 두루 공평히지 못하고 한 곳만 바라본 조선도 문제가 있었던 것입니다."

"내 아주 흥미로운 이야기를 들었습니다."

이유는 세자가 이쯤에서 그만 가름하자는 말로 알아들었다. 이제 그의 목소리는 차분해져 있었다.

"어떤 경우라도 외로움과 고단함을 드러내지 말고 견디십시오. 성을 높이 쌓으면 밖을 보지 못합니다. 매처럼 높은 눈으로 보소서."

"매처럼 높이 보라!"

"때로는 바닥에 엎드린 늑대의 눈으로도 봐야 합니다. 끝간 데 없는 곳에서는 도리어 낮추어야 지평선의 사물이 보일 것입니다."

세자가 조용히 웃었다.

"매처럼 높이 날고 늑대처럼 낮게 봐라! 어려운 일이로군요."

"이 나라는 수도 없는 외침을 겪었지만 대부분 막아냈습니다. 때로 힘이 없어 굴복할 때도 있었으나 끝내는 되찾고야 말았습니다. 나라는 망해도 백성은 한 번도 굴한 적이 없습니다. 주변에 강성한 나라들이 있었지만 사라진 것은 이쪽이 아니라 언제나 그들이었습니다. 백성을 믿으셔야 합니다. 백성들도 세자저하를 기다립니다."

세자가 얼굴에서 웃음을 거두었다. 무시무시한 말을 뱉어버린 셈이지만 이제 이유는 무서울 게 없었다.

"말씀 잘 들었습니다."

세자가 자리에서 일어났다. 밖에 나서자 수행해온 내관이 발을 꿰도록 꿇고서 목화(木靴)를 잡았다. 토방 아래 시립한 네 장정이 일제히 땅에 엎드렸다.

"일어들 나시지요."

말을 듣고 네 사람이 일어나자 뒤따라 내려온 이유가 강항을 소개했다.

"이번 별시에 급제한 선비입니다."

강항이 허리를 숙였다.

"영광에서 올라온 강항이 세자저하를 뵙습니다."

"힘이 되어주시오."

이유는 수범이를 소개하고 곁에 선 홍의를 소개했다. 그들과 눈을 맞추고 난 세자가 돌아서다 말고 거북손이의 손에 들린 칼을 보았다.

"그것은 왜검인가?"

이유가 답변을 하라는 듯 고개를 끄덕였다.

"왜군에게서 빼앗았습니다."

"보고 싶구나."

거북손이가 두 손으로 검을 바쳤다. 세자가 검을 받아 칼을 뽑았다. 마당에 밝혀둔 횃불에 칼날을 비춰보더니 칼집에 검을 넣었다.

"네 손으로 베었느냐?"

"안덕원에서 맞섰습니다."

"당당하구나. 나도 힘을 낼 테니 그내들도 힘을 보대주시게."

세자가 돌아섰다. 이유는 수범이와 거북손이에게 멀찍이서 따르며 세자를 보호하라고 일렀다.

재침
再侵

어린 훤(暄)이는 유과가 담긴 소반에 손을 뻗었다. 세상 무엇이 먹을 것을 오물거리는 어린것의 입보다 예쁠까. 부안김씨는 유과 밥풀이 묻은 훤이의 얼굴을 보며 인자하게 웃었다.
"훤아!"
김씨를 보는 훤이의 눈에 머루알이 박힌 듯했다. 김씨의 얼굴에 다시 미소가 피었다.
"더 먹어라. 많이 먹어라."
훤이는 거북손이와 냉이의 아들이었다. 거북손이와 냉이가 대둔산에 다녀온 뒤로 김씨는 남편에게 둘의 혼사를 언급했다. 남편은 아무런 언질이 없더니 얼마 후 준비해달라는 부탁을 했고 돌아오는 봄에 혼례를 올리게 했다. 혼례에 앞서 이유는 외거(外居)의 길을 마련하겠다 일렀으나 거북손이는 고개를 저었다. 가까이서 모시겠다며 지금까지도 은혜가 넘친다고 말하는 그가 김씨는 듬직했다. 몸종의 자식인 거북손이가 언제나 애틋했고 따로 떨어져 살겠다 청할까 봐 실은 조바심을 쳤던 것이다. 행랑방 하나를 치우고 두 사람은 살림을 차렸는데 김진도는 냉이외 정이 들어 딸을 시집보내는 사람처럼 서운하게 여겼다. 냉이는 곧 아들을 낳았고 아이의 얼굴에서 시집올 때 따라온 몸종의 얼굴이 보였다. 아이의 이름을 지어달라 하자 이유는 '暄'이라 써서 내렸다. 손자들의 항렬자가 날일(日) 변의 외자임을 염두에 둔 이름이었다. 아랫것들 눈이 있어 색동옷까지는 아니어도 김씨는 아이에게 언제나 깨끗이 입히라고 주문했다.

　유과를 먹던 훤이가 앉은 채로 조는 것을 보고 보료를 내어 아이를 눕게 했다. 이유와 김씨는 삼형제를 두었으나 막내 홍원은 이유의 친제인 이진에게 양자를 가고 장남 홍순은 적당한 혼처를 찾지 못해 미장가였다. 차츰 홍의도 적령기에 접어들었으나 성례를 못해 손자를 보지 못하는데 거북손이가 떡두꺼비 같은 아들을 놓은 것이 아닌가. 소꿉동무나 다름없던 몸종의 아들이 다시 아들을 낳았으니 김씨는 공연히 그 아이가 남 같지 않았다. 해가 뉘엿해져 안채에 저녁상을 들여온 냉이가 보료에서 자는 훤이를 보고 황감해져 말했다.

　"마님, 어쩌자고 아이를 이렇게 챙기십니까?"

　"괘념할 것 없다. 고것과 말벗을 하면 덜 심심해서 좋다. 사랑에도 식사를 내었느냐?"

"네."

"거북손이는 요즘도 자다가 꿈을 꾼다느냐?"

"그러합니다."

김씨가 혀를 찼다.

"허위대는 멀쩡해도 속은 여린 게지. 제 아비가 그랬거든."

김씨가 숟갈을 들었다. 냉이는 잠든 아이를 안고 가서 김씨의 밥그릇이 비어갈 무렵 숭늉을 들였다. 밥상을 물린 뒤에는 황촉에 의지해 수나 놓아볼까 하였으나 눈이 침침해 그 노릇도 여의치 않았다. 출가한 두 딸은 멀리 있어 얼굴 보기 어렵고 남편은 사랑에 머물며 도학을 논하는 것으로 소일하니 차츰 그녀의 삶은 늦가을 들판처럼 스산해지는 중이었다. 남편 이유와 초례청에서 만난 일이 엊그제 같은데 어느새 환갑 다 된 나이였다. 부부유별과 현모양처가 덕목임을 모르지 않지만 한 평생이 그렇게 점철될 뿐이면 허망한 일이었다. 장수현감을 지낸 아버지 김수복은 남편의 양부인 억영과 막역한 사이였다. 혼사가 이루어질 무렵 김수복은 부안 도화동에 강당 도화장을 마련하고 문하생을 가르치도록 사위를 후원했다. 이유는 출사에 뜻을 두지 않는 대신 평생 경서를 읽으며 인근 선비들과 교류하더니 전란이 터진 뒤로는 낯빛이 달라 보였다. 김씨는 그런 변화가 우국충정에서 비롯된 것만은 아니라고 믿었다. 그렇게 단순한 문제였다면 의주에 다녀온 직후라도 격문(檄文)을 돌리고 의병을 모아 싸움터에 나갔을 것이다. 그다운 고지식이란 그런 게 아닌가. 하지만 근심이나 의분보다 무언가에 대한 갈등이며 회의요, 의구심이 얼굴에서 읽혔다. 경서를 들추되 글자나 구절을 보는 게 아니라 집요하게 무언가 궁리하는 모습이었다. 장애물을 만난 짐승처럼 나아가지 못한 채 한 곳을 맴도는 중이었다. 언젠가 둘째 홍의를 불러 의주의 일을 물었으나 임금을 알현한 일과 어찌어찌 야인 사내를 만난 일 외에 특별한 행적은 없어 보였다. 무엇이 그를 변하게 했을까.

"당신도 적적하신 게로군요."

바람이라도 쏘일까 밖에 나서는데 남편이 안채 마당으로 들어섰다.

"경서라도 보시지 않구요."

"바람이 찹니다. 드십시다."

그가 먼저 안으로 들었다.

"약주라도 내오게 할까요?"

"나라가 도탄에 빠졌는데 술타령을 하겠소?"

"술타령을 하랍니까? 날이 차니 약으로 드시라는 거지요."

"됐습니다. 오늘은 예서 잘까 합니다."

담소나 하고 간다면 몰라도 자고 가겠다는 말은 뜻밖이었다. 야뇨증 때문에 젊어서도 안채에 잘 드나들지 않던 사람이었다. 하기야 최근에는 속옷을 내달라는 심부름이 줄어들어 평생을 두고 앓던 증상이 갑자기 호전됐는지 궁금했다. 그렇다고 이미 쭈그러지는 처지에 합궁을 하겠는가. 김씨는 장롱을 열어 깨끗이 빨아 손질해둔 이불을 꺼냈다. 불을 끄고 속저고리 차림으로 나란히 눕자 이미 혼자가 익숙해져 상대방의 숨소리와 뒤척거림이 신경 쓰였다. 남편에게 그런 불편 끼치지 않으려고 꿈쩍 못하고 누워 있자니 공연히 뻣뻣해지며 몸에 힘이 들어갔다.

"자리끼는 필요 없습니까?"

방짜유기가 사랑에 있음을 말하는 것이었다.

"하루쯤은 어떻습니까?"

"요새는 속옷도 필요치 않은 모양입니다."

이번에는 야뇨증을 언급했다.

"이제는 덜 불편합니다."

"별일이구려. 평생을 달고 산 증상 아닙니까?"

"평생은 아니지요. 양자로 들어온 이래로 생긴 병증입니다. 어찌 보면 그 증상을 가지고 산 일이 다행스럽기도 합니다. 평생을 경계하며 살게 한 친우가 아닙니까? 그런데 전란이 터진 뒤로는 느끼지 않게 됐습니다."

양자로 틀어박힌 뒤에 생긴 증상이 전란을 겪으면서 잦아든 건 신기한 노릇이었다. 세상사에 참견한 일이 변화를 불러왔을까. 그런 조홧속이 몸의 변화인지 속에서 일어나는 변화인지 이유는 따져보고는 했다.

"요즘은 무슨 궁리를 하십니까?"

"궁리 안 합니다."

"전란이 난 뒤로 얼굴이 달라졌습니다."

"전란 때문이지요."

"그 때문이 아닌 걸 압니다."

이유는 이불을 들썩이며 긴 숨을 쉬었다.

"평생의 보람과 가치가 헛된 것은 아니었을까 그런 생각을 좀 해보는 중입니다. 유자로서 한 생을 산 것이 최선이었나 묻고 있습니다. 유학으로 국시를 삼더니 공맹과 주자를 읽었다는 그 명민한 자들이 제 나라 운명도 결정하지 못한 채 명국과 왜국의 담판만 지켜보고 있지 않습니까. 얼굴이 화끈거려 못 살겠습니다. 줄포의 김진사처럼 차라리 장사치였다면 더 많이 보고 다른 시야를 얻었을지 모른다 생각하지요."

김씨는 눈치 빠르게 어린애 다독이듯이 물었다.

"평생 읽은 경서가 의심스럽습니까?"

"경서라기보다는…… 세상이 의심스럽고 내가 의심스럽고 모든 게 의심스럽습니다. 어찌해볼 방도가 없어요."

"지금이라도 의심하니 됐지요."

이유는 의심스럽다고 말하지만 김씨는 그것이 혼돈은 아닌가 생각했다. 기왕의 어떤 것에 균열이 생기고 그 틈새로 무언가가 싹터 뒤죽박죽인 상태. 쑥과 쌀이 한 소쿠리에 담겼지만 찌거나 반죽하지 않아 떡도 무엇도 아닌 상태. 그게 무엇인지 말하지 않으므로 알 수 없으나 의주를 다녀오고 전란의 여러 국면에 직면하면서 생긴 증상이 분명해 보였다. 그렇다면 그건 새로운 모색이 아닌가. 환갑을 앞두고도 뭔가 모색이 이루어진다면 의심이라고 말하더라도 김씨의 입장에서는 부러운 일이 아닐 수 없었다. 풀기 없이 버석거리는 나날이라 훤이와 소일하는 게 전부인 그녀로서는 남편의 그 의심이라는 것마저도 부러울 따름이었다. 그녀가 사내였더라면 거유가 되었을 거라고 아버지 김수복은 한탄했는데 그건 김씨의 아쉬움이기도 했다. 혼인 직후에는 경서를 놓고 이유와 담론을 주고받았으나 언제부턴가 자연스레 나앉게 되고 말았던 것이다. 관기로 살았던 매창이나 분방한 삶을 택한 황진이(黃眞伊)는 크나 적으나 제 것을 이루어내지 않던가. 살아놓고 보니 격을 갖추고 습속에 매여 누리는 영화란 그리 대수롭지도 않았다.

"어차피 출사보다는 경을 읽고 학문을 논하며 살기로 하신 것 아닙니까?"

이유는 옆으로 돌아누웠다.

"그건 잘한 일 같습니다. 하지만 그 너머의 무언가가 있어야겠지요."

"그만 눈을 붙이십시다."

김씨도 돌아누우며 눈을 감았다. 이튿날 아침을 안채에서 맞은 이유는 조반을 마치고 거북손이를 불러 출타할 채비를 하라고 일렀다. 줄포의 김진도가 급한 일로 다녀갔으면 한다는 전갈을 보내

왔기로 영광에 와 있다는 강항과 임진년 이래로 의병 활동에 전념한다는 채홍국까지 찾아볼 예정이었다. 그 길에 거북손이를 대동하려는 것은 김진도가 콕 집어 같이 와주기를 청한 까닭이었다. 연일 한파가 이어져 겹저고리와 목화솜 누빈 겉옷을 걸치고 나서자 거북손이는 토끼털 귀마개를 하고서 기다리는 중이었다. 도화동을 나와 호치를 넘을 때는 소매에 손을 찌르고 구부정하게 굽힌 채 뼛속에 드는 추위를 견뎠다. 젊은 거북손이도 추위가 힘겨운지 자주 입김을 손에 불었다.

"이제 전쟁은 끝난 것입니까요?"

바람이 불자 거북손이가 고개를 틀었다. 햇빛에 질척이던 길은 구름이 몰려들자 다시 얼어 울퉁불퉁했다.

"회담을 하지만 화친이 이루어지지 않으니 끝나지 않은 게지. 명국의 심유경이라는 장수와 왜국의 소서행장이 전쟁을 끝내려고 수차 회담했지만 뜻대로 되지 않은 모양이구나. 시작은 쉬워도 끝이 어렵다는 걸 이번에 알았다."

"왜국이 침략하고 싸움은 조선에서 벌어지지 않았습니까? 조선인이 가장 많이 죽었구요."

"그랬지."

"헌데 회담은 어째 명국과 왜국이 하는 것입니까?"

추위가 송곳처럼 몸을 찌르는데도 몸이 후끈거려 이유는 손에 땀을 쥐었다. 이 어이없는 일들의 책임을 직접 질 일도 아니건만 쥐구

명을 찾아 숨고 싶었다. 노비 주제에 쉬 건넬 수 있는 질문이 아니었으나 곰티에서 목숨을 내놓고 싸운 아이였다. 거북손이뿐일까. 질문할 자격을 갖춘 이가 차고 넘치는데도 조선 팔도에 답변을 할 수 있는 자는 많지 않았다. 답변이든 무엇이든 말을 해야만 했다.

"심유경이란 명국 장수는 왜국과 도자기를 거래하던 상인이었다고 들었다. 왜국 말을 잘하는 사람이란 뜻이지. 그래서 협상을 담당하게 된 모양이구나."

"하여튼 어서 끝났으면 좋겠습니다."

"너도 신물이 나는 게로구나."

"싸움판에 다시는 끼고 싶지 않습니다."

그들이 김진사댁에 당도하자 소식을 듣고 수범이가 달려왔다. 전주 별시에서 무과에 입격한 뒤로 김덕령의 충용군(忠勇軍)에 배속된 수범이는 진주 관내로 이동해 해안지역의 왜군과 대치했었다. 수년째 한파가 몰아치고 기근마저 겹쳐 군량을 보급받지 못하자 김덕령은 진주 일원에 둔전을 설치하고 농사를 독려했다. 수범이도 활 대신 똥장군을 메고 둔전을 오르내렸다. 물론 충용군의 의병이 농사일만 한 것은 아니었다. 창원과 고성에 왜군이 발호하자 출진해서 소탕하고 곽재우의 의병이며 이순신의 수군과 연합해 장문포(場門浦)에서도 접전했다. 그러나 기병한 지 삼 년이나 지나도록 회담 이야기는 들려도 대회전(大會戰)은 소식이 없고 가뭄에 콩 나듯 자잘한 전투에 동원될 뿐이었다. 그러던 참에 호서의 이몽학

(李夢鶴)이 군사를 모아 반란을 일으키자 도원수 권율은 김덕령에게 소탕 명령을 내렸다. 그러나 운봉에 이르렀을 때 난이 진압됐다는 소식이 들려 싸워보지도 못한 채 회군했던 것인데 김덕령과 몇몇 의병장이 반란에 연루됐다는 무고가 이어졌다. 그 바람에 언급된 사람들이 잇따라 하옥되고 다른 이들은 방면된 채 김덕령만 고신을 당해 옥사하고 말았으니 사기가 꺾이지 않을 수 없었다. 구사일생으로 목숨을 건진 곽재우는 그길로 초야에 은둔했으며 원 없이 똥장군만 멘 끝에 수범이도 집에 와 있었다.

"아버님은 포구에 나가셨습니다. 먼저 사랑에 드시지요."

수범이는 이들이 찾아온 내막을 이미 알고 있었다.

"사포에 나가셨는가?"

"그렇습니다."

"구경삼아서 나가볼까?"

이유의 말에 수범이가 앞장을 섰다. 대관령 덕장에서 나온 동태와 동해의 오징어를 한양으로 내와 마포에서 싣고서 사포에 들어왔다고 수범이는 설명했다. 그들은 희끗희끗 눈발이 비치는 행길을 걸었다.

"얼굴이 초췌하니 무슨 일이 있는 게냐?"

그새 수범이의 얼굴은 반쪽이 돼 있었다.

"못 볼 꼴을 겪다가 밥맛을 잃은 모양입니다."

"무엇이 그리 힘들더냐?"

"전장에서 죽어 나가는 건 조선 백성이지만 조선이란 나라는 아무것도 아닙니다. 제가 진주로 간 것은 왜군을 격멸하기 위함인데 협상을 벌이는 명군 때문에 변변한 싸움은 하지도 못했습니다. 담판 중이니 싸우지 말라는 것이지요."

"조선군이 명군의 지휘를 받았던가?"

"평양 전투 이후로 조선의 지휘권과 작전권은 명군에 넘어갔습니다. 조선의 장군들은 명의 눈치를 보고 밑의 장수들은 또 상관의 눈치를 살피니 저희는 고작 왜성의 왜군이 나무를 하거나 물을 길러 나오면 급습하는 정도였습니다. 얼마 뒤에는 명나라 장수 심유경이 왜적에게 표첩을 주었고, 표첩을 지닌 왜군을 해하면 엄벌한다고 으르렁대므로 민가의 안방에서 낮잠을 자는 왜군도 있었습니다."

수범이는 무언가가 복받쳐 목소리를 떨었고 이유가 대꾸를 못할 적에 거북손이는 듣지 못한 척 처져서 따라왔다. 뭍으로 들어온 바다가 민물과 만나는 곳에 들어앉은 사포는 물때에 맞춰 크고 작은 배가 드나드는 주요 포구였다. 그들이 사포로 나가자 중간에 칸살을 친 판자를 걸쳐놓고 일꾼들이 배에서 궤짝을 내리는 중이었다. 도포를 걸치고 사랑에 앉아 진사 흉내를 내던 김진사가 이때는 짐승 가죽으로 만든 옷을 입고서 이리저리 손을 내둘러가며 사람들을 지휘했다.

"이 사람들아, 그것 하나를 못 이겨 비틀대는가?"

어깨에 나무 상자를 메고 판자를 내려오는 사람에게 소리소리지르는 모습은 영락없는 시정잡배였다. 그 모습에 무안해진 수범이가 괜히 안절부절못하는데 이유는 되레 호방한 모습이라 빙긋 웃었다. 궤짝을 멘 짐꾼 하나가 발을 힛디더 취청이다가,

"어어!"

하더니 물속에 곤두박질쳤다.

"저런 육시릴! 어서 건지지 않고 무엇들 하는가?"

사람들이 상앗대를 내밀어 짐꾼을 끌어올렸다. 살을 에는 추위에 바닷물까지 뒤집어쓴 짐꾼이 사시나무처럼 몸을 떨었다.

"이놈들아, 짐을 먼저 건져야지 사람을 건지누? 쯧쯧!"

그 모습을 보고 수범이가 가서 이유가 왔음을 알리자 힐끗 돌아본 김진사가 아들에게 지시했다.

"저자의 옷을 갈아입히고 화주를 한잔 내주거라. 칠칠치 못한지고."

그러고서 그가 이유에게 다가왔다.

"사랑에 계시지 어찌 험한 데를 나오십니까?"

"그리되었습니다. 모처럼 재밌는 구경을 했습니다."

"저 아이 칼솜씨만 할라구요?"

김진사는 집에 도착하자마자 중치막으로 갈아입고 사랑에 나왔다. 의복을 차리자 사람이 달라 보이고 얼굴도 근엄해져 이유는 다시 웃었다.

"이번 겨울에도 한파가 매섭습니다."

밥때가 되어 점심상을 마주하자 김진도가 말문을 텄다.

"겨울이 길기도 하려니와 여름에도 서늘하니 한재가 듭니다. 전란으로 전답이 유실됐는데 하늘마저 돕지 않으면 어쩌라는 겐지 원."

"이런 추위가 시작된 건 한 이십 년 되지요? 내 어릴 적도 이리 춥지는 않았습니다."

맞는 말이었다. 언제부턴가 겨울이 조금씩 길어지더니 이제는 반년씩이나 지속되는 모양이었다. 겨울은 규슈(九州)나 인근에서 출병한 왜군의 전투력을 와해시키는 데 일조했으나 조선인에게도 혹독했다. 문고리를 잡으면 쩍쩍 달라붙는 추위가 연일 계속되었다.

"호피와 담비 가죽을 좀 싸두었습니다. 가져가시지요."

"구들만 데우는데 그런 호사는 당치 않습니다."

"솜을 누비고 가죽을 덧대야 방한이 됩니다. 의주의 그 사내와 거래를 하게 되니 이게 다 공의 은혜입니다."

이유는 의주에서 만난 털북숭이 사내를 떠올렸다. 왜군이 남해에 물러앉고 명나라 군사 대부분이 철군한 뒤 한번은 느닷없이 그자가 도화동을 찾아왔다. 야인의 짐승 가죽을 평지의 곡물과 거래하고 싶으니 상고를 소개해 달라는 것이었다. 그와 길을 트고 지내는 일이 한편 꺼림칙했으나 이유는 김진도를 닿을 수 있게 주선했다. 이미 의주에서 면을 튼 사이였고 상고란 무엇보다 영리를 꾀하는 자들이었다. 따지고 보면 부인 김씨에게 말한 그 의심이란 것도 그자가 뿌리일 수 있었다. 아무런 고뇌 없이 믿고 간직하던 대의며 명분이 혹 허울은 아니었는지 의주에 다녀온 뒤로 새겨보고는 했던 것이다. 전란을 처리하는 과정에서도 왜국과 명나라는 물론 야인들까지 실리를 중심에 두고 처신하는데 조선만 뜬구름에 매달리는 듯했다.

"조선이며 왜국에 명나라까지 전란에 휘말리면서 북방의 저 야인들은 힘을 얻는 모양입니다. 건주여진의 누르하치는 인물이 출중해서 내부를 통합하더니 해서여진까지 집어삼켰다 합니다. 그간 명나라는 이여송의 아비 이성량(李成良)을 통해 요동을 찍어 눌렀는데 눈이 조선으로 향하자 야인들만 살판났습니다. 여진이 원병을 보낸다고 할 제 물었어야죠. 야인의 힘도 약해졌을 것이고 조선과 그들 간에도 통로가 생겼겠지요."

상거래 과정에서 듣는 것이 많아진 김진도가 북방 소식을 전했다. 알탄이라는 사내로부터 들은 이야기였을 것이다.

"야인과는 거래하되 선을 넘지 않는 게 좋겠습니다."

이유의 말에 김진도가 조용히 웃었다.

"저는 장사치입니다. 그와는 상리만 따집니다. 혹 압니까? 저 야인들이 중원을 집어삼킬지. 그리되면 저로서야 큰 거래처를 얻는 셈이지요."

사포에서 김진사의 모습을 몸소 목격한 이유에게 그 말은 왠지 허풍스레 들리지 않았다. 김진사가 화제를 바꿨다.

"헌데 전황은 좀 어떻답니까?"

"팔도에 눈과 귀를 가진 분께서 더 잘 아시지 않습니까?"

김진도는 숟가락을 내려놓고 들여온 숭늉으로 입가심했다.

"통신사로 왜국을 다녀온 황신(黃愼)은 강화가 실패했으니 왜군이 재침할 거라고 경고했다는군요. 왜국은 이미 전쟁하기로 결심했다고도 하고 호남을 목표로 한다는 말도 들립니다."

"한강 이남을 할지(割地)로 내놓으란 요구는 받아들일 수 없지요. 이대로 끝나기를 바라지만 싸우자면 싸워야지요."

말을 할 때 이유는 가슴이 먹먹했다. 왜군이 바다를 건너오면 조정에서는 요동으로 물러간 명군을 다시 청할 터인데 걱정이었다. 전주에서 만난 세자에게 명나라의 힘을 빌리지 않으면 상책이라고 말했지만 분조 활동을 끝낸 그의 입김이 조정에 미칠 리도 없었고 백성의 힘만으로 정녕 왜적을 물리치게 될지도 장담하기 어려웠다. 이미 김천일이나 고경명을 위시해 상당수 의병이 전사한데다 김덕령의 일로 곽재우 같은 유능한 의병장은 자취를 감춘 뒤였다. 당연히 백성의 사기도 떨어져 있었다.

전황에 관한 얘기를 나누며 밥을 먹던 그들이 상을 물리자 밖에서 기다리던 수범이가 이유를 제 방으로 안내했다. 수범이를 따라 들어서자 주인 없는 방에 앉아 있던 두 사내가 자리에서 일어났다. 전란이 일어나기 직전에 김진도의 광에 갇혔다가 이유의 결단으로 풀려난 왜국 간자들이었다. 김진도가 사람을 보내 이유에게 와달라고 청한 것이며 특히 거북손이를 대동하라고 요청한 일이 모두 이 일 때문이었다. 그들은 이틀 전에 김진도의 집에 불쑥 나타나 항복의 뜻을 비치며 조처할 것을 요청했던 것이다.

적에게 항복해 왜군 편에 선 조선인을 사람들은 순왜(順倭)라 하고 조선에 항복한 왜군을 항왜(降倭)라 칭했다. 전란 전에 왜국 간 자 마사나리와 동행하다 붙잡힌 조선 사내가 바로 순왜인 셈이었다. 이곳 부안에서는 만나기 어렵지만 김덕령의 막하에 있었던 수범이는 항왜가 그다지 낯설지 않았다. 남해에 주둔한 왜군이 귀순한 예를 많이도 보았거니와 왜군과 대적할 적에는 조선군에 예속되어 함께 싸운 항왜도 적지 않았다. 그 무렵 투항한 왜군은 일만 명에 달한다는 소문이었다. 그들 왜군이 조선에 투항하는 이유는 장기간의 주둔과 부실한 보급에 따른 식량 부족과 혹독하기 이를 데 없는 추위 때문이었다. 포악한 왜장에게 시달리는 경우도 많았으며 왜성(倭城)을 쌓고 목책을 세우는 등 노역이 가혹한 것도 문제였다. 유리한 정보를 제공할 뿐 아니라 조총 기술을 전수하는 등 공적이 있었기 때문에 조선 측에서도 공들여 초유책(招諭策)을 썼다. 승산도 없는 전쟁이 길어지면서 평시의 삶을 그리워하는 왜군이 생각보다 많이 생겨났다.

"그간 잘들 지내셨는가?"

자리를 잡고 앉으며 이유가 물었다. 순왜로 활동하던 동래 사내가 그렇다며 고개를 끄덕였고 이쪽 말을 조금 알아듣게 된 핫토리 마사나리도 고개를 주억거렸다. 동래 사내는 이마의 골이 깊어지고 볼도 홀쭉해져 중년의 기미가 역력했으며 마사나리는 상투를 틀어 조선인과 구분되지 않았다.

"그대들이 정말 항복할 요량이면 영남의 조선군에 투항하지 않고 어찌 예까지 건너왔는가?"

이유는 그들의 의중이 궁금해 긴가민가 싶은 일을 물었다.

"이번에 이쪽 호남의 동향을 파악해오라는 명을 받았습니다. 그래 진영을 쉽게 빠져나올 수 있었지요. 저희는 그나마 나리를 믿을 수 있다고 여겼습니다. 약조를 지켜 저희를 놓아주지 않으셨습니까."

사내의 말은 이치에 맞아 보였다.

"이쪽을 정탐하라고 한 것은 다시 전쟁을 하겠다는 뜻인가?"

"그렇습니다. 여기 마사나리와 저는 이제 전쟁이 지겹습니다."

이유는 마사나리를 보면서 물었다.

"정녕 나라를 버리고 귀순할 참인가?"

간단한 말은 직접 하지만 마사나리의 긴 설명은 옆의 사내가 통역했다.

"태어난 곳을 버리긴 쉽지 않지요. 그러나 제가 태어나기도 전부터 일본은 전쟁 중이었습니다. 그러다 전국이 통일되는데 이번에는 또 조선과 전쟁을 하고 있습니다. 외침만 없다면 조선은 그나마 환란이 적은 나라로 보였습니다. 가족을 이루고 그저 웃으며 살고 싶습니다. 오직 그뿐입니다."

 마사나리는 몇 년째 전장에서 찌들어 중늙은이처럼 주름이 패고 몸피마저 오그라들어 보였다. 조용한 곳에서 생각 없이 서너 달 자고 나면 피로의 더께가 가실 듯한 몰골이었다. 안으로 침잠한 그의 눈은 무력하지만 불 맞은 짐승처럼 잠깐씩 주위를 경계했다. 이유는 사내의 말을 곧이곧대로 믿으면 안 된다고 생각했지만 흔들리고 있었다.

 "임진년과 달리 조선도 무방비로 당하지는 않을 것이다. 힘든 싸움을 각오해야 하는데 다시 전쟁을 하겠다는 뜻은 무엇인가?"

 "전쟁을 그만둘 명분이 없기 때문입니다. 어쨌거나 일본도 이 전쟁에서 막대한 피해를 입었습니다. 당연히 얻어가는 게 있어야 할 터인즉 강화협상을 하고도 성과가 없어 관백은 심기가 상했지요. 다시 전쟁이 난다면 호남이 격전지가 될 것입니다. 히데요시는 호남을 공략하지 못한 것에 자존심이 상했습니다. 새로운 강화협상을 위해서라도 전쟁은 필요해졌습니다. 관백으로서야 제 목숨이 날아가는 일도 아니겠다 남는 게 따로 있으니 어찌 마다하겠습니까?"

 "제 나라도 피해를 보는 전쟁이 어찌 그자에게는 득이 되는지 모르겠소. 조석으로 생각이 바뀌고 변덕이 죽 끓듯 하니 발광을 하다 죽을 팔자 아닌가."

 "힘이 센 다이묘는 약화시키고 불만 있는 다이묘는 순화시킬 수 있지요. 그를 통해 지도력을 확보하고 권력을 단단히 다지게 된다면 득이 크지 않겠습니까. 정명가도(征明假道)니 삼도할양(三道割讓)이니 하지만 내부 문제가 사태의 주된 요인이 아닌가 합니다."

"권세를 위해 제 나라와 이웃 백성을 도륙하니 지옥불에 떨어지려는 게야."

"권세란 원래 그렇지 않던가요?"

머쓱해져서 말을 잃고 두리번거리던 이유의 눈에 윗목의 조총이 보였다. 처음 보는 물건이라 호기심이 일었다.

"저것은 누구의 물건인가?"

수범이가 조총을 가져와 건넸다.

"제가 진주에서 가져왔습니다."

"허허, 조선에서도 이제는 저런 것이 생산된단 말인가?"

"항왜로부터 제조 기술을 익혀 훈련도감에서 만든다 들었습니다. 이제는 조선도 총수(銃手)를 길러내지요."

이유는 수범이가 건넨 총을 앞뒤로 뒤집어가며 꼼꼼히 살폈다. 지금까지 보았던 어떤 병기보다도 특이하게 생긴 물건이었다. 총알이 발사되는 관을 길쭘한 나무에 고정시키고 중간쯤 하단에 문고리 같은 것을 끼웠으며 손잡이는 없고 짐승의 대가리 같은 게 툭 튀어나와 있었다. 활도 멀리 있는 표적을 겨냥하긴 매일반이지만 근력으로 시위를 당겨 탄성을 이용하는 무기였다. 아무리 훌륭한 대장장이가 만들어도 도검 역시 상대를 제압하려면 사람 힘을 빌려야 했다. 그 힘을 무기에 맞게 분배하며 집중하기 위해서는 얼마나 많은 단련과 정성이 필요한가. 하지만 그의 손에 들린 조총은 인간의 근력 없이 화약만으로 철환을 날리는 물건이었다. 그렇다면 이것은 더 좋고 훌륭한가. 차후엔 얼마나 더 야만스럽고 잔인해질지 이유는 두려웠다. 그렇지만 잔인하지 않은 무기, 잔인하지 않은 전쟁이 있긴 한 건가.

"일개 서생의 처지로 항왜의 처결을 정할 순 없네. 관아에 알려 그대의 일을 처결하게 할 생각이네. 그리해도 되겠는가?"

이유의 말에 마사나리는 선선히 끄덕였다.

"각오한 일입니다. 따르겠습니다."

"그대의 각오가 그렇다면 최대한 선처하도록 부탁함세."

이유가 자리에서 일어서자 마사나리가 덩달아 서면서 청하였다.

"전에 몽둥이를 들고 겨루던 그 무사를 만나고 싶습니다."

김진도가 방문을 청하면서 콕 집어 거북손이를 대동해달라 부탁하더니 실은 마사나리의 요청임을 그는 깨달았다. 거북손이에게 들어가 보라는 시늉으로 턱짓을 하고 사랑에서 기다리는 김진도에게 일의 전후를 전했다. 다시 전쟁이 나면 호남에 광풍이 몰아치리란 예견에 김진도는 앞서 재란을 언급해놓고도 긴장하는 모습이 역력했다.

"그나저나 내야 장사치지만 수범이는 다시 관로에 나갔으면 합니다. 집에서 빈둥대는 시간이 길어지니 조바심이 납니다."

그렇게 말할 때 김진도의 얼굴은 애틋했다. 가진 것을 물려주면 남부럽지 않게 살 수범이지만 뒤가 약한 김진사는 언제나 등판이 시렸다. 훗날 아들이 어느 고을 수령 자리라도 맡게 된다면 그로서는 그보다 큰 광영이 없을 터였다.

"그 아이야 전주 방어에 나서고 무과를 통과했으니 기회가 있을 겁니다."

김진사는 그 말에 흡족한 얼굴이 되었다.

이튿날 일찍 이유는 거북손이를 대동해 길을 나섰다. 눈 때문에 길이 험해 영광 강항의 집에 도착하자 어둠이 내렸다. 밤이 늦어 불쑥 방문한 그를 강항은 반갑게 맞았다. 전주 별시 병과에 급제한 강항은 승정원 가주서로 임명되어 공조와 형조 좌랑을 역임하고 그 무렵 고향에 내려와 있었다. 왜란이 터진 임진년에는 상을 당한 영광군수가 자리를 비우자 유생들과 수성군이 되어 읍성 사수에 나섰던 그가 전란 중인데도 향리에 내려온 까닭은 모친이 병중에 있기 때문이었다. 마침 모친의 병환에 차도가 보여 다시 일을 모색하는 참이었다.

"어찌 이 혹한에 행로하셨습니까?"

요기를 하고 상을 물리자 강항이 행차한 까닭을 물었다. 이유는 김진도의 일로 줄포까지 왔다가 겸사겸사 나선 일을 설명했다.

"관로에 별일은 없었던가?"

"전란 중이라 어수선하였지요. 뭐라도 찾아서 일을 보려고 애썼습니다."

"세자 저하를 뵐 일은 있었던가?"

"딱 한 번 기회를 얻었지요. 분조 활동이 끝나신 후로는 조용히 지내십니다. 나리의 안부를 물으셨지요."

"별고는 없으시고?"

"이곳저곳 견제하는 힘이 작용하니 힘든 기색이었습니다. 아무래도 백성의 신망이 두텁다는 것을 아는지라 견제가 들어오지요. 김덕령이 장살된 일도 세자 저하와 친분이 두터웠기 때문이란 말이 돌았습니다."

강항은 어쩐지 피로에 젖은 듯했다. 모친의 병환이 위중했을망정 향리에 돌아와 있는 동안이 그에게는 도움이 될 것도 같았다. 초야에 묻히면 그것대로 소외감과 적적함에 몸서리치지만 관에 나가면 그로 인해 시달림을 받으니 불가에서 말하는 연기(緣起) 아닌가. 고조 이안이 한성을 떠나온 후 함평이씨가의 사람들은 초야에 묻히는 쪽을 선호했지만 그것으로도 세상의 환(環)은 끊어지지 않았다.

"다들 다시 전쟁이 난다 하는데 그러한가?"

그래도 관직에 있었으니 강항이라면 저간의 소식을 알까 싶었다.

"관로에 나가 겪어 보니 명군은 처음부터 싸움을 피하고 싶었던 눈치입니다. 평양 전투에서 인명 손실을 보고 벽제관 전투에서 패한 뒤에는 더욱 그랬지요. 명군의 총책인 석성(石星)은 심지어 '명이 왜국과 원수 될 까닭은 없다'고 공공연히 말했답니다. '왜국이 명국을 침략한 것도 아니고, 명은 요동으로 확전되는 것을 막을 뿐'이라고도 했구요. 애초부터 명국은 싸우는 척만 하는 양초음무(陽剿陰撫) 전략을 취한 것입니다. 게다가 군사 대부분이 모병(募兵)인데 급료를 받지 못하자 도망병이 속출했습니다. 하니 왜국과의 강화에 목을 매는 것 아닙니까."

"그토록 강화에 목을 맸다는데 어찌하여 협상은 파탄지경이 되었는가? 강화협상에 나선 심유경은 왜국으로 도망치고 새로 파견된 정사 이종성(李宗城)은 협상도 하기 전에 왜군 진영을 탈출했다 들었네. 대체 저 심유경이며 이종성이며 소서행장이 한 짓은 무엇인가?"

"애초에 왜국이 요청한 조건은 명국 황제의 딸을 왜국 국왕의 후궁으로 들일 것이며, 조선의 전라 경상 충청 경기를 취하겠다는 것이며, 조선의 대신과 왕자를 감사 사절 겸 인질로 보내라는 것과 명국이 중단한 무역을 재개하라는 것 등이었습니다. 이에 반해 명국 황제가 내세운 것은 풍신수길을 왜국 왕에 책봉한다는 것이었습니다. 그러니 심유경은 왜국의 조건을 차마 보고할 수 없었던 모양입니다. 황제의 딸을 후궁으로 들인다는 요구 등은 입에 담기 어려웠을 테니까요. 그래 시일만 끌면서 제대로 된 보고조차 하지 못했던 것입니다. 소서행장 역시 요구를 들어준다는 명국의 답변을 얻지 못하자 풍신수길에게 함부로 고하지도 못하고 결국 짝짜꿍으로 둘이서 놀아난 것입니다."

"하면 심유경과 소서행장의 농간으로 명국과 왜국과 조선이 다 같이 춤판을 벌인 것인가?"

"이에 미심쩍어진 명국이 정사 이종성을 파견한 것입니다. 이종성은 왜성에 들어가서야 왜국의 요구를 알게 되었습니다. 그래 왜국 포로가 될 것을 염려해 도망쳐버렸지요. 이종성을 대신해서 부사 양방형(楊方亨)을 정사로 임명하게 되니 그제야 양국은 심유경과 소서행장의 농간을 눈치챘습니다. 풍신수길은 소서행장에게 할복을 하거나 조선을 획득해오라고 명했다 합니다."

신음에 가까운 소리가 이유의 입에서 나왔다.

"이제야 내막을 알겠네그려. 싸움은 조선에서 벌어지고 죽어 나가는 것도 이쪽인데 강화를 한다고 풍장을 치더니 다시 전쟁이로세. 말세 아닌가?"

"왜국 군대는 구주에서 온 군사가 많은데 그들은 유구(流球)와 남쪽의 루손(呂宋)을 연결해 상리(商利)를 취한답니다. 그 상권에 동래 등을 포함하고 싶어 하지요. 말로는 한강 이남을 내놓으라 하나 실은 지금 장악한 남해 일대를 취하자는 입장도 있는 모양입니다. 어쨌거나 조선 측에서 완강히 저항하므로 그들도 별반 얻은 게 없는 셈이지요. 그래 충격요법으로 알고 다시 쳐들어올 모양입니다. 조정에서도 전라와 경상 관찰사에게 방비하라는 특명을 하달해놓고 있습니다."

　임진년에 많은 선비와 백성이 의병으로 나서서 죽고 이유는 또 운량을 운반하며 몇몇 고비를 넘겼는데 더한 일들이 박두하는 양상이었다. 젊어서는 경서에 매진하고 선비들과 교류하면서 시문에 능하다는 칭찬에 으쓱해진 적도 많았다. 그런데 전란이 터지고 겪지 않아도 될 일을 보고 들으며 늙마에 배에 오른 것처럼 멀미에 시달리더니 아직도 전쟁은 끝날 기미를 보이지 않았다. 그는 여전히 망연한 얼굴로 서성이고 있었으며 안개 저편에 무엇이 나타날지 불안한 눈으로 응시하고 있었다. 그러나마 세상은 멈추는 법이 없으니 때로는 흘려보내고 때로는 부딪쳐야 했다. 세상 구르는 속도가 빠르면 낱낱의 일에 감춰진 함정을 그때그때 걷어내며 신속한 결정을 내려야 하지 않겠는가. 이제는 무엇이든 서두르지 않을 수 없었다. 날이 늦었으니 하루 묵어가라며 강항은 거북손이가 누울 자리를 행랑채에 마련하고 이유를 사랑에서 쉬게 했다.

　강항의 사랑에서 자고 난 이튿날 소식을 듣고 문안 온 가희와 어린 딸 애생이를 보았다. 혼인 전만 해도 목련처럼 희고 탐스럽던 가희는 풀기 없는 옷처럼 푸석하고 야위어 보였다. 본래 강항이 후실을 들인 것은 손을 보려는 그 댁 어른들의 의사가 컸기 때문이었다. 그런데 아들이라도 낳았으면 좋으련만 딸을 낳았고, 시앗을 보면 없던 애도 선다더니 본실이 도리어 아들을 낳고 보니 마음고생이 더욱 자심한 듯했다. 한때 거북손이가 집안 노비임을 탄식한 적이 있는데 제 선택도 아닌 지체 때문에 야위어가는 처지를 언제부턴가 이유는 아프게 직시했다. 그 새롭게 보이는 것들 때문에 사는 일이 힘겨웠다.

"모란을 그렸습니다. 오라버니께서 보시고 화제(畫題)를 적어주시면 어떨지요."

애생이를 내보낸 가희가 말아 들고 온 화선지를 풀었다. 그림은 두 폭인데 가지 하나에 잎사귀 몇을 붙이고 꽃잎은 크게 벙글어져 위편을 차지하고 있었다. 잎사귀도 그렇고 꽃잎도 세세히 그릴 염 없이 큼직하게 썰어놓은 음식처럼 푸짐했는데 오직 농담과 번짐만으로 자아내니 한달음의 솜씨라도 빈구석이 없었다. 한 폭은 황토를 섞은 듯 꽃잎이 담황빛이요, 다른 폭은 창포꽃물을 들였는지 푸른빛이 돌았다. 하나는 저물녘의 모습이요, 다른 하나는 한밤중의 모습이지만 고졸하고 처연한 맛이 어느 한쪽 기운 데가 없었다. 화선지를 펼친 뒤로 적막하고 쓸쓸하던 방에 훈훈한 빛이 퍼지면서 단박에 꽃향이 번졌다.

"화제나 서명도 없고 낙관 없이도 이리 빽빽하구나."

시지를 내민 아이처럼 조심스럽던 가희의 얼굴에 안도하는 기색이 비쳤다.

"화제를 내려주시겠어요?"

"사랑에 걸고 벗하면 좋겠구나."

가희가 가만히 웃었다.

"가져가셔요."

그녀는 처음 가져올 때처럼 서화를 둘둘 말아 건넸다. 그림을 받아 밖에 나서면서 이유는 고마움을 전했다.

"처지를 설워 말아라. 넌 복을 받았구나."

가희가 애생이를 불러 손잡고 허리를 숙였다. 거북손이와 다시 길을 나서자 바다가 멀지 않아 노상의 바람끝이 뼈를 썰듯 아프게 파고들었다. 이유는 휘항을 쓰고 거북손이도 귀마개를 했지만 얼굴을 싸맬 수 없어 열병을 앓듯이 둘 다 콧등이 빨갰다. 코와 입에서 뿜어진 입김으로 콧수염에 성에가 끼고 숨을 들이켤 때마다 콧물이 얼어 코가 끈적거렸다. 두 사람은 몇 남지 않은 무장 읍내의 주막을 찾아 국밥으로 몸을 녹였다. 이유는 전란을 의식해 술을 입에 대지 않았지만 이때만큼은 화주를 시켜 속을 데우고 거북손이에게도 권했다.

흥덕 남당촌에 있는 채홍국의 집에 손님이 와 있다고 해서 둘은 우선 객방으로 안내되었다. 이유와 마찬가지로 채홍국 역시 사환(仕宦) 경력이 없는 향촌 선비였다. 윗대에서 부사직이며 부사정을 역임한 점으로 볼 때 집안 내력은 아무래도 무반 쪽인 듯했다. 그러나 채홍국은 무예뿐 아니라 시서에도 능해 인근 선비들과 활발히 교류했다. 임진년에 거병한 고경명 김천일과는 형제처럼 지냈으며 십 년 연하인 이유와도 지우로 지낼 정도였다. 금산 전투에서 의병 총수 고경명이 전사하자 고향에 돌아온 그는 열읍에 격문을 띄우며 동분서주했다. 평강채씨(平康蔡氏) 인척들을 모아 의병대를 조직하고 당시에는 관찰사였던 권율의 성원에 힘입어 영남지역 의군에 의곡을 지원하는 한편 진주를 향해 군사를 출동시키기도 했다. 그러나 훈련 상태가 여의치 않아 진주까지는 못 가고 순천에 출몰한 왜군을 추격해 석보창(石堡倉)에서 싸웠다. 그러다 이여송이 벽제관 전투에서 참패하자 사기가 꺾여 병파환진(兵罷還陣)한 터였다. 하지만 전운이 고조되는 만큼 분명 모종의 준비를 하리란 기대에 이유는 채홍국의 견해를 듣고 싶었던 것이다.

"어서 오시오."

채홍국의 사랑에는 승복 차림의 늙수그레한 스님이 함께 있었다. 채홍국은 무인 집안의 사람이니만큼 육 척 거구에 눈이 부리부리하고 얼굴은 흰 수염에 싸여 풍성했다.

"그간 강녕하셨는지요."

"내야 짱짱합니다. 여기 인사 나누시지요."

채홍국의 말에 스님이 몸을 돌리며 인사를 텄다.

"고부 만일사(萬日寺)의 각심(覺心)이올시다."

"부안 도화동의 이유입니다."

서로 예를 갖추고 나자 채홍국이 설명했다.

"여기 각심 스님은 지난 임진년 거병 당시에 힘을 보태셨습니다. 그래 염치 불고하고 이번에도 도움을 청하는 중입니다."

"훌륭하십니다."

이유가 치하하자 각심이 우스갯소리를 했다.

"중들이 경이나 읽고 있댔자 별수 있습니까? 백성이 힘을 보태라면 보태야지요."

말을 다 듣고 나서 이유는 채홍국에게 물었다.

"다시 거병하실 요량이십니까?"

"강화협상은 틀어졌다 하고 풍신수길이는 재침한다고 소리친다는데 준비해야지요. 전라도로 들어온다 합니다."

"허면 군병은 어찌 모을 생각이신지요."

"그 때문에 스님까지 방문해주시지 않았습니까. 가까운 일족에게 동의를 구하고 뜻있는 인사들을 설득해야지요. 격문을 작성해두었는데 검토해주시겠소? 나로선 영광이겠습니다."

"선학께서 작성하신 격문에 어찌 토를 달겠습니까. 행적을 따르고 우러를 따름입니다."

"허허, 겸손이 과하시구려."

그러면서 채홍국은 파안대소했다. 그러나 그런 파안대소가 이유는 내심 불안했다. 딱 꼬집어 말하기 어렵지만 나라가 환난에 처하자 통상의 방편대로 거병하려는 일 같아서 조금 서운해진다고나 할까. 그에게 거병은 그저 당위이거나 습관일 뿐인 듯했다. 물론 그 또한 아무나 하는 일은 아니며 이유로서는 꿈도 못 꾸던 일이었다.

"제가 할 일이 있겠습니까?"

이유는 조심스럽게 물었다. 어쩐지 채홍국뿐만 아니라 각심이라는 스님으로부터도 그는 어서 벗어나고 싶었다.
"그리 말해주니 천군만마를 얻은 듯합니다. 일은 태산같이 많으니 차차로 궁리해 보십시나."
당장 군량을 보내달라거나 의소에 참여해 달라는 의견이 아니어서 괜히 마음이 놓였다. 그러나 다시 전쟁이 일어나면 이유 또한 관조나 하지는 않을 작정이었다.
"만일…… 만일에 말이다."
채홍국의 집에서 나와 줄포로 향하면서 이유는 묵묵히 따르는 거북손이에게 말을 건넸다.
"만일에 전쟁이 나서 내가 나서면 그때는 어찌하려느냐?"
"그야 어쩔 수 없지요."
싸움판에 다시는 끼고 싶지 않다던 거북손이였으나 이유는 피할 수 없으니 참여하겠다는 대답으로 그 말을 들었다. 그곳 남당촌에서 줄포 김진사의 집까지는 십 리 남짓에 불과하지만 민둥산 하나 없는 들판이라 몸으로 바람을 당해야 했다. 내린 눈이 녹지 않아 하얗게 덮인 벌판에 웃자란 벼 그루터기가 듬성듬성 솟아 있었다. 야산이나 언덕에 등을 대고 눈 녹은 남쪽 사면만 파먹은 것처럼 거뭇한 초가지붕들이 보였다. 바다에서 불어오는 바람은 찐득한 습기를 머금었고 들판을 건너오면서 더욱 사나워져 사람을 패대기칠 기세였다. 그를 막으려는 심사인지 거북손이는 한사코 길 바깥쪽으로 걸었다. 인척이 있는 영광에 다녀올 때면 대체로 아들들과 동행하지만 다른 때는 거북손이와 함께 나선 적도 많았다. 혈육이라도 아들들과 동행할 때는 차려야 할 일이 많지만 거북손이와는 거추장스러운 긴장이 생기지 않아 좋았다. 녀석이 왼편에서 먼저 바람을 감당하려고 할 때 이유는 문득 그에게도 이제는 혈육이 생겼음을 떠올렸다. 시초를 전하라고 했을 뿐이지만 곰티와 전주에서 그는 죽을 고비를 맞아가며 싸웠다고 했다. 그 후로 깊은 바닥에 끌려갔다 온 사람처럼 저도 모르는 곳을 배회하는 기색이었다. 다시는 그런 싸움판에 끼어들고 싶지 않다고 했다. 그러나 처자가 생긴 이상 이제는 남의 싸움이 아니었다. 전쟁은 마뜩잖지만 시작되면 나서겠다고 한 말은 이유가 나서기 때문이 아니라 본인의 일이 되었음을 깨달았다는 뜻일 거였다. 본인의 일이 되었기 때문에 이제는 이웃의 일이기도 했다.

줄포 김진도의 집에 돌아와 다시 하루를 묵고 이튿날 동래 사내와 미사나리를 인솔해 그들은 부안으로 넘어왔다. 집으로 바로 들지 않고 관아에 들어가 사월에 부임한 현감 조원상(趙元祥)을 만났다. 조원상은 항왜의 일을 자의로 처리할 수 없으니 소를 올려 하명을 받겠다고 했다. 조정의 명이 있기까지 집에 데리고 있게 해달라는 청에 수염을 꼬며 생각하던 현감은 여차한 일이 생기면 책임지라는 말을 반복한 끝에 승낙했다. 전쟁이 터지자 운량을 모아 의주까지 다녀온 사실을 알고 있었고, 전주에서 세자와 친견했다는 소문도 있어 그로서도 마냥 이유의 청 거절하기는 어려웠다. 집에 돌아온 이유는 거북손이에게 빈방이 있거든 두 사내를 머물게 하라고 일렀다.

그해 겨울이 지니고 정유년이 되자 왜군 선봉장 가토 기요마사가 군사를 끌고 서생포(西生浦)에 상륙했다. 그에 앞서 그와 사이가 좋지 않은 고니시 유키나가는 경상우병사 김응서(金應瑞) 앞으로 서신을 보내 기요마사가 출정하니 조선 수군을 거제도로 옮겨 저지하라고 전했다. 김응서는 즉각 일을 알렸고 조정에서는 수군통제사 이순신에게 출전을 명했다. 그러나 적들의 반간계(反間計)를 우려해 이순신이 출전을 꺼리는 사이 기요마사는 사백 척의 배를 끌고 서생포에 들어왔다. 그러자 유키나가는 재차 서찰을 보내 기요마사의 상륙을 알리면서 조선의 대응을 질책했다. 김응서의 장계가 다시 한성으로 올라가고 도체찰사 이원익(李元翼)도 왜군이 재침했다는 장계를 올렸다. 최전선에서 적과 대치하는 조선 장수들의 입장에서는 왜장들 간의 이런 삐걱거림이 틀림없는 반간계로 보였다. 그러나 전선에서 떨어진 자들의 명분 속에 반간계 같은 전장의 실무는 들어설 자리가 없었다. 전선에서 떨어져 있는 도원수 권율도 이순신에게 출정을 명했고, 원균(元均)은 자신이 통제사였다면 기요마사를 잡고 왜군의 재침을 막았을 거라고 보고서에 썼다. 용장으로 알려진 원균으로서는 할 수도 있는 말이지만 시국이 시국인 만큼 그의 의견은 전장에서 떨어져 머리에서만 승리를 구가하던 조정 인사들의 뇌리에 의구스러움을 싹트게 할 여지도 있었다. 왜장 기요마사의 도해를 알린 유키나가의 속셈이 반간계든 아니든 통제사 이순신의 운명은 풍랑 속의 조각배처럼 흔들리고 있었다.

가토 기요마사가 서생포에 상륙하자 조선 측에서는 사명당(四溟堂)과 황혁(黃赫)을 내세워 회담에 임했다. 그러나 왜국이 이미 재침을 결정한 만큼 회담은 무의미했다. 왕자를 인질로 보내고 조선의 남부를 할지로 내놓으라는 왜국의 요구를 조선은 받아들일 수 없었다. 삼월부터 시작된 회담이 결렬되자 사명당은 적이 본격적으로 건너오기 전에 차라리 군사를 동원해 남해안의 왜군을 토멸하자고 장계에 적었다. 그러나 출전을 미루었다고 통제사를 물어뜯기 바쁜 조야(朝野)의 상하는 원균을 통제사로 임명하고 이순신을 한성에 압송하는 것으로 장계에 답했다.

그해 삼월에 일단의 왜군이 흥덕에 나타났다. 그때는 왜군이 서생포에 상륙하는 중이었기 때문에 서해안에 나타난 왜군이 하늘에서 뚝 떨어진 거라고 사람들은 입을 모았다. 그러나 적은 어쨌든 나타났고 미리 대비하고 있던 흥덕의 채홍국은 부랴부랴 군사를 끌고 출진했다. 그들 의병은 영암 및 해남의 의병과 합세해 배풍령(培風嶺)에 진을 치고 첫 싸움에서 왜군을 물리쳤다. 사월에는 다시 장등원(長嶝原)을 공격했는데 이때부터 열흘 가까이 전투가 지속되어 채홍국을 위시해 많은 의병이 전사했다. 그 직후 왜군은 종적을 감추었고 하룻밤 꿈을 꾼 것처럼 사람들은 이 일을 모두 의아하게 여겼다. 사람들의 충격 못지않게 이유 또한 채홍국의 죽음을 실감하기 어려웠다. 임진년에 흠모하던 선비 김천일과 고경명이 전사한 뒤로 내심 의지해왔는데 예상치 못한 적을 만나 서둘러 떠나버렸던 것이다. 그렇지만 황망하고 경황이 없기보다 떨어져서 관조할 때처럼 이유는 얼음처럼 차가웠다. 그러는 사이에도 왜군은 속속 바다를 건너 도착했고, 들리기를 이순신은 옥에 갇혀 본인도 모르는 일을 추궁받는다고 했다.

호치
胡崎

여름이 와도 해가 끄무레하고 절기도 힘을 못 써 세상이 선득했다. 사람들은 또다시 냉해를 입겠다고 탄식하는데 그보다 걱정스러운 소식이 날마다 들려왔다. 원균이 적진으로 진격하지 않자 권율이 곤장을 쳤다는 소문에 이어 조선 수군이 칠천량(漆川梁)에서 판옥선과 거북선을 모두 잃고 대패했다는 소식이 전해졌다. 얼마 후에는 진주성이 함락됐다는 말까지 들려와 사람들은 피난 짐을 꾸리느라 정신이 없었다. 하지만 이유는 그때부터 홍의를 대동하고 줄포의 김진사 댁이며 영광의 이곤을 부지런히 찾아다녔다. 어떤 날은 거북손이를 데리고 개암사를 찾아 월곡의 제자들과 긴밀히 쑥덕거리기도 했다. 도화장에서 수학한 선비들과도 왕래가 잦았는데 출타하고 돌아올 때마다 집안으로 쌀가마와 시초더미가 운반되었다.

 칠천량에서 조선 수군을 대파한 왜군은 뭍과 바다를 에워싸고 물밀듯 밀려들었다. 이때 왜군은 우키다 히데이에(宇喜多秀家)를 좌군 대장으로 삼고 하동으로 들어와서 구례를 거쳐 남원으로 진군했다. 남원은 경상도에서 전라도로 넘어오는 호남의 요충지로 명군 중군의 이신방(李新芳)과 양원(陽元)을 중심으로 군사 삼천이 주둔해 있었다. 여기에 조선 관군과 의병과 지역 주민이 가담해 팔월 중순이 되자 왜군과 나흘 밤낮을 싸웠다. 그러나 왜군 오만 병력과 화력을 당하지 못해 끝내 성을 내주고 말았으니 성내의 모든 이들이 몰사하고 명군 총대장 양원은 병졸 십여 명과 간신히 탈출했다.

남원을 떨어트린 왜군은 그곳에 이틀간 머물면서 부민을 살상하고 코를 벴다. 그런 뒤 북상했는데 전주 방어를 책임진 부윤 박경신(朴慶新)은 남원 함성(陷城) 소식을 듣더니 명군 유격장 진우충(陳愚衷)에게 성을 버리고 떠나자고 간청했다. 그러나 자국을 지켜야 할 관리가 도망갈 궁리에 바쁜 터에 진우충은 호기당당하게 그의 청을 거절했다. 그 소식을 들은 전주 읍민들은 진우충을 편들기보다 도리어 성문을 지키던 명나라 파수병을 죽이고 성을 탈출했다. 호기롭던 진우충도 저하된 병사의 사기를 감당 못 해 결국 성을 비우고 떠나게 되니 임진년에 그 많은 사람이 피로써 지켜낸 전주성은 싸움 한 번 못해보고 허물어졌다.

남원과 전주를 무너뜨린 왜군의 다음 목표는 한양이었다. 그러나 남원성 전투에서 장표(蔣表)와 모승선(毛承先)을 비롯해 명나라 군사 삼천이 몰사하자 명국은 요동으로 물린 군사를 급파하고 평양에 머물던 군사를 남으로 출동시켰다. 그들 명나라 군사와 조선군은 경기도의 관문인 직산(稷山)에서 왜군을 맞아 싸웠다. 이 전투에서 조명연합군의 기세에 예봉인 꺾인 왜군은 서둘러 경상도 방면으로 후퇴했다. 그러나 경상도로 후퇴한 그들 왜군 우군보다도 호남의 입장에서는 왜군 좌군이 더 큰 두통거리였다. 그들은 전주를 출발해 익산과 부여까지 진군했지만 충청병사 이시언(李時彦)에게 저지당하자 익산을 거쳐 금구까지 밀려 내려온 상태였다. 금구가 어디인가. 부안과 머리를 맞댄 인접 고을이 아닌가.

"너도 글을 익혔으니 읽을 수 있겠구나."

날이면 날마다 마을 앞으로 피난 행렬이 이어지던 어느 날 이유는 거북손이를 사랑에 불렀다. 뜻밖에도 이유의 곁에는 부인 김씨가 함께 있었다. 꿇고 앉은 거북손이 앞에 놓인 피봉을 이유가 가리켰다.

"꺼내 보아라."

거북손이가 피봉 안에서 꺼낸 종이에는 '弘杰'이라고 적혀 있었다. 그는 그것이 무엇을 의미하는지 알고서 허리를 숙였다.

"어찌 이 같은……."

"그것을 이름으로 쓰겠느냐?"

"과분한 이름입니다."

전에 냉이와 따로 나가 살라고 할 때만 해도 무덤덤한 얼굴로 남겠다던 거북손이가 이때만큼은 목소리를 떨었다.

"이것은 우리 내외가 상의해서 내린 결정이다. 네가 상관없다면 그 이름을 쓰도록 해라."

"이름을 잘 간직하겠습니다."

거북손이가 피봉을 들고 행랑채의 살림방으로 들어가자 냉이가 손에 든 것이 무어냐고 물었다. 종이를 꺼내 보여주자 문자를 모르는 냉이는 무엇이냐고 재차 물었다. 주인께서 이름을 내려주셨다며 '훙걸'이라고 발음해 보이자 냉이의 눈이 금방 물기로 축축해졌다. 평민이지만 노비와 혼인했으므로 자식을 낳으면 아이 또한 종살이 팔자였다. 그런데 아들 이름을 이유가 '훤'으로 내려준 까닭을 비로소 냉이는 깨달았던 것이다.

"어쩌면 우리 훤이가…… 종놈으로 살지 않아도 될지 모르겠네."

거북손이는 피봉을 그녀에게 맡기고 집 뒤편 도화장을 청소했다. 전란이 터지기 전만 해도 이유는 도화장에 젊은 선비를 모아 경을 강하고 즐겨 학문을 논했다. 많을 때는 몇십 명이 강을 경청할 정도로 인근에서는 이름난 명소였다. 이유의 강을 듣고 경을 논하던 젊은 선비 중에서 소과(小科) 급제자만 십여 명이 나올 정도로 도화장은 학문의 요람으로 이름이 높았다. 그러나 전란이 터진 후 더는 선비들이 드나들지 않더니 요즘에는 각처에서 보내온 병장기며 지혈할 때 쓸 약재 등이 층을 이뤄 쌓여 있었다. 강당에 곰팡이가 피지 않았는지 찬찬히 살피면서 청소를 끝낸 거북손이는 도화동 뒤편 야산에 올라 핫토리 마사나리에게 다 익히지 못한 왜검을 배웠다. 이유는 줄포 김진사의 집에서 마사나리를 데려와 현감에게 항왜의 존재를 밝히고 처결해달라 부탁했지만 관아에서는 소식이 없었다. 현감이 깜박 잊고서 장계를 올리지 못했는지 아니면 조정에서 미처 처결을 못 하는지 까닭을 알 수 없었다. 덕분에 마사나리는 집에 머물며 거북손이에게 검을 일러주기도 하고 조선말을 익히기도 하면서 집안일까지 거들었다. 대체로 항왜는 왜군과의 전투에 앞세워지거나 북방으로 옮겨 야인들을 상대하는데 그를 아는지 모르는지 마사나리는 거북손이와 형제처럼 지냈다.

　냉해를 입었을망정 사람들은 언제 왜군이 나타날지 몰라 추수를 서둘렀다. 산으로 대피했던 사람들도 이때는 잠깐씩 내려와 탈곡한 벼를 은장한 뒤 다시 산으로 들어갔다. 소작인들도 서둘러 추수를 마쳤는데 냉해 피해에 전란까지 겹쳐 생활고에 시달리므로 이유는 소작료를 절반만 받았다. 추수가 거의 끝나 마을 앞 들판이 때 이르게 썰렁해질 무렵 수범이가 무장을 하고서 도화동에 나타났다. 그는 아버지 김진사의 말을 전했는데 김제며 금구 등지의 왜장들이 정읍에 모여 긴급 비밀회동을 했다는 내용이었다. 이야기의 세세한 전말까지는 알 수 없더라도 저들이 움직일 전조가 분명한즉 알고서 처신하라는 당부를 그는 수범이 편에 전했다.

　"아버님께선 스승님께서 하시는 일을 남아서 도우라고 하셨습니다."

　김진도는 이유가 하려는 일을 훤히 뚫어보고 있었다. 이유는 아들 홍순이를 불러 수범이에게 기거할 방을 내주도록 하고 그날로 작성해둔 격문을 각 고을에 반포했다. 이미 밖으로 돌며 뜻있는 사람들과 말을 맞추었던 터라 격문에 호응해 당일로 사람들이 도화동을 찾아왔다. 줄포의 김진도가 장사들과 양곡을 보내왔으며 영광의 이곤 역시 무기와 장사를 보내 지원했다. 나주 함평 등지의 이선 이진 형제도 시초와 양곡을 보내오고, 채홍국의 의병에 합류했다가 퇴산한 자들 중에서도 소식을 듣고 찾아온 이들이 많았다. 수범이와 홍의와 거북손이의 안내에 따라 장사들은 사람들이 떠나버려 비어 있는 집을 숙소로 삼거나 빈터에 천막을 치고 진퇴를 훈련했다.

"이것은 집 뒤에 있는 밭 몇 뙈기와 논 몇 마지기다."

미진한 대로 무언가 일이 진행되는 와중에 이유는 아들 홍순과 홍의를 불렀다. 그는 토지문서를 두 아들 앞으로 밀었다. 그것이 무엇을 뜻하는지 몰라 어리둥절해진 두 아들에게 그가 일렀다.

"앞으로 이것은 홍걸이의 것이다. 혹 내게 무슨 일이 생기거든……."

"어찌 그런 말씀을 하십니까?"

이야기를 듣던 홍순이가 목소리를 떨었고 눈에 눈물이 그렁해졌다.

"너희의 성정을 알지만 내 말을 따르겠다는 약조를 받아야겠다. 내 뜻대로 하겠느냐?"

이유는 차가운 얼굴을 하고서 두 아들을 쳐다보았다.

"따르겠습니다."

홍의는 이유의 뜻이 강고함을 알고서 선선히 수긍했고 홍순이도 거역할 수 없었다.

"아버님 말씀을 따를 것이나 안위에 관한 말씀만은 하지 마소서."

"그 말은 유념하도록 하마. 다시 말하지만 이 일은 너희 어미하고도 약조했으니 어기면 하늘에서 벌을 내릴 것이다. 내 이미 그 아이에게 홍걸이란 이름을 내렸다. 너희에게도 거북손이는 형제나 다름없지 않으냐? 나와 너희 어머니의 뜻을 따라주었으면 한다."

두 아들의 입장에서는 급작스러운 통보였지만 오래 전부터 염두에 두었던 듯 이유는 일사천리로 일을 진행했다. 아버지의 의지를 확인한 홍순이와 홍의는 유지를 따르기로 맹세했다.

"됐다. 거북손이를 들여보내라."

두 아들에게 재차 확약을 받고 나서야 이유는 그들을 놓아주었다. 그들이 나가고 반 식경이나 되어 영문을 모르는 거북손이가 사랑에 나타났다. 아직 어둠은 내리지 않았건만 그가 보는 앞에서 황촉에 불을 밝혔다. 다시금 칼을 들어야 한다는 상심 때문인지 근래에 거북손이는 낯빛이 어두웠다. 근심에 싸인 듯했고 뭔가 결심한 사람처럼 굳어 보이기도 했다. 무릎을 꿇고 앉은 그에게 이유가 피봉을 내밀었다.

"그 안에 있는 것을 꺼내라."

지난번 피봉에는 이름이 있었는데 다시 무언가를 꺼내라 하니 거북손이는 어리둥절해져 종이를 꺼냈다.

"노비문서다. 네 손으로 태워라."

"나리……."

거북손이가 문서를 든 채 손을 떨었다.

"어서 태워라."

거북손이의 눈에 물기가 비치더니 한줄기가 미끄러져 바닥에 떨어졌다. 갑자기 벽력 치는 소리가 들렸다.

"어서 태우지 못하겠느냐!"

거북손이는 손등으로 눈을 훔치고서 문서를 집었다. 어서 하라는 듯 이유는 눈을 부릅떴다. 거북손이가 문서의 끝을 촛불에 대자 붉고 푸른 불꽃이 화라락 피었다가 금세 남은 종이가 검게 변했다. 참으로 허망하고 시시한 일이 아닌가. 이유는 거북손이의 손에 남은 재를 비우도록 미리 마련한 타구를 밀었다.

"이것은 나와 안방마님의 뜻이다. 그해에 전주를 떠나던 날 세자 저하께서 따로 서간을 보내오셨다. 특별히 너에 관한 윤음이 계셨음을 알았으면 한다. 너희의 삶은 어쨌거나 그이와 더불어 이루어지겠지. 이제 나는……."

하고서 그는 묘한 표정이 되어 말을 이었다.

"…… 더는 이불을 적시지 않는다. 그를 너는 알 테지?"

마지막 말을 할 때 목소리는 다정하고 자애로웠다.

"나가보거라."

타구를 들고 밖에 나선 거북손이는 행랑아범의 아들 녀석과 마사나리의 뒤를 따라 행랑채 뒤편으로 돌아가는 훤이를 보았다. 행랑아범 아들 녀석은 대나무 끝에 송곳을 박은 대창을 들었고 마사나리의 손에는 버드나무 가지에 꿰인 개구리 두름이 들려 있었다. 마사나리는 조선말을 익히는데 행랑아범의 아들과 훤이의 도움이 크다고 했다. 그는 엄격한 층위에 갇혀 움쭉달싹 못하던 왜국보다 조선에서의 삶이 조금 헐겁다고 속삭였다. 왜국에서도 대창을 들고 개구리를 잡을까. 거북손이는 조선에서의 어리둥절함을 군소리 없이 버티는 그에게 자주 눈길을 보냈다. 상대를 베기보다 어떤 경지를 꿈꾸는 절박함이 그에게는 있는 듯했다. 살상의 현장에서 환멸에 시달리던 거북손이가 검을 버리지 못하는 연유도 실은 거기 있었다. 처음 몽둥이를 들고 겨룰 때 온몸을 덮쳐오던 패배의 공포, 쉽사리 넘볼 수 없는 무게와 마주했을 때의 경탄, 자신을 대하던 상대의 겸허한 태도를 결코 잊을 수 없었다. 첫 합을 겨루기도 전에 마사나리는 노비도 아니요, 천것도 아닌 마치 스승을 대하듯 공손과 공경을 드러냈다. 자만도 없고 뽐냄도 없는 그 무심함에 절벽을 만난 듯 답답했고 갇힌 듯 무서웠다. 거북손이는 마사나리가 혈육처럼 생각되었고 마사나리는 훤이를 아들처럼 아꼈다. 꼬마둥이 둘과 논둑에 나가 대창으로 개구리를 잡은 모양인데 뒤꼍 마당의 간이 화덕에 그것을 끓여 닭을 먹일 생각인 듯했다. 삶은 뒷다리는 주전부리를 할 모양이고.

이유가 제자를 동원하고 의병을 모았다 해도 몇만의 적을 감당하기엔 역부족이었다. 이유는 개암사의 승병을 인계받아 호치 인근에 배치하고 변산 우금산성(禹金山城)에 올라 피난민을 상대로 참여를 독려했다. 백제 때 쌓은 우금산성은 반쯤 허물어졌지만 방비만 잘하면 적을 당할만한 요처여서 피난민이 대거 모여 있었다. 왜군은 가도를 중심으로 진퇴하면서 식량을 약탈하고 수상한 자를 적발할지언정 산간에는 진을 두지는 않으므로 전투가 임박하면 사람들은 산으로 튀었다. 변산은 숲이 깊고 사방으로 길이 나서 한번 숨어들면 찾기 어려웠다. 우금산성과 월명암 부근 계곡과 내소사(來蘇寺)에 이르는 골짜기에는 피난민의 천막과 흙집이 헬 수 없이 많았다. 우금산성에서 의병을 모으는 데 성공한 이유는 골짜기마다 사람을 파견해 지원자를 모았다. 그 밖에도 밥을 지어내고 부상자를 치료해야 하므로 아낙네의 손길이 필요했는데 그 일을 하겠다고 나선 사람이 부인 부안김씨였다.

"젊은 사람도 감당하기 어려운 일을 어찌 수행한단 말이오?"

이유는 내심 불안했다. 식솔들 가운데 남정네는 남기고 노약자는 장남 홍순에게 맡겨 우금산성으로 피신시킬 작정이었다. 그런데 김씨가 일을 자청했다.

"당신이 나서지 않으면 누가 의군에 들겠습니까. 내가 나서지 않는데 누가 밥을 지으며 부상병을 치료하겠습니까?"

"정말 감당할 수 있겠소?"

다른 사람에게는 찾아다니며 목숨을 걸자고 설득했지만 김씨가 그렇게 나오자 가슴이 서늘해졌다.
"이것이 어찌 감당하고 못 하고의 일이겠습니까. 저는 영감 곁에 있겠습니다."
의주에 운량을 전달한 후로 어지럼증에 시달리는 이유를 가까이서 지켜본 김씨였다. 집안 사람들이 임진년에 한 일이 있는데 여항의 다른 사람들처럼 짐을 싸 피신한들 누가 손가락질하랴. 왜군이 산중에 올라 피난민을 살상하지 않는 한 목숨은 보전될 것이며 전란도 언젠가는 끝날 것이다. 그러나 목숨을 보전한다고 해도 어지러움이 가시지 않는다면 휘청대는 삶이 무에 대수일까. 김씨는 남편 이유와 남은 과정을 함께할 작정이며 그 일이 죽음으로 귀결돼도 상관없다고 다짐했다. 죽음이 하나의 행위가 되어 남은 여백을 메워준다면 남편은 기꺼이 그 일을 받아들일 것 같았다.
김씨로 하여금 이유는 호치 아래 남포리(南浦里)에 솥단지를 걸게 했다. 그간 조달한 식량을 그곳과 인근에 분산시킨 후 부안 읍성에서 남으로 내려오는 대로에 젊은이들을 배치했다. 그런 다음 그 아래 청등마을에도 전초 삼아 주민 일부를 주둔케 했다. 이어 주력을 호치 좌우에 나누어 석축과 토성을 쌓고 목책을 세우게 했다. 왜군은 남으로 움직이되 일부는 부안을 거쳐 고창과 장성으로 내려갈 것인즉 호치를 통과하게 되어 있었다. 어디선가 소식을 듣고 찾아오는 사람들은 수범이와 거북손이에게 맡겨 궁술과 검술을 익히게 했다.

호치에 뜻밖의 지원군이 도착했다. 김홍원(金弘遠)이 이끄는 일군의 장사들인데 이유는 뛰듯이 내려가 그들을 맞았다. 김홍원은 나이 열여덟에 소과에 입격한 이래로 왜란이 일어나기 전 해에는 문과 초시마저 급제한 인물이었다. 도화장에도 부지런히 드나드는 처지였으며 임진년에는 이유처럼 용만(龍彎)에 의곡을 보낸 일로도 잘 알려져 있었다. 그는 왜군이 재침하자 의병을 조직해 활동하다가 다시 통제사로 재임해 울둘목 전투 이후 고군산(古群山)에서 쉬는 이순신을 찾아갔다. 통신사로 왜국에 다녀온 신임 전라감사 황신과 함께였다. 본래 김홍원은 이순신의 막하에서 싸울 계획이었으나 황신이 명을 내리므로 급히 부안에 내려온 것이었다. 김홍원과 개암사 스님들이 호치 좌측을 맡고 새롭게 꾸려진 의병이 우익을 담당했다.

추위가 시작되는지 간밤에 싸락눈이 뿌리더니 산자락에 서리가 덮였다. 남포리에서 올라온 주먹밥을 먹은 후 평소대로 병사들은 부실한 목책을 보수하고 활쏘기와 검술을 단련했다. 점심 후에도 같은 일정을 이어가는데 전초를 세워둔 청등마을 쪽에서 전갈이 왔다. 부안 읍성에 입성한 왜군이 잠시 지체하더니 남하하기 시작했다는 것이었다. 사수들에게 활과 전통을 준비하라고 명한 얼마 후에 과연 청등벌 쪽에서 불질하는 소리가 들리고 곧 젊은이들이 뛰어왔다.

"왜군이 옵니다!"

그들의 고함에 호치 양옆이 술렁거렸다.

"적세는 어떠한가? 몇이나 되는지 파악했는가?"

김홍원이 밑에서 올라온 군사에게 물었다.

"몇인지 헬 수 없으나 기세가 사나웠습니다. 조총을 가졌습니다."

그러는 사이에도 술렁임이 멎지 않자 김홍원이 쩌렁하게 외쳤다.

"걱정할 것 없소. 어차피 전초일 게니 충분히 감당할 수 있습니다. 세가 불리하면 군호를 내릴 것이며 그를 따르면 됩니다."

밑에서 올라온 군사를 우익에 배치한 후 정상에 모였던 사람들이 맡은 자리로 돌아갔다. 호치는 그다지 가파르지 않은 완만한 고개로 정상에는 널찍한 평지가 있고 고개를 통과하는 길 양편은 잡초가 무성했다. 거기에 몇 겹 목책을 둘러쳐 의병이 유진한 산자락에 기마병은 쉽사리 접근할 수 없었다. 의군은 그 산자락 중턱에 토담이며 돌무더기를 쌓고 몸을 은신한 채 숨을 죽였다. 시간이 지나자 과연 말에 오른 몇몇 왜장과 깃발을 든 군사가 호치 정상에 나타났다. 그 뒤로 조총을 든 군사가 따르고 장창을 든 살수의 대오가 이어졌다. 왜군 선봉이 호치 정상을 통과할 무렵 김홍원의 장사들이 매복한 좌측에서 효시(嚆矢)가 하늘로 솟았다. 그를 신호로 좌우에서 일시에 화살이 날아가자 왜군 선봉에 균열이 생겼다. 그를 놓치지 않고 등성이 양편에서 두 번째 파가 호를 그렸다. 요란한 꽹매기 소리와 고각 소리가 허공을 찢듯 울기 시작했다. 기세를 탄 호치 양편에서 구령에 맞춰 세 번째 파를 날려 보낸 후 적진에서도 살이 날아왔다. 그러나 왜군의 실은 국궁보다 시거리가 짧아 목책을 넘어오는 경우는 드물었다. 의병 진영에서 다시 화살이 날아갔고 그때쯤 적진에서 콩 볶는 소리가 터지며 화약 연기가 피었다. 등성이 중턱에 쌓아둔 토담이 풀썩이면서 두어 사람이 어이쿠 소리를 내더니 무너졌다. 약속한 대로 이유의 부대 쪽에서 수범이를 중심으로 활쏘기 솜씨를 뽐내던 일대가 산자락을 끼고 왜군 방향으로 나아갔다. 김홍원 쪽에서도 실력 있는 궁수들이 전방으로 이동하는데 꽹매기가 자진모리로 바뀐 것이 군호였다. 적진에서 총탄이 날아와 풀썩인 다음 다시 이편의 화살이 날아갔다. 이편과 저편이 두어 차례 공방을 벌인 후 마침내 적진 가까이 접근한 별동대가 상대의 머리 위에 화살을 쏟아부었다. 그들의 근접 발사에 부상자가 늘어나는 와중에도 선봉의 빈자리를 메운 적병이 기동대를 향해 살을 날렸다. 총수들의 방포가 이어지고 창검을 든 왜군 살수가 기동대를 잡겠다고 산기슭에 달라붙었다. 별동대는 곧장 뒤로 빠졌고 그들을 받치던 의병대가 살을 쏘아 왜군 살수를 저지했다. 적진 뒤쪽에서 나각 소리가 길게 끌리자 왜군은 부상자를 부축해 고개 아래로 퇴각했다.

　적들이 재 아래로 퇴각한 것을 확인한 의병은 밑으로 내려가 떨어진 화살을 수습했다. 왜군은 퇴각하면서 부상자와 전사자를 모두 거두어갔기 때문에 피해 규모는 파악되지 않았지만 아군 측에서는 두 명이 전사하고 대여섯이 총탄에 맞아 피를 흘렸다. 그들 부상자를 남포리에 내려보낸 후 병사들은 물을 마시며 휴식을 취했다. 그때 뭔가 타는 냄새가 나서 사람들이 호치 높은 곳에 올라가 보니 청등벌 방면에서 연기가 올라왔다. 왜군이 민가를 태우며 패배의 억울함을 달래는 눈치인데 김홍원은 날랜 병사를 뽑아 적이 어디까지 군사를 물리는지 확인하도록 명했다. 해가 기울고 남포리에서 주먹밥이 올라온 직후 적정을 살피러 간 척후가 돌아왔다. 그들은 왜군 선봉이 청등벌 주변 민가를 태우고 부안 읍성과 해안으로 갈리는 길목에 진을 쳤다고 했다. 호치에서 불과 시오리 떨어진 곳으로 그 뒤 왕가산 자락에는 다른 부대가 주둔하고 있으며 본진은 읍성 안에 들었다는 보고도 이어졌다. 소식을 듣고 김홍원과 이유는 중간 간부를 좌익 지휘소에 소집했다. 그곳 천막에 들어앉아 한동안 의견을 주고받은 그들은 적의 선봉을 급습하기로 결정하고 밖으로 새지 않게 보안을 유지하는 가운데 야습에 참여할 군사를 차출했다. 그들이 남포리에 휴식을 취하러 내려간 뒤 지휘부는 호치 정상에 모닥불을 피워 아군이 주둔하고 있음을 과시했다.

축시 무렵에 남포리를 출발한 군사들은 호치를 지나 청등벌 쪽으로 내려갔다. 김홍원 측 군사 오십 명과 이유의 의병 오십 명이었다. 소속이 다른 관계로 김홍원의 군사는 그쪽 부장이 지휘하고 이편에서는 수범이가 그 일을 맡았다. 수범이가 이끄는 대오는 산자락을 타고 주산을 지나 뉘엉메 옆구리를 돌았고 반대편에서는 호치 능선에서 나와 능가산 자락을 따라갔다. 뉘잉메를 내려시자 야트막한 구릉과 들이 이어져 수범이네 군사는 몸을 낮춘 채 논길을 걸었다. 여러 사람이 뭉쳐 다니는 일이지만 모두가 근처에 사는 사람들이라 풀잎 바스락대는 소리도 들리지 않았다. 주상천 둑 아래로 몸을 숙이고 걷다가 둑 위로 올라서자 적진의 불빛이 보였다. 무릎까지 빠지는 주상천을 건너 둑 아래로 해서 나무가 우거진 동산으로 올라갔다. 그곳에서 김홍원의 별동대가 소요를 일으킬 때까지 기다릴 작정이었다. 그러나 기다리던 소란은 일어나지 않고 적진 쪽에 별다른 움직임도 눈에 띄지 않아 하는 수 없이 동산을 내려와 빈들을 가로질렀다. 그때 와아 함성이 일면서 적진 가운데로 불화살이 날아갔다. 천막에 불이 붙는지 불길이 솟구치고 곧 알 수 없는 말들과 비명이 터졌다. 불화살이 날아온 쪽으로 몰려가는 불길 속의 그림자들이 보였다. 그 직후 병장기 부딪치는 소리가 나면서 비명과 고함으로 들판이 시끄러워졌다.

"가자!"

수범이의 명을 따라 군사는 들판을 가로지르고 냇물을 통과해 김홍원의 군사와 맞선 왜군 배후를 치고 들어갔다. 앞의 적을 상대하다 뒤를 찔리자 왜군은 전의를 잃고 우왕좌왕하다가 뿔뿔이 흩어졌다. 수범이는 도망치는 적을 향해 연신 살을 날렸고 거북손이도 걸리는 대로 적병을 베었다. 그들과 함께 나선 마사나리도 거북손이와 동료를 지키려고 검을 휘둘렀다. 협공을 당한 왜군은 달아난 몇을 제하고는 모조리 몰사했는데 그 수가 족히 오십은 되었다.

 날이 새자 전열을 정비한 왜군이 다시 호치를 향해 올라왔다. 새벽에 선봉이 당한 것을 되갚을 생각인지 기세가 사나웠다. 전날보다 뒤를 받치는 군사도 많았고 그새 호치에 매복한 이쪽 부대의 주둔 상황도 바로 파악했는지 밀고 오는 데 주저함이 없었다. 조총을 든 왜군 총수가 자리를 잡지 못하도록 의병 진영에서는 연신 살을 날려 저항했지만 기어코 총성이 터졌다. 총을 발사한 앞 선의 왜군 총수들이 장탄을 하는 사이에 뒷열 총수가 질서 있게 나와 다시 불을 놓았다. 계속되는 그들의 불질에 이편 사수들이 몸을 일으키지 못하게 되자 왜군 후위에서 창을 든 살수들이 튀어나왔다. 그때쯤엔 아군 측에서도 부지런히 살을 날렸으나 저편에서는 제 동료의 시신을 넘어 호치 정상의 목책을 걷어내며 속속 육박했다. 맞은편 김홍원 부대에서 칼과 창을 든 군사들이 토벽에 접근한 왜군 사이로 뛰어내리는 게 보였다. 그쪽 장사들은 훈련 상태가 양호할 뿐 아니라 크고 작은 전투를 수행한 전력이 있었지만 우익을 지키는 의병 진영은 상황이 달랐다. 그렇다고 적이 토벽을 넘어오게 둘 수는 없었다.

"나가자!"

 거북손이가 뛰어내리자 마사나리가 따르고 낫질깨나 한다던 젊은 축들이 뒤를 받쳤다. 거북손이는 앞선 자의 창대를 걷어내며 상대의 목을 그었고 뒤의 왜군을 마사나리가 베었다. 그러나 전투 경험이 많은 왜군을 근접선으로 세입하는 긴 무리였다. 의병들이야 도나캐나 질서 없이 병기를 휘두르지만 왜군은 단병접전에 능할 뿐 아니라 상황에 맞춰 진을 구성하는 솜씨도 뛰어났다. 부대를 잘게 쪼개 소규모로 진을 이뤄 달려드는 왜군에 밀려 아군진영에 시나브로 구멍이 뚫리기 시작하는데 이편의 예기가 무뎌질수록 적의 기세는 날카로워졌다. 앞 선의 의병들이 궁지에 몰리는 것을 보고 이유까지 검을 들고 나서자 토벽 뒤에 숨은 의병대가 용기를 내 뒤를 따라왔다. 그러나 군세의 차이가 너무 확연해 의병은 엉덩이를 뺀 채 언덕 위로 물러서기 바빴다. 그때 적진에서 고동 소리가 길게 끌리더니 왜군이 슬금슬금 꽁무니를 뺐다. 호치 아래 조선군 후방에 새로 증원된 군사가 있음을 파악한 왜군 지도부에서 퇴각 명령을 내린 것이었다. 그러나 후방에 달리 군사가 있을 턱이 없지 않은가. 호치 정상에서 큰 전투가 벌어진 것을 알고 남포리에 있던 김씨가 마을 사람을 긁어모아 상여 나갈 때 쓰던 만장까지 챙겨 들고 지원 나온 군사인 양 흉내를 낸 것이 전부였다.

　저녁이 되자 호치에서 퇴각한 왜군이 새벽녘에 급습을 당했던 곳까지 내려간 후 다시 부안 성중으로 돌아갔다는 연락이 왔다. 이 날은 더 공격하지 않을 것으로 짐작한 의병들은 적이 흘리고 간 조총 몇 정과 흩어진 화살을 수습하고 왜군 시신을 구덩이에 매장했다. 이어 무너진 목책을 정비하는 한편 군데군데 시초를 쌓아 이튿날에 대비했다. 부안성으로 후퇴한 왜군 진영에서 별다른 움직임을 보이지 않는다 하므로 그제는 김홍원이나 이유의 부대도 보초만 남기고 휴식을 취했다. 그래봐야 노숙이지만 이날은 특별히 탁주가 나와 한 사발씩 돌려 마시기도 하고 군데군데 불을 피워 파고드는 추위를 막았다. 이유는 산 중턱의 토벽을 돌며 아는 사람과 눈을 맞추기도 하고 인사를 건네기도 하다가 도화동 사는 젊은 사내를 발견했다.

"안댁이 만삭이란 말을 들었는데 어찌 되었던가?"

대대로 이유의 땅을 부쳐 먹는 집 아들이었다. 사내나 그의 아버지는 사람이 근실해서 매년 평년작 이상의 수확을 남겼다.

"여기 오기 전에 몸을 풀었습니다."

쑥스럽게 웃는 그를 보며 놀란 이유가 물었다.

"헌데 예까지 나왔단 말인가?"

"저희야 은혜를 입고 사는데 어찌 물러서겠습니까?"

싸움에 나서지 않으면 소작이 떨어질까 염려했다는 말일까. 그 말이 틀림없다고 생각하며 머리를 끄덕였다.

"허면 안댁은 어디 있는가?"

"내변산 가마소 쪽으로 피하라 했습니다."

"어서 전란이 끝나야 할 터인데……."

말을 남기고 숙소로 쓰는 천막에 들어왔다가 이유는 금세 다시 나와서 사내를 찾아갔다.
"사태가 어려워지거든 끝까지 남지 말고 안댁한테 달려가게나. 춘추시대의 손무(孫武)라는 사람은 사세 불리하면 도망하는 일이 상책 중의 상책이라고 말했네. 알겠는가?"
사내는 무슨 말인지 몰라 어벙한 눈으로 쳐다보았다. 이유는 그의 어깨를 가만히 눌러주고 천막에 들었다. 코앞의 적을 맞아 다들 두려움에 떨고 있지만 안으로 눌러가며 잘들 버티고 있었다. 아무 쓸모도 없어 보이는 이 전쟁을 통해 조선이 얻은 것은 사실 너무도 컸다. 백성의 발견이 그것인데 하루아침에 패산한 관군을 대신해 기울어진 전쟁을 책임진 건 오로지 향촌에서 징발된 촌민과 의병이었다. 그들은 임금도 아니고 권귀도 아닌 삶의 터전을 수호하기 위해 목숨을 놓고 싸우는 중이었다. 동에 번쩍 서에 번쩍 왜군을 격파하는 동안 밤 봇짐만 쌀 줄 알지 공론뿐인 자들을 대신해 면면촌촌이 과연 누구의 것인지 포고하며 당당하게 모습을 드러냈던 것이다. 전란이 끝날지라도 조선은 이제 눈을 크게 뜬 그들과 정통으로 직면하지 않을 수 없었다. 백성들은 땅을 갈고 자식을 기르면서도 판판이 세상사에 간여할 준비가 돼 있었다.
추위 때문에 쉬 잠을 못 이루는데 후방의 남포리에서 한 젊은이가 찾아왔다. 이유도 알만한 마을 청년으로 김씨 부인이 전했다는 작은 보자기를 들고 와 건넸다. 보자기를 풀어보니 혼인한 뒤로 머리맡에 두고 노상 사용해오던 방짜유기였다. 마을 청년이 건네고

간 방짜유기를 우두커니 내려다보던 이유는 항아리 속의 식수를 담아 머리맡에 두었다가 새벽에 일어나 달게 마셨다. 천막 밖에서는 무명에 칼날을 닦던 마사나리가 떠오르는 햇빛에 날을 비춰보고 있었다.

"춥지 않은가?"

조선의 추위를 왜인들이 무서워한다는 말을 들은 듯했다.

"춥습니다."

"그대가 태어난 곳은 예보다 따뜻한가?"

"겨울엔 따뜻해도 여름엔 덥지요."

말이 늘어 마사나리는 곧잘 의사를 표현했다.

"싸움은 힘들지 않고?"

"배를 타고 함께 건너온 사람들을 베어야 하니 힘들지요. 그런데 저도 궁금한 것이 있습니다."

"무언가?"

"산으로 피신하면 일본군은 그냥 지나갈 것입니다. 그들도 무사히 고향에 가고 싶으니까요. 헌데 어찌 길목을 막아 어려움을 자초하십니까? 여기 매복한 군사로는 노련한 일본군을 막을 수 없습니다."

이것은 이 어처구니없는 전투에 나서고도 겉껍질에 싸여 잘 보이지 않는 의병들의 속 알맹이가 과연 무엇인지를 묻는 말이었다. 이유는 얼마나 자주 이 질문을 던졌던가. 승패로만 보면 해서는 안

되는 싸움이지만 이건 저울에 올려놓은 고깃덩이와는 근수가 다른 문제였다.

"조선의 이 곤궁한 처지가 너무도 치욕스럽고 창피하네. 조선에도 사람이 있다는 것을 왜국이나 명국이나 야인들에게 말하는 사람이 있어야 하지 않겠는가? 국정을 담당하는 자들에게도 누군가 외쳐야 하지 않겠는가? 우리가 쉽지 않다는 본보기를 만방에 새겨 놓아야 하네. 나는 윤회하여 내 후손으로 태어날 것이니 내가 죽으면 다른 내가 버젓할 것이요, 지금이 욕스러우면 다음이란 없는 것이네. 사람은 살아서도 누리지만 죽어서 이름이 누리는 세월은 더 길 테지."

잠시 쉬었다가 이유는 칼집에 칼을 넣는 마사나리에게 물었다.

"지내보니 조선은 살 만하던가?"

마사나리는 쉽게 대답하지 못했다. 대답을 듣지 못하겠다 싶어질 때 그가 입을 열었다.

"쉽지 않습니다. 다만 사람들이 순박하고 병장기를 멀리 두며 사는 모습이 보기 좋습니다."

이유는 그의 눈을 바로 보았다.

"쉽지 않을 게야. 왜국이나 조선이나 나라란 결국 범과 같다네."

말해놓고 그는 자신의 냉소가 어디에서 온 것인지 고개를 갸웃했다. 국가에 대한 그런 불신은 전란 전엔 꿈도 꿀 수 없던 것들이이었지만 그보다도 그 생각의 칼끝이 어디로 향할지 그게 두려웠다. 궁극에는 허무로 이어지고 허무는 도발로 귀결되지 않겠는가. 이곳에서 살아남는다 해도 결국 그 단계를 피치 못할 터인데 뒤따라올 고초가 너무도 두렵고 오싹했다. 방구석에 틀어박혀 고서를 뒤적이다가 전란을 만나 슬금슬금 옮겨 서게 된 곳이 바로 그 불경스러운 자리였다. 이유가 마사나리의 눈을 피해 막사에 돌아오자 주먹밥이 올라왔다. 밥을 싣고 온 손수레가 내려간 직후 해안과 읍내로 빠지는 삼거리에 왜군이 나타났다는 급보가 전해졌다. 대오가 얼마나 긴지 번득이는 창검으로 눈을 뜨기 어려울 지경이라고 했다. 소식을 들은 이유는 홍의를 불러 피봉 하나를 내밀었다.

"지금 즉시 줄포 김진사에게 전하고 오너라. 매우 급박하다."

홍의는 피봉을 받아들면서도 입으로는 다른 말을 했다.

"다른 사람에게 맡기면 어떨지요. 전 아버님 곁에 있겠습니다."

함께 배를 타고 의주에 갈 때만 해도 소년 태가 남아 있던 홍의는 수염이 굵어지고 눈빛도 서늘했다. 홍순이가 병약해서 마땅한 혼처를 찾지 못하므로 덩달아 홍의까지 성혼하지 못한 일이 마음에 걸렸다. 남포리의 김씨 또한 그것을 안타까이 여겼다.

"중요한 내용을 담고 있으니 네가 가야 한다. 답신을 받아오너라."

어쩔 수 없다는 듯 홍의는 피봉을 품에 넣었다. 그가 떠난 직후 적이 올라온다는 급보가 줄을 이었다. 지금까지는 천행으로 버텨냈지만 호치에 주둔한 병사들에게 그 많은 적을 격멸할 방도가 달리 있는 것은 아니었다. 골이 깊은 요처가 아니므로 적이 토벽을 넘지 못하게 살을 퍼부어 하는 데까지 버틸 뿐이었다. 화살을 뚫고 들어온 적과 근접진을 펼치게 되면 그때가 곧 패배의 순간이 되는 것이었다. 적은 조련이 잘 되었을 뿐 아니라 왜국과 조선에서 실전을 두루 경험한 군사였다. 그러나 김홍원의 병사를 뺀 이쪽 의병은 농사꾼이거나 양반네가 등을 떠밀어 나온 노비가 대부분이었다. 진을 구성하기는커녕 아는 거라곤 타작마당의 도리깨질이 전부였다. 마침내 적이 사거리 안으로 들어왔다.

"쏘아라!"

호치 양편에서 화살이 날아갔다. 앞서 달리던 적병 몇이 쓰러진 후 콩 볶는 소리가 들리고 연해 왜군이 밀려들었다. 다시 화살이 날아갔다. 아무래도 적은 흥덕 무장을 지나 남쪽 해안으로 내려갈 모양인데 호치에서 의병을 만나 사흘을 허비한 꼴이었다. 이러다가 호남 북부나 호서의 조선군에 덜미를 잡히면 꼼짝없이 포위되는 형국이라 오늘 중에는 기어코 끝낼 생각인 듯했다. 더욱이 부안 성내에 후퇴한 뒤 적정을 탐지해 어제의 원군이 위장이었음을 확인했던 터라 군사를 다 쓸어 넣어서라도 뭉개고 지나갈 태세였다.

적군 제 일파가 호치 정상의 넓은 공터에 들어서자 야산 중턱의 토벽을 참호 삼아 좌우의 의병들이 활을 쏘았다. 의병이 진을 친 토벽에 접근하려면 왜군은 정상에 설치된 목책을 걷어내야 했다. 아니나 다를까 호치 정상에 올라오는 즉시 양편으로 갈라져서 목책을 부수기 시작했다. 그 모습을 본 조선군 쪽에서 목책 중간에 쌓은 시초더미에 불화살을 쏘았다. 시초에 기름을 먹이고 화약을 발라둔 터라 순식간에 불꽃이 일면서 연기가 솟구쳤다. 목책을 걷어내던 왜군이 비명을 지르며 날뛸 적에 다른 군사들은 불을 끄느라고 야단을 피웠다. 그러나 견디지 못하고 시초가 다 탈 때까지 기다릴 양인지 불붙은 병사를 뒤로하고 그들은 대오를 물렸다. 의병들 입장에서는 한고비 넘긴 꼴이지만 연기 때문에 상대의 대응을 알아채기 어려워진 것도 사실이었다.

왜군 진영에서 커다란 굉음이 들리더니 포탄이 날아왔다. 다행히 조준이 빗나가 포탄은 진영 너머에 떨어졌지만 흙부스러기와 깨진 돌조각이 등 뒤에서 날렸다. 또 다른 방포 소리에 이어 이번에는 한층 가까운 데서 포탄이 터졌다. 차츰 조선군 진영에 균열이 생기는데 불은 시초뿐 아니라 목책까지도 태워버려 적군의 진군을 방해할 장애물도 사라지고 없었다. 그때까지도 도망치지 않고 남아 있던 조선군이 공터에 나타난 왜병에게 살을 날렸다. 그나마 김홍원 부대에서 날아가는 화살은 숫자가 유지되었으나 의병 쪽은 틈이 많았다. 왜군은 호치 정상의 타다 만 목책을 치우는 한편 조선군 토담에서 오십여 보 떨어진 곳까지 나와 총을 쏘았다. 그들을 막기 위해 수범이와 몇몇 사수가 적진 가까이 다가가 살을 날렸다. 살을 날릴 때마다 몇 사람씩 나가떨어지자 조총 사격이 그들에게 집중되었다. 총성이 터질 시간이면 나무 뒤에 숨었다가 다시 나서며 수범이는 말 위의 적장을 겨냥했다. 살이 말의 목덜미에 명중해 녀석이 발을 들고 펄쩍 놀라는 통에 적장이 밑으로 떨어졌다. 그 모습을 본 왜군 총수들의 집중력이 잠깐 흐트러졌고 그 틈에 거북손이와 마사나리가 뛰쳐나가 목책을 걷어내던 적 셋을 베었다. 당황한 왜군 선봉이 대오를 물리자 거북손이는 말의 몸통에 발이 깔린 왜장의 목을 베어 사기를 돋웠다.

물 한 모금 마실 새도 없이 왜군 제 이파가 밀려들어 남은 목책을 치웠다. 그러나 의병은 반 넘게 도망치고 화살도 거의 바닥나 확연히 둔해져 있었다. 마지막 목책을 치운 왜군 십여 명이 언덕을 기어오르자 거북손이가 뛰어나가 둘을 처치했다. 마사나리가 나서고 수범이가 활로 하나를 거꾸러뜨리자 곡괭이 자루를 든 몇 사람이 힘을 내 몽둥이를 휘둘렀다. 십여 명의 군사가 도륙되자 왜군은 주춤거렸으나 곧 후발대가 올라왔다. 거북손이와 마사나리가 뒷걸음치며 왜군을 막는 동안 죽창 든 의병이 뒤에서 대나무를 내밀었다. 수범이가 멀찍이서 활을 쏘며 저지하는 틈에 일행은 구사일생으로 토벽을 넘어왔지만 적은 벌써 뒤통수에 닿아 있었다. 김홍원 진영에서 북과 꽹매기 소리가 들렸다. 그 소리를 기다렸다는 듯 의병들이 날맹이를 향해 도망치기 시작했고 거북손이도 경사가 급한 비탈을 짐승처럼 기었다. 그러다 고개를 돌려보니 행동이 더딘 이유가 저만큼 처진 채 허우적대고 있었다. 낙엽에 엉덩이를 대고 미끄러지면서 거북손이는 이유의 옆구리를 끼었다.

"그럴 것 없다. 홍걸아, 어서 가거라!"

직접 지어준 이름을 부르며 이유는 손길을 뿌리쳤다.

"같이 가시지요. 할 수 있습니다."

"아니다. 너는 가서 살아라."

뒤에서 불질하는 소리가 들리고 낙엽이 풀썩거렸다. 그때 거북손이가 했던 것처럼 마사나리와 수범이가 미끄러져 내려왔다.

"어서들 가라니까!"

이유가 역정을 냈다. 그러나 거북손이가 힘을 주어 그의 몸을 위로 밀어냈다.

"에잇!"

거북손이의 손을 뿌리친 이유가 밑으로 주욱 미끄러졌다. 토벽 가까이 미끄러진 그를 향해 왜군이 달려들며 칼을 치켜들었다. 수범이가 살을 먹여 왜병의 가슴을 뚫었고 소리를 지르며 다가오는 다른 적병을 거북손이가 나가 막으면서 연이어 허리를 그었다. 그러나 밀려드는 적병에 싸여 중과부적이 되자 마사나리가 지원을 나왔다. 마사나리가 순식간에 두 사람을 베고 뒤에서는 또 수범이가 살을 날리자 왜병들이 멈칫대면서 속도를 늦췄다. 그 틈을 타 거북손이는 이유의 허리를 그러안더니 번쩍 들어 짐짝처럼 걸머졌다. 마사나리가 뒤를 경계하고 수범이가 살을 날리는 동안 거북손이는 쌀가마를 멘 일꾼처럼 등성이 위로 뛰었다. 뒤에서 총성이 들려왔지만 남은 의병 몇과 자빠지고 미끄러지기를 반복한 끝에 그들은 변산으로 이어지는 능선에 올라섰다. 이유를 내려놓는 거북손이의 옆구리가 붉게 젖어 있었다. 총탄이 스친 자리에서 피가 배었다.

"내가 네게 해를 끼쳤구나."

이유가 허리에 감았던 천을 풀어 내밀었다. 그것을 허리에 둘러 지혈했다.

"우금산성으로 가시지요."

우금산성에는 홍순이가 인솔하는 이유의 가족과 냉이며 훤이가 피신해 있었다. 남포리에 가서 밥을 짓겠다는 냉이를 눈물이 쏙 빠지게 나무란 건 김씨였다. 어린 훤이와 배 속의 아이를 두고 어딜 가냐는 꾸중에 결국 그녀는 피난민에 섞여 우금산성으로 향했던 것이다. 마지막까지 남은 몇몇 의병과 함께 그들은 능선을 타고 북쪽으로 이동했다. 능선 아래 저 멀리서 거대한 연기가 올라와 부지런히 북으로 내달려 보니 개암사 대웅전이 벌겋게 타고 있었다. 의병 진영의 승려들을 보고 그 복수로 불을 놓은 듯했는데 검을 배울 때 울금바위를 인 듯한 개암사 대웅전이 언제나 신령스러웠던 것을 거북손이는 떠올렸다. 그곳에서 월곡 스님으로부터 검을 배우며 역병으로 돌아가신 부모에 대한 그리움을 달래지 않았던가. 대웅전 위로 치솟는 불길을 넋 놓고 바라보던 사람들은 이유의 독려에 다시 걸음을 재촉했다. 개암사뿐 아니라 멀고 가까운 여러 군데에서 한꺼번에 연기가 올라왔다. 마을까지 쳐들어가 불을 지르는 모양으로 봉우리 북쪽에서도 연기는 무서운 기세로 치솟았다. 혹 도화동 쪽이 아닌가 의심이 깊어질 즈음 마음이 급해진 의병 몇이 산길을 버리고 개암사 쪽 소로를 향해 미끄럼을 탔다. 아무리 말리는 소리를 질러도 자빠지면 다시 일어나면서 그들은 산 아래로 굴러 내려갔다. 하는 수 없이 남은 사람들도 잡목이 우거진 숲길을 구르다시피 뛰어내렸다. 숲에서 나오긴 했지만 마을과 우금산성으로 갈리는 곳에 이르면 목적지에 따라 길을 가를 작정이었다.

 각자의 사정으로 몸이 달아 그들이 경황없이 산모퉁이 하나를 도는 순간 개암사 쪽에서 나오는 일군의 왜병과 딱 조우했다. 개암사를 약탈했는지 수레에 불상이며 각종 제구를 싣고 호치로 통하는 대로 방면으로 내려가는 중이었다. 피차에 놀라긴 매일반이었지만 그래도 훈련받고 단련된 자들이라 적병은 한층 반응이 빨랐다. 수레를 호위하던 왜군은 즉각 칼을 뽑아 들거나 창을 겨누며 전투 대형을 차렸다. 부시 치는 소리까지 들리고 곧 총성이 터졌는데 대번에 의병 한 사람이 허벅지를 쥐며 쓰러졌다. 수범이가 재빨리 활을 꺼내 시위에 거는 사이 거북손이와 마사나리는 잴 것 없이 왜병들 사이로 뛰어들었다. 의병들도 두 사람을 따라 왜병과 한 무리로 뒤섞이게 되니 갑자기 길은 창검이 번득이는 전투 현장으로 변해버렸다.

 거북손이와 마사나리가 선두에서 칼을 휘두르고 죽창이며 창검을 든 의병들이 뒤에서 호위했다. 화살이 떨어져 수범이도 검을 빼

들었고 맨 뒤에서는 이유까지 칼을 든 채 엉거주춤 따랐다. 거북손이와 마사나리는 마주쳐오는 적을 향해 현란하게 검을 휘둘러 뒤에 선 사람들을 지켰다. 그러나 아무래도 수가 많아 적들은 멀찍이 게 돌아서 포위망을 쳤는데 이편에서는 각자 등을 댄 채 칼과 창을 쌍수로 들었다. 달려들지 못하고 사리기만 하다가 지휘자의 명을 따라 적병이 일시에 덮쳐왔다. 거북손이와 마사나리가 막으면서 베는 사이 적들도 의병 두엇을 꿰어 쓰러뜨렸다. 한 차례 합을 겨뤄 찌르고 벤 뒤에는 호흡을 고르는 게 상례지만 숫자가 많은 왜병은 교대로 달려들며 틈을 내주지 않았다. 그때부터는 검법이니 뭐니 그런 격식보다 감각만이 생사의 요체였다. 몸에 난 모든 털을 곤두세운 채 앞을 보되 옆은 숨소리로 피아를 식별하고 뒤는 늘어진 그림자를 활용해야 했다. 바람에 밴 냄새로 아방과 타방을 구분하며 옷에 묻은 화약 냄새로도 피아를 가늠할 수 있었다. 막고 베고 찌르는 일은 그야말로 신이 내릴 때처럼 미친 듯 이루어질 뿐 계산 따위 끼어들 여지가 없었다. 적은 일대가 공격한 다음 뒤로 빠지면 다른 대오가 연이어 나오지만 이편은 쉼 없이 찔러오는 창검을 본능만으로 상대해야 했다. 그나마 거북손이와 마사나리의 검이 워낙에 출중해 상대에게 피해를 입히며 예봉을 막고 있지만 그들도 조금씩 무뎌지고 있었다. 새벽에 주먹밥 하나를 먹고 숨 돌릴 짬도 없이 막고 싸우고 산길을 헤쳐 온 끝이었다. 더욱이 거북손이의 옆구리에서는 아까부터 피가 새어 몸을 움직일 때마다 뜨뜻한 것이 흘러내렸다. 차츰 버선까지 축축해져 감발을 쳤다지만 디딜 때마다 발이 미끄러졌다. 달려드는 적을 베는 마사나리의 가쁜 숨결이 귓구멍을 파고들었다. 타는 듯한 혀가 입천장에 달라붙었다.

  왜군이 일시에 원진 안으로 밀고 왔다. 마사나리가 앞선 자를 베며 나아간 자리로 거북손이가 따라갔다. 수범이도 뒤에서 검을 휘둘렀고 의병들 역시 마구잡이로 창대를 저었다. 옆구리에 들어오는 검을 걷어내며 허리를 굽히던 거북손이가 기우뚱 중심을 잃었다. 피에 젖은 발이 버선과 어긋나면서 살짝 겹질린 것이었다. 왜군 하나가 등 뒤에서 그 틈을 노리는데 거리가 먼 마사나리와 수범이는 도와줄 형편이 아니었다. 그를 본 이유가 서둘러 칼을 내밀어 왜병의 창을 막았다. 그러나 젊을 때 해본 일이라 힘에 부쳐 검을 떨어트렸고 왜군의 창이 그대로 허리에 박혔다. 비명을 지르는 와중에도 이유는 몸을 파고든 창대를 붙잡고 놓아주지 않았다. 창을 뺀 적병이 거북손이에게 가는 것을 막고 싶었다. 그를 본 거북손이가 달려들어 칼을 휘두르자 왜병은 목이 절반쯤 잘린 채 둥치처럼 넘어갔다. 창대를 쥐고 누운 이유의 눈은 그때 벌써 안으로 꺼져가는데 개암사 쪽에서 함성이 들리더니 승복을 입은 사람들과 의병들이 몰려나왔다. 왜적들은 약탈품이 실린 수레를 버리고 큰길을 향해 뒤도 돌아보지 않고 달아났다.

  "홍걸아……!"

거북손이는 꿇어앉아 이유를 안으며 손을 잡았다. 그의 손을 꽉 쥐더니 서서히 누그러지면서 이유의 눈에서 정기가 사위었다. 거북손이가 피 묻은 손으로 이유의 부릅뜬 눈을 감겼다. 사람들은 절명한 그를 우금산성까지 업고 갈 수 없어 화마를 피한 개암사 승방에 우선 모시기로 했다. 명이 길어 그때까지도 죽지 않고 살아남은 사람들은 개암사 약수로 갈증을 면한 다음 우금산성과 마을로 길을 나누었다. 냉이를 만나거든 거북손이는 대둔산 기슭으로 들어가자 말할 생각이었다.

피봉을 품에 넣은 홍의는 한숨도 쉬지 못하고 줄포에 닿았다. 그곳에서 고모부뻘인 강항의 소식을 들었다. 영광에 내려와 있던 강항은 왜군이 재침하자 분호조참판 이광정(李光庭)의 종사관으로 임명되어 군량미를 모집했다. 의병과 의곡을 모아 의병소에 보급하던 중에 남원성이 함락되자 이광정은 한양으로 떠났지만 순찰사 종사관 김상준(金尙寯)과 함께 여러 고을에 격문을 보내고 의병을 모았다. 그러나 모인 자가 얼마 되지 않아 이순신이 활동하는 수군 진영에 합류할 결심으로 가족과 논잠포(論岑浦)에서 배를 탔다. 그러나 적선을 만나는 바람에 이내 왜군 포로가 되었는데 가희 또한 생포되었으며 딸과 아들이 물에 빠져 죽기까지 했다는 이야기였다. 그러나 홍의는 그들의 이야기에도 가슴 아파할 새가 없었다. 김진사를 만나야 했다. 김진사의 집에는 식솔들이 짐을 꾸려놓고 만일의 사태에 대비하고 있었다. 김진사의 명이 떨어지지 않아 그 상태로 모여앉아 눈치만 보고 있다는 것이었다. 여차하면 떠나려고 사포에 배를 대어놓았다고 했다. 홍의는 엎어질 듯 사랑으로 뛰어들었다.

"아버님께서 급히 전하라 하십니다. 답신을 받아오라 하셨습니다."

홍의는 김진도 앞에 피봉을 내밀었다. 옷은 흠뻑 젖었고 얼굴에서도 땀이 흘렀다. 홍의의 서두르는 몸짓을 보고 김진사는 급히 피봉을 열었다. 그가 종이를 꺼내 펼치더니 사시나무처럼 떨었고 벌어진 눈이 탁해지면서 금세 오므라들었다. 무례인 줄도 모르고 홍의는 바싹 달려들어 그의 손에 들린 종이를 채갔다. 종이를 본 그 역시 어쩔 줄 모르고 어깨를 떨면서 꺽꺽거렸다. 종이에는 아무것도 적혀 있지 않았다.

"말을 내어줄 테니 시신이라도 수습하거라."

김진도는 수범이의 안위를 확인해서 일러 달라 말하고 싶었지만 참았다. 이유가 아들 홍의를 곁에서 떼기 위해 심부름을 핑계 삼았다면 수범이를 비롯해 다른 젊은이들 역시 살려냈으리란 믿음이 생겼다. 그는 하명을 기다리는 식솔들에게 비로소 배를 대놓은 사포에 나가도록 이른 후 가장 튼튼한 말을 내오게 했다. 그가 내준 말에 채찍을 휘둘러 호치를 향하다가 홍의는 의병들의 밥을 지어 내던 남포리에 연기가 오르는 것을 보았다. 말을 다그쳐 급히 달려가서 보니 마을에는 성한 건물이 거의 남아 있지 않았다. 왜군은 보이지 않지만 목숨을 건진 사람들은 불타버린 집 마당에 퍼질러 앉아 곡을 하기도 하고 얼이 빠진 얼굴로 가슴을 쥐어뜯기도 했다. 그런가 하면 미처 빠져나가지 못하고 죽임을 당한 사람들이 변을 당한 자리에 그때까지도 그대로 누워 있었다. 그렇게 변을 당한 사람 중에는 어머니 부안김씨가 포함돼 있었는데 뜻밖에도 그녀는 절명한 채로 죽창을 쥐고 있었다.

  포로들을 닦달해 도화동 이유의 집을 찾아낸 왜군이 불을 질러버려 홍의가 도착했을 때 살아갈 터전은 이미 사라진 뒤였다. 왜군이 완전히 물러간 뒤 우금산성에 올라간 사람들이 내려왔다. 거북손이와 홍순 홍의 형제는 이유와 김씨의 시신을 수습해 장례를 치렀다. 거처가 사라져버려 홍순이와 홍의는 영광에 사는 백부 이곤의 집에 우선 몸을 의탁했다. 핫토리 마사나리는 함경도의 항왜마을로 옮기라는 명을 받고 북쪽으로 떠나갔으며 거북손이는 냉이와 훤이를 데리고 대둔산 기슭으로 올라가 부서진 집을 수리하고 밭을 일구었다. 그해에 냉이는 딸을 낳았다.

  이듬해에 왜군은 조선에서 철병했다. 칠 년을 끌어온 전쟁이 끝났다.

뒷 이야기.
—
사르후
薩爾滸

그해에 명나라는 조선을 향해 임진년과 정유년에 진 빚을 갚으라고 요구했다. 조선군이 평안도 창성을 출발해 압록강을 건넌 것은 이월 스무날이었다. 닷새 후 조선군이 양마전(亮馬佃)에 도착했을 때 눈이 내리고 강풍까지 불었다. 이틀 후에는 배동갈령(拜東葛嶺)을 넘어 주둔했는데 추웠고 평안도관찰사 박엽(朴燁)과 분호조참판 윤수겸(尹守謙)이 보급을 하지 않아 배가 고팠다. 이튿날 수목이 짙고 후금의 군사들이 나무를 베어 길까지 막아놓은 우모령을 넘느라고 군사들은 모두 진이 빠졌다. 군사는 우모령(牛毛嶺)을 넘어 명나라 동로군(東路軍)에게 군량을 빌려 허기를 면했다.

조선군이 너무 지쳐 있어 이틀간 발이 묶인 동로군은 사흘째부터 후금의 수도 허투알라(赫圖阿拉)를 향해 길을 재촉했다. 동로군의 후미에서 조선군은 우영 중영 좌영의 순서로 행군했다. 삼월 초이튿날 동로군은 심하(深河)에서 소규모 야인 부대를 만나 접전을 벌였다. 후금의 기병은 동로군에 약간의 피해를 입힌 뒤 도망쳤는데 계산된 유인작전이었다. 심하 전투를 마친 동로군은 하루를 쉬고 의기양양해져 다시 행군에 돌입했다. 조선군은 전날과 달리 좌영을 선두에 세운 채 동로군을 따라갔다. 길이 골짜기로 이어져 복병이 우려되었지만 다행히 동로군은 무사히 부차(富察) 평원에 이르렀다. 그곳은 허투알라에서 육십 리 떨어진 곳이었다.

그때 갑자기 전방 먼 곳에서 대포 소리가 잇달아 세 번 울렸다. 조선군 총대장 강홍립(姜弘立)은 측근 몇과 함께 길 왼편 부산(釜山)으로 올라갔다. 회오리바람이 일어나며 연기와 먼지가 솟구쳐 앞은 보이지 않았고 모래가 심하게 날렸다. 그 모래바람 사이로 저 먼 동로군 진영에서 가끔씩 창검이 빛을 퉁겼다. 연기 속에서 화약 냄새를 맡은 강홍립은 적의 징조가 분명하다고 판단해 중영을 부산에 오르게 했다. 이어 우영을 남쪽 언덕에 올라가게 한 후 명군 후미를 따르던 좌영에 별장 박난영(朴蘭英)을 보내 높은 곳에 진을 세우라고 명했다. 그러나 이미 동로군을 유린한 후금의 기병이 밀고 내려올 뿐 아니라 인근이 평원이라 좌영장 김응하(金應河)는 후퇴할 수도 없고 언덕을 찾아 진을 꾸릴 수도 없다고 답변했다.

적의 어마어마한 기병이 마치 비바람을 몰아치듯 조선군 좌영으로 밀고 내려왔다. 좌영의 군사는 김응하의 지휘 아래 거마작(拒馬㭰)을 세우고 흙먼지를 일으키며 달려오는 후금의 기병을 맞았다. 이미 명군 동로군 본대를 와르카시(瓦爾喀什)에서 궤멸한 여진의 최정예 기병을 상대로 배고픈 조선 병사들은 조총과 활을 쏘며 죽기로 맞섰다. 거마작에 찔려 고꾸라진 후금의 기병은 조선군의 창검에 어육이 되었다. 조선군의 활솜씨는 후금의 기병을 능가했고 왜란 이후 주요 무기로 활용하는 조총 사격도 인근에서는 당할 군대가 없었다. 명나라 동로군을 단번에 짓밟은 후금의 기병조차 조선군의 기세에 눌려 군사를 뒤로 물렸다.

그러나 조선의 좌영이 높은 곳으로 이동할 틈을 주지 않고 후금의 기병은 전열을 정비해 무시무시한 기세로 밀고 왔다. 중영과 우영에서 천여 보밖에 떨어지지 않았지만 중영과 우영이 야산에 진을 친 것에 비해 좌영은 평원에 자리 잡고 있었다. 이번에도 좌영의 군사는 침착하게 대오를 이뤄 기병을 향해 총과 포와 활로 맞섰다. 후금의 기병은 좌영의 기세를 당하지 못해 쉽사리 진격하지 못한 채 좌변을 맴돌았다. 그때 저 북쪽에서 황사 바람이 불어왔다. 누런 모래폭풍이 뭉게뭉게 일어나더니 평원을 덮으며 밀려왔다. 멀리 있을 때는 느리게 느껴졌지만 가까이 왔을 때 보니 모래폭풍은 자갈돌까지 뒤섞어 휘몰아오고 있었다. 모래가 들어가 조선군은 눈을 뜰 수 없었고 조총의 화약접시에 화약도 담을 수 없었다. 그 순간 후금 진영에서는 명군에게서 빼앗은 말을 조선군 진영으로 밀어붙였다. 엄청난 말 떼가 거마작을 무력화시키며 좌영 가운데를 뚫고 지나갔다.

이때 부산에서 그 모습을 지켜보던 강홍립은 첩보를 보내 우영으로 하여금 좌영을 지원하도록 명했다. 그의 명령에 우영의 군사들이 일제히 언덕에서 내려와 진군했다. 그러나 얼마 후 강홍립은 자신의 실수에 머리를 쥐어뜯고 말았다. 좌영이 몰사하는 것을 차마 눈 뜨고 볼 수 없어 우영을 언덕에서 내려오게 한 것인데 상대는 요동 벌판을 누비던 기병이었다. 그들 기병의 힘은 용맹스러움이나 무예가 아닌 속도에서 나왔다. 우영의 병사들이 좌영에 결합하기도 전에 후금의 기마병이 먼저 그들을 덮쳤다. 조선군이 자랑하던 조총은 무용지물이 되었고 총수와 사수마저 살수로 돌변해 창검을 들고 맞섰지만 평원에서는 기병을 당할 수 없었다.

　부산에서 그를 지켜보던 강홍립은 중영의 군사를 끌고 내려가 모조리 몰사할 것인지 아니면 남은 오천 병력이라도 유지할지 망설였다. 삽시에 우영의 군사 삼천 오백을 짓밟은 후금의 기마병이 일시에 좌영을 덮쳤다. 좌영의 군사들이 활을 쏘며 저항하고 있을 때 명군에서 간신히 목숨을 건져 도망친 교일기(喬一埼)가 부산에 도착했다. 그를 통해 허투알라로 진격하던 명군은 북로군 서로군 할 것 없이 모조리 패배했으며 조선군에 온정적이던 동로군의 유정마저 죽고 말았다는 소식을 들었다. 이제 후금의 팔기군과 대적할 군사는 조선군이 유일했다.

　강홍립 이하 제장들과 중영의 군사들은 부산에서 좌영이 갈기갈기 찢기는 모습을 지켜보았다. 그들 속에는 홍걸과 핫토리 마사나리가 끼어 있었고, 천 걸음 밖에 있는 좌영의 군사들 속에서는 수범이가 살을 날리고 있을 거였다. 왜란이 끝난 후 홍걸은 냉이와 아이들을 데리고 대둔산 용문골에서 살았다. 그러나 이 년을 버티지 못하고 홍순과 홍의에게 연락해 다시 부안으로 나왔다. 사람에 물려 산으로 들어갔는데 사람이 그리워 버틸 재간이 없었다. 부안에 나왔을 때 그는 노비가 아니라 어엿한 평민이었다. 다시 관직에 나간 수범이의 도움으로 무과에 응시했고 우수한 무예 실력이 빛을 발했다. 병기를 다루는 솜씨가 남다를 뿐 아니라 근실한 태도를 인정받아 그는 변방의 요지를 두루 돌아 이번 정벌군에 포함되었다. 본국검뿐 아니라 왜검에도 능하고 전투 경험이 풍부한 그를 강홍립은 살수들의 교관으로 임명했다. 반면 핫토리 마사나리는 왜란이 끝나고 변방의 항왜 마을로 옮겨져 야인과의 전투에 끄니끄니 불려 다녔다. 이번에도 항왜부대의 일원으로 우영에 소속되었지만 홍걸의 요청으로 중영에 배속돼 있었다.

모래 바람 사이로 간혹 해가 드러나면 천 걸음 밖의 창칼에 퉁겨진 빛이 눈을 찔렀다. 부산 아래는 거칠 것 없는 평원이므로 전장의 창칼 부딪는 소리와 병사의 절규가 가감 없이 전해졌다. 그 소리와 흙먼지를 피우는 살육전에 무기를 버린 채 주저앉아 군사들은 꿈쩍도 하지 못했다. 부산의 병졸들이 손을 떨고 턱을 딱딱 부딪칠 때 장수들은 화약 상자를 두고 자폭에 대비했다. 홍걸은 무기를 내려놓지도 않고 손을 떨지도 않은 채 흙먼지 피는 곳을 응시했다.

"수범이는 어찌 되었을까?"

마사나리는 완전한 조선말을 구사했다. 홍걸은 수범이와 곰티에서부터 함께 전투를 수행한 경험이 있었다. 그에게 홍의나 수범이니 미사나리는 형제나 다름없있지만 그중에서도 수범이는 남다른 데가 있었다.

"그도 그지만 우리는 또 어찌 될까요?"

"수범이가 죽는다면 우리도 그렇게 되겠지."

바람에 흩어지는 마사나리의 말은 푸석푸석했다.

"조선은 살 만합디까?"

홍걸의 물음에 마사나리는 흐흥 콧소리를 냈다.

"나라란 범과 같단 말을 들은 적이 있지. 저걸 보게나. 무엇이 보이는가?"

마사나리는 손을 들어 조선군과 후금의 기병이 뒤엉켜 피우는 모래폭풍을 가리켰다. 그가 보았으면 하는 것이 무언지 몰라 홍걸은 침묵했다. 아, 저것은 나라가 만들어지는 자리, 새로 탄생하는 나라가 자신의 태를 묻는 자리 아닌가. 여러 조각을 모아 만들어진 왜국이 조선은 물론이요, 명국까지 끌어들여 한바탕 피바람을 불러왔다면 저것은 다시금 살이 찢기고 뼈가 바스러지는 살육의 현장, 국가가 만들어지는 자리였다. 마사나리는 누군가에게 국가란 범 같다는 말을 들었다고 했지만 그것이 만들어질 때의 저 광기와 폭력은 섬뜩하다고 할밖에 없었다. 만일 그것이 만들지 않을 수 없는 불가피한 것이라면 그 괴물이야말로 깨질 그릇처럼 어르고 달래면서 또 맹수나 다름없으니 깊은 우리 속에 가두기도 하면서 다뤄야 하지 않겠는가.

"왜국에서 조선으로, 다시 요동까지 나왔으니 난 천하의 떠돌이라네. 나라도 없고 처자도 없으니 갈 곳도 없지. 나이 마흔이 넘었는데 나랑지 뭔지 때문에 평생 쌈박질만 했지 뭔가. 이제는 그 고단함이 덜어질란지……."

"어떻게든 살아남아 고향에 가보는 건 어떻습니까?"

"그곳도 결국 나라가 아닌가."

"나라라기보단…… 마을에 가보는 겁니다."

"마을이라……."

그때까지도 간신히 버티던 좌영이 모조리 무너지고 마지막으로 김응하는 몸에 고슴도치처럼 화살을 맞은 채 버드나무 뒤에서 남은 살을 쏜 후 절명했다. 이제 드넓은 평원에서 부산의 조선군은 어떤 구원군도 바랄 수 없는 고성낙일(孤城落日)의 처지로 고립돼 있었다. 조선의 좌영과 우영의 군사를 짓밟은 후금의 군사들은 중영이 주둔하고 있는 부산으로 몰려와 개미 새끼 한 마리 빠져나갈 틈도 없이 에워쌌다. 해가 기울자 먼지를 일으키는 바람이 갈기를 세웠다. 그때 부산에 백기를 든 기병 몇 명이 말을 몰아 달려왔다. 강홍립은 통사 황연해(黃連海)를 불러 항복을 권하거든 제장들과 논의해 밝는 날 답하겠다고 대답하게 했다. 통사가 말을 타고 떠난 뒤 그 소식을 알게 된 장졸 중에는 기뻐하지 않는 자가 없었다. 통사는 후금의 군사를 따라 적진까지 갔다가 한참 후 돌아와 뜻을 전했다고 일렀다. 식량도 물도 바닥나 쫄딱 굶은 채 솥단지처럼 패인 부산 정상에서 병사들은 밤을 맞았다. 삭정이를 줍고 마른 나무를 베어 군데군데 불을 피웠다.
 "잠시 후면 제장들과 논의를 할 것이다. 그대 생각은 어떠한가?"
 부산 귀퉁이에 서서 바람과 싸우는 홍걸을 발견하고 강홍립이 다가왔다.
 "항복 여부를 말씀하시는 겁니까?"
 "그렇다네."
 "임금께서는 뭐라 하셨는지요?"
 "지지 않는 싸움을 하라셨네."
 홍걸은 왜검을 뽑아 불빛에 비춰보던 그 옛날의 세자를 떠올렸다. 알 수 없는 열기를 내뿜던 이유의 변설과 샘물처럼 차갑게 응대하던 세자의 목소리도 떠올렸다. 이유의 명을 받들어 감영으로 돌아가는 그를 멀찍이서 호위하던 수범이는 세자를 위해서라면 목숨을 걸 수 있다고 했다. 그 세자가 임금이 되었는데 후금의 군사에게 짓이겨져 살과 뼈가 으스러질 때도 수범이는 그 마음이었을까.
 "살아 돌아가는 일이 우리에겐 승리입니다."
 하마터면 홍걸은 그리움이 남은 모든 것이라고 말할 뻔했다. 그 자리에 잠시 서 있던 강홍립은 부장들과 이튿날 일을 논하기 위해 자리를 떴다. 강홍립이 가장 두려워하는 것은 역적이란 이름으로 기록되는 일일 터였다. 왜란 당시 뒷일을 도모하기보다 그 자리에서 죽음을 택한 많은 유생 의병장을 홍걸은 목격한 바 있었다. 만일 강홍립과 부장들이 그런 생각을 고수한다면 이곳의 오천 군사는 날 밝는 즉시 산적으로 꿰어져 타국 땅에 뒹굴 것이다. 그리고 남은 가족들은 뼈 한 조각 수습하지 못한 채 죽음보다 못한 삶을 이어가겠지. 그러니 어찌할 것인가.

홍걸은 머리를 내둘러버렸다. 마지막까지 싸우기로 한다면 대오를 이탈해서라도 전장에서 벗어날 생각이었다. 마사나리와 달리 그에겐 그리운 것들이 있었다. 매미가 가죽나무 위에서 요란하게 울 제 찬물에 밥을 말아 한 숟갈 뜨면 냉이는 찐 깻잎을 거기 놓아줄 것이다. 그것을 먹어야 했다. 이유와 김씨의 무덤을 찾아 향을 올리고 잔을 바쳐야 하지 않겠는가. 병약한 홍순이는 명을 달리했지만 고향에는 홍의가 무너진 터전을 일으켜 살림을 살고 있었다. 유황불 속이든 똥구덩이 속이든 그에게는 돌아가는 일만이 전투요, 전쟁이었다. 몰려드는 황사를 몸으로 막으며 새벽까지 그는 바위처럼 서 있었다.

작가의 말

 무협 소설을 쓰고 싶던 차에 부안의 어느 의병장을 알게 되었다. 정유재란 당시 왜군과 싸우다 전사했을 뿐 아니라 부인도 함께 전사했다고 했다. 그 의병장의 이름은 이유(李瑜)요 부인은 부안김씨(扶安金氏)인데 고비사막을 여행할 때 그들과 함께 있는 듯한 묘한 착각에 사로잡혔다. 그래서 그 곁에 듬직한 사내를 세워놓고 보니 딱 그림이 되었다. 그 청년의 이름을 거북손이라고 지었다. 거북손은 갑각류 거북손과에 속한 종으로 식용이나 석회질의 비료로 쓰인다. 부안이 바닷가라 그렇게 이름을 짓고 나자 그가 검을 들고 활보하기 시작했다.
 내 유년의 기억에 하나의 화면이 있다. 어느 날 네 발을 묶어 작대기에 끼운 산짐승을 마을 청년들이 앞뒤로 걸머지고 마당에 들어섰다. 마당에 구덩이가 파이고 사람들이 둘러싼 가운데 발골용 칼을 든 사람이 나섰다. 산짐승은 잡혀서 끌려올 때도 그랬고 구덩이 옆에 던져진 뒤에도 푹푹 거친 숨을 뿜었다. 분노와 저항과 두려움과 어떤 미련 같은 게 뒤섞인 숨결. 그 숨결에 흙바닥의 먼지가 날렸다. 녀석의 콧김에 살이라도 델까 봐 나는 가까이 가지도 못했다. 칼에 목울대를 찔려 피를 콸콸 쏟는 순간까지 그 거친 숨소리는 멈추지 않았다.

뜨거운 숨결을 토하던 사내들은 다 어디로 갔나. 독서도 하지 않고 콘서트홀에도 가지 않고 헐떡거리며 뛰어다니지도 않고……. 이미 멸종해 봉인된 종자들처럼 이제는 흔적마저도 희미하다. 콧김을 뿜으면 격리될 사람 취급받고 겹겹이 둘러친 매뉴얼에서 벗어나면 일단 지탄 대상이 된다. 인간의 감정도 적법한지 아닌지 의뢰받으면서 작은 행동 하나까지도 검열하고 검열받는다. 걸음걸이는 넘어지지 않으려는 방어 자세로 구부정하거나 우스꽝스럽다. 예나 지금이나 우주 돌아가는 원리는 변함없지만 우리는 어떤 본질을 잃지 않았는지 의심스럽다. 내가 무협 소설에 관심을 두기 시작한 계기가 이랬다.

소설을 쓰려고 임진왜란을 들여다보면서 한 가지 의문을 느꼈다. 왜군이 왜 침공했는가 하는 점인데 명쾌하게 설명한 학자가 없었다. 그리고 일본 측 학자들도 제대로 설명하지 못한다는 걸 새로 알게 됐다. 글 쓰는 도중에 그 문제로 사람들과 의견을 나눴다. 고조선이 멸망할 때 건너간 사람들의 귀향 의지라는 견해, 지리 지형적 불안이 영토 욕망으로 표출된다는 견해, 에너지가 축적될 때마다 일본은 한반도를 분출구로 삼는다는 견해 등등. 모두 그럴듯하지만 적확한지는 알 수 없었다. 일본을 이해하려면 매우 깊이 종합적으로 들어가야 한다는 사실을 확인했을 뿐.

한 가지 확실한 것은 일본과 우리 사이에 문제가 생기면 동북아시아 전체가 화염에 싸인다는 사실이다. 백제를 응원해 왜국이 출병한 전쟁은 고구려 신라 당나라까지 개입된 국제전이었으며 여몽연합군과의 전투도 마찬가지였다. 임진왜란은 왜국과 조선이 시작했지만 명나라와 여진족으로 불똥이 튀고 갑오년 왜란 때도 왜군과 동학농민군의 전투에 청나라와 러시아가 동원되었다. 이것이 일본과 우리가 공히 인식해야 할 복잡하고도 중요한 지점이다.

일제하 36년간의 왜란 이후 전면전은 유보되었지만 양국이 당기고 있는 고무줄이 워낙 팽팽해 국지전은 계속된다. 청산되지 않은 군국주의 세력이 주도권을 행사하는 이 신정국가 비슷한 이웃과 담장을 같이 쓰는 한 긴장은 계속될 것만 같다. 만일 이것이 국가니 뭐니 각자위심의 그런 분계가 소멸될 때 해결될 긴장이라면 한국과 일본은 모두, 아니 최소한 어느 한쪽이라도 최고치의 지혜를 발휘해야만 한다. 한반도에는 남북으로 갈라진 두 개 나라가 서로 노려보고 있으며(일본은 한반도 분단에 책임이 크다), 한반도 주변에 힘깨나 쓴다는 자들이 떼뭉쳐 모여 있는 현상도 불길하기 그지없다. 우리가 역사를 돌아보지 않을 수 없는 까닭이 여기 있고, 왜란이 여전히 진행중임을 직시할 이유도 여기에 있다.

소설을 쓰면서 함평이씨 종친들의 도움을 많이 받았다. 특히 판관공파 낭곡문중 인사들의 도움이 컸으며 그중 이행욱 선생의 응원이 각별했다. 부안인터넷신문의 조봉오 대표가 챙겨준 자료도 큰 보탬이 되었다. 뚝딱 빚은 초고를 읽고 등 두드려준 독서 모임 <간신배>의 벗들, 출간을 맡아준 목선재의 윤중목 대표와 편집부 원동우 시인, 표지에 판화를 쓰도록 허락하고 제호를 새겨준 박홍규 화백에게 인사를 전한다.

시작할 때 여름이더니 다 쓰고 문 열자 가을.

2024년 8월
이광재

왜란

초판 1쇄 발행 2024년 8월 30일

지은이 이광재
펴낸이 윤중목
펴낸곳 (주)도서출판 목선재

책임편집 원동우
디자인 위하영

등 록   제2014-000192호 (2014년 12월 26일)
주 소   서울시 중구 남대문로9길 24 패파타워 1018호
         문화법인 목선재
전 화   02-2266-2296
팩 스   02-6499-2209
홈페이지 www.msj.kr

ISBN   979-11-976611-9-8 03810

* 이 책의 판권은 (주)도서출판 목선재에 있습니다.
* 본사의 허락이나 동의 없이 무단 전재 및 복제를 금합니다.
* 잘못 만들어진 책은 바꾸어 드립니다.